KB262067

九辟 雷雲

구백뇌운

구벽뇌운 6

미르영 新무협 판타지 소설

초판 1쇄 찍은 날 § 2007년 12월 3일
초판 1쇄 펴낸 날 § 2007년 12월 13일

지은이 § 미르영
펴낸이 § 서경석

편집장 § 문혜영
편집책임 § 이재권
편집 § 최하나 · 이환진
펴낸곳 § 도서출판 청어람
등록번호 § 제1081-1-89호
등록일자 § 1999. 5. 31
어람번호 § 제2-1356호

주소 § 경기도 부천시 원미구 심곡1동 350-1 남성B/D 3F (우) 420-011
전화 § 032-656-4452 팩스 § 032-656-4453
http://www.chungeoram.com
E-mail § eoram99@chollian.net

ⓒ 미르영, 2007

ISBN 978-89-251-1053-0 04810
ISBN 978-89-251-0694-6 (세트)

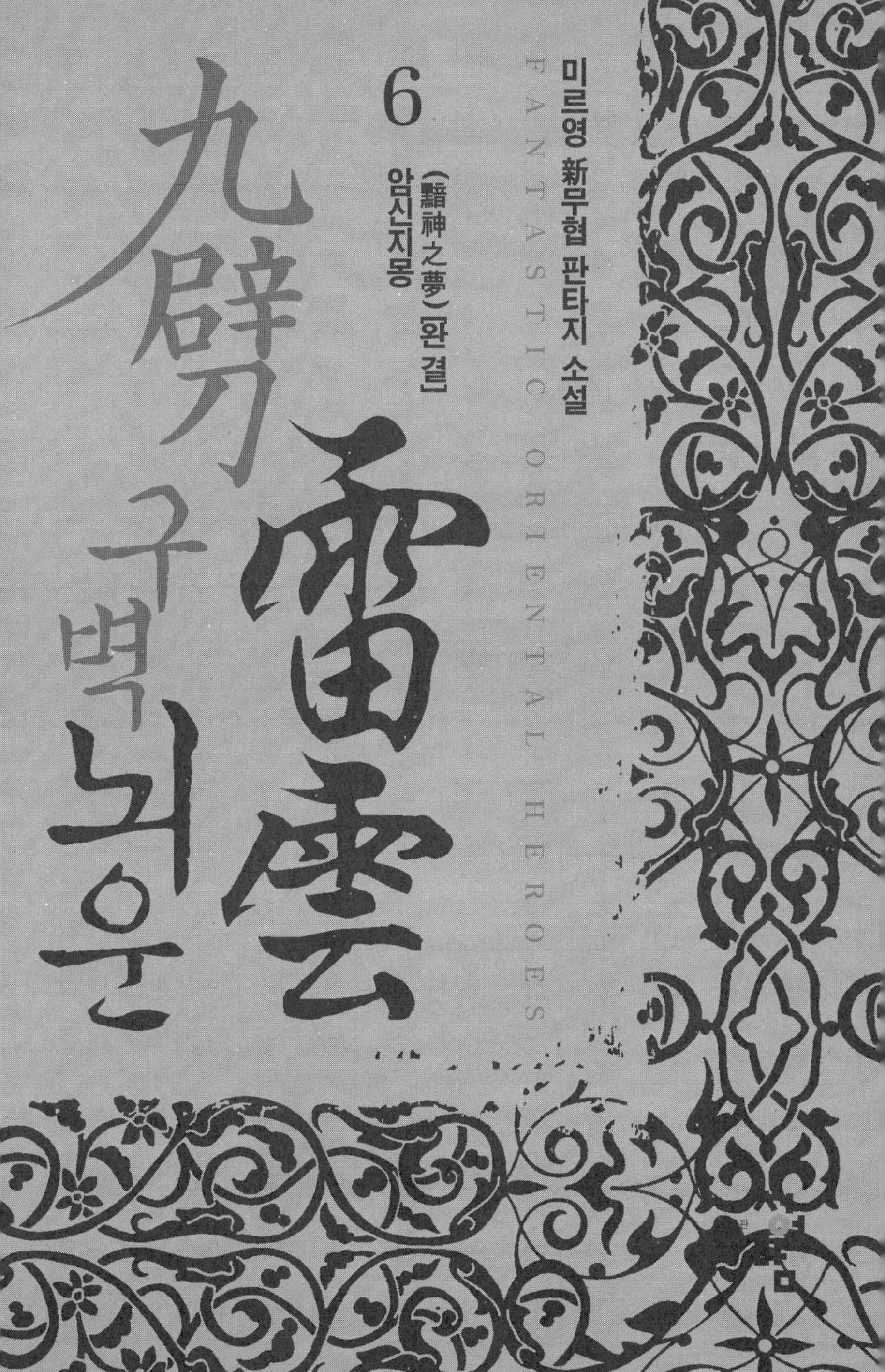

九劈雷雲
구벽뇌운
미르영 新무협 판타지 소설
6
〈鬩神之夢〉[완결]
암신지몽
FANTASTIC ORIENTAL HEROES

目次

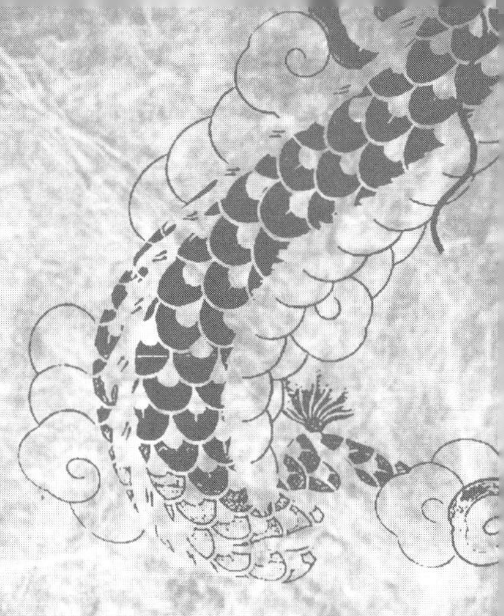

第一章 천주출전(天主出戰)!

九劈雷電

무림(武林)!

한 자루 검에 의지해 인생을 불사르는 강호인들의 세계는 강한 자만이 살아남을 수 있는 적자생존의 법칙이 철저하게 적용되는 세계다.

힘있는 자만이 모든 것을 취할 수 있고, 약한 자들은 그들에게 모든 것을 헌납해야만 하는 약육강식의 논리가 무섭도록 철저하게 지배하는 세계인 것이다.

섬서의 변이라 불리게 된 만검개천(萬劍開天) 남궁호(南宮浩)와 각 대문파 제자들의 죽음으로 시작된 무림맹 창설도 이러한 논리가 철저히 적용되었다.

섬서의 변이 일으킨 파장은 전 강호에 미쳤다. 정파무림 전

체의 공분을 샀음은 물론, 남궁세가를 비롯해 각 대문파의 일
대제자들이 죽은 이상 마교와의 전쟁은 피할 수 없눈 수순이
되어버린 것이다.

천음소수라는 움직일 수 없는 물증이 있는 이상 마교와의
대전은 피할 수 없는 것이었고, 이미 세가연맹을 구축하고 있
던 오대세가는 남궁호의 아버지인 개세검 남궁무진을 중심으
로 무림맹 창설을 주창했다.

무림맹이 태동하려던 초반에는 남궁세가를 중심으로 한 세
가연맹의 지지 아래 남궁무진이 무림맹주가 되는 것을 모든
이가 기정사실화하고 있었다.

욱일승천하는 오대세가의 기세는 구대문파의 성세를 이미
넘어선지라 이번 마교와의 대전에 오대세가가 주축이 되리라
는 것은 그 누구도 의심치 않았던 것이다.

하지만 남궁무진이 무림맹주라는 무소불위의 자리를 거머
쥐려는 찰나 모든 것을 무위로 돌린 이가 있었으니, 그가 바로
천무검황이었다.

무림에서의 명망이나 무공, 그리고 그가 이룩해 놓은 신화
적인 전설들이 아들의 죽음에 대한 복수보다는 무림맹주라는
야망에 불탔던 남궁무진의 야심을 일거에 꺾어버린 것이다.

그의 등장은 오대세가라는 막강한 배경을 등에 업은 남궁무
진도 어쩔 수 없는 것이었다. 천무검황이 무림에서 차지하는
비중은 오대세가의 위명으로도 어쩔 수 없는 것이었기 때문이
다.

　천무검황이 화산에 모습을 보이자 오대세가가 나서는 것을 거려하던 구대문파에서는 그에게 전폭적인 지지를 보냈다. 황산무연에서 마교주를 막은 두 사람 중 하나였기에 충분한 명분이 있었기 때문이다.

　구대문파가 천무검황에게 전폭적인 지지를 보내자 중소문파 또한 마찬가지였다. 언제나 중소문파를 무시하는 오대세가보다는 그편이 자신들에게 기회가 많을 것임을 확신한 까닭이다.

　아무리 강대한 성세를 구축한 오대세가라고는 하지만 정파 무림 전체의 뜻이 한 곳으로 모이자 어쩔 수 없이 천무검황에게 맹주 자리를 양보하지 않을 수 없었던 것이다.

　그렇게 많은 논란 끝에 마교를 상대하기 위한 무림맹이 구성된 것은 섬서의 변이 일어나고 꼭 다섯 달 만의 일이었다.

　천무검황이 무림맹주에 오른 탓에 남궁무진은 꿈을 접어야 했지만 무림맹으로서는 무척이나 잘된 일이었다.

　무불성승이 폐관수련 중이라 무림맹에 참여할 수는 없었지만 천무검황이 무림맹의 전면에 등장함으로써 강호 전체의 지지를 받을 수 있었기 때문이다.

　천무검황이 무림맹주가 되었다는 소식에 은인자중 수련에 매진하던 은거기인들이 속속 무림맹으로 합류했을 뿐만 아니라, 평소 천무검황의 명성을 흠모하던 낭인무사들까지 화산으로 몰려들었던 것이다.

　또한 마교와의 대전에서 명성을 얻고자 하는 무림인들이 오늘도 속속 무림맹으로 몰려들고 있는 실정이었다.

화산으로 향하는 여산 인근에는 오늘도 많은 무림인들이 보였다. 온천이 많아 유람객이나 요양차 찾아오는 사람들이 많기는 하지만 이처럼 무림인이 많은 적은 없었다.

여산뿐만 아니었다. 평상시와는 달리 섬서성 일대에서 무림인들을 보는 것이 그리 어려운 일이 아니었다. 중원 각처에서 무림인들이 무림맹이 창설된 화산으로 몰려들고 있었던 것이다.

주무성과 천위현은 오늘도 성과 없는 일과를 마치고 차를 마시고 있었다.

여산 자락이 바라보이는 객잔 이층에서 차를 마시고 있던 천위현은 지나가는 한 무리의 무림인들을 바라보다 주무성을 향해 입을 열었다.

"금방이라도 마교와의 전쟁이 벌어질 것 같군요. 화산이 멀지 않다고는 하지만 이토록 무림인이 많이 보이니 말입니다."

"지난 시절에도 이렇게 많은 무림인들이 모이지 않았는데… 천무검황이 나서기도 했지만 마교의 위협이 강호인들에게도 자극이 된 모양이다."

"그렇기는 하겠군요. 마교는 언제나 공포의 대상이었으니 말입니다. 하지만 제 눈에는 화산으로 향하는 이들이 모두 불을 향해 뛰어드는 불나방들 같군요."

천위현은 마교의 진정한 힘을 알았다면 이토록 몰려들 수

있는 인간이 몇이나 될까 하는 생각이 들었다. 아무리 명분이
중요하다고 하더라도 지금 모이는 인원의 반도 안 될 것이라
는 것이 천위현의 생각이었다.

"후후후, 황산무연 이후 이렇다 할 사건이 없었으니 그렇겠
지. 명성을 얻으려면 마교와의 전쟁만큼 좋은 기회가 없을 테
니 다들 미쳐 날뛰는 게지."

화산으로 발걸음을 재촉하는 무림인들을 바라보는 두 사람
의 시선에는 딱하다는 빛이 역력했다.

마교가 얼마나 강력한 힘을 보유했는지 아는 자들이라면 이
렇듯 미쳐 날뛰지는 않았을 것이 분명했던 것이다.

두 사람이 조사한 바로는 중원 전체를 합한 것만큼의 강력
한 무력을 보유하고 있는 것이 마교였다.

이렇듯 무림인들이 몰려들고 있는 것을 보면 세를 결집하기
위해 무림맹 측에서 다분히 의도적으로 조장하는 측면이 없지
않아 있었던 것이다.

"그나저나 그의 행방이 묘연한데 계속 이곳에 있을 겁니
까?"

천위현과 주무성은 벌써 몇 달째 백무의 행방을 찾기 위해
여산 인근을 뒤지고 있었다.

처음에는 의욕적으로 시작했으나 흔적조차 찾을 수 없어 이
제는 슬슬 지쳐 가는 중이었다. 천위현은 이제 백무에 대한 추
적을 포기해야 하는 것이 아닌지 주무성의 의견을 묻고 있었
던 것이다.

"벌써 다섯 달이 넘어가는데 걱정이다. 분명 이곳을 벗어나지 않았는데 말이다."

주무성은 걱정스러운 눈빛으로 여산 자락을 바라보았다.

그야말로 백무의 행적은 하늘로 솟아오른 것인지, 땅으로 꺼진 것인지 오리무중이었다. 당민 일행을 찾느라 여산 인근에서 머무는 시간이 점차 늘어나자 주무성은 초조해하고 있었다.

주무성은 혹시나 하여 북경을 떠나기 전에 여산 전체를 아우르는 감시망을 펼치게 했었다. 자금수호위는 물론 천위현이 거느리는 자들까지 총력을 기울여 왔었다.

그러나 그의 노력에도 불구하고 백무 일행의 행적은 어디에서도 찾을 수 없었다.

다만 여산을 빠져나가지 못했다는 것만 확신하고 있어 그동안 자신들을 비롯한 자금수호위와 수린 일행 등이 은밀히 여산 곳곳을 뒤져 왔었다.

하지만 그조차 여의치 않았다. 그들 이외에도 여산 자락을 뒤지는 이들이 있었던 것이다. 서로 다른 세력으로 보이는 몇몇 자들이 무리를 이룬 채 자신들과 마찬가지로 여산 전역을 뒤지고 있었던 것이다.

그들은 무척이나 은밀했다. 또한 가진 바 무력 또한 만만치가 않았다. 우선 그들의 시선을 피해야 했다. 정체를 모르는 이상 섣불리 부딪칠 수는 없는 일이었기 때문이다.

황제나 창천비각의 눈을 피해야 하는 일이었다. 어느 세력 인지 확인이 되지 않는 탓에 쓸데없는 충돌을 피해야만 했던 것이다. 자칫 그들이 황제나 창천비각의 인물들이면 모든 것 이 낭패이기에 주무성은 주의에 주의를 기울였다.

수색은 지지부진할 수밖에 없었다. 그렇지만 주무성은 끈질 기게 여산 전역을 뒤졌었다. 그런 노력에도 불구하고 아무런 흔적을 찾을 수 없었다.

그러나 한 가지 안심이 되는 것은 다른 세력들 또한 마찬가 지라는 것이다. 주무성은 자신들과 같이 여산을 뒤지는 자들 에 대한 감시를 게을리 하지 않았기에 그들도 아직 당민 일행 을 찾지 못하고 있다는 것을 알고 있었던 것이다. 그들도 아직 까지 조심스럽게 여산 전역을 뒤지고 있었던 것이다.

'이제는 뭔가 결단을 내려야만 한다. 결단을⋯⋯.'

장수보의 일로 인해 여산에서 너무 오래 지체하고 있다는 것을 주무성 또한 알고 있었다. 장수보의 일이 급하기는 하지 만 화산과 황궁의 일을 모른 척할 수 없었다. 천위현과 마찬가 지로 주무성도 고민하지 않을 수 없었던 것이다.

북경은 잠잠하다고 하지만, 화산에서의 일이 급하게 돌아가 고 있었다. 틈틈이 화산의 일을 알아보고는 있지만 무림맹의 결성이 마무리되어 가고 있는 시점이라 이제는 황제와 관련된 무림인들이 무엇을 노리고 있는지 전력을 기울여 알아봐야 할 때였다.

황제와 관련 있는 자들의 무림맹을 만들고 마교와 전쟁을 치르려 하는 움직임을 보면 그것을 틈타 큰 변란이 일어날 것이라는 것이 주무성의 생각이었다.

이제 백무를 찾는 일은 포기해야 할 시점이라는 것을 알고 있었던 것이다.

"내일까지만 기다려 보고 정하자구나. 무림맹의 창설대전이 열흘 후 벌어진다고 하니, 내일까지만 알아보고 성과가 없으면 이곳을 떠나 화산으로 가자."

"알겠습니다. 수린이에게는 제가 이야기하도록 하겠습니다."

"그렇게 하도록 해라. 수린이도 내가 이리 결정한 것을 이해해 주겠지."

주무성은 씁쓸한 표정으로 술잔을 들었다. 수린의 일도 그렇지만 장수보의 생사와도 관계가 있었기에 마음이 편치 않았던 것이다.

"너무 걱정하지 마십시오. 그래도 그분들이 도와주신다고 했으니 화산에서의 일은 생각보다 수월하게 끝날 수도 있으니 말입니다."

"그래, 수린이가 그분들을 설득해 줘서 그나마 다행이라고 해야겠지. 그나저나 그분들이 온천욕을 그렇게 좋아하실 줄은 몰랐다. 오늘도 거기 가신 것 같으니 말이다."

"그러게요. 아마 수린이가 마음이 편치 않은 것 같아 사신께서 일부러 그러시는 것 같습니다."

"그러시겠지……. 수린인 그분들께 하늘이나 마찬가지니까."

백무를 찾지 못한 것으로 인해 수린의 마음이 썩고 있다는 것을 알기에 주무성의 마음도 편치만은 않았다.

다만 그녀를 위로해 주기 위해 물심양면 아끼지 않는 사신의 마음이 고마울 뿐이었다.

수린과 사신은 지금 화청지의 온천에서 수욕을 즐기고 있었다. 며칠 전 객잔 한구석에 다섯 사람이 모여 뭔가를 의논하더니 곧장 화청지로 향한 수린과 사신이었다. 그 후로 다섯 사람은 매일같이 화청지에서 살다시피 했던 것이다.

천위현과 주무성은 오빠의 행방을 알지 못해 시름에 차 있는 수린을 위해 사신이 화청지에서의 휴식을 권유했을 것이라고 생각하고 있었다.

하지만 두 사람의 예상과는 달리 실상은 전혀 달랐다. 사신이 화청지에 가게 된 것은 현무의 주장으로 사신이 함께 쳐 본 점괘 때문이었다.

사신은 사방신의 기운을 모두 가지고 있는 사람들인지라 신기가 남들과는 달리 상당히 영험했다. 현무가 자신들의 기운과 복술을 이용해 백무 일행을 찾아보자고 주창하자 네 사람은 근심에 차 있는 수린을 위해 합심하여 수린의 앞날에 대해 점을 쳤던 것이다.

그래서 나온 점괘의 내용은 지화천승(地火天乘)의 괘였다.

땅속의 불로 인해 하늘로 날아오른다는 점괘를 얻은 사신은
여산 인근을 살폈다. 그리고 점괘에서 나온 지역이 화청지임
을 알고는 수린에게 온천욕을 권했던 것이다.

오늘도 사신은 자신들이 뽑아낸 점괘를 믿으라고 하며 가지
않으려는 수린을 달래어 화청지에서 온천욕을 하고 있는 중이
었다.

주수명과 천위현이 화산행을 생각하고 있을 무렵, 사신은
화청지의 한 욕조에서 느긋하게 온천욕을 즐기고 있었다. 그
들이 들어가 있는 욕조는 상당히 큰 것으로 한 면의 길이가 이
장이 넘었다.

욕조는 따뜻한 온천수로 가득 채워져 있었고, 네 사람이 커
다란 욕조의 사방 벽에 기대에 온몸을 담근 상태로 진득하니
땀을 빼고 있는 중이었다.

"어허! 시원하다."

현무는 김이 모락모락 피어오르는 욕조에 몸을 담그고는 노
곤해지는 육신의 피로를 풀며 연신 목소리를 내고 있었다.

철혈무전에서 생활하던 사신들은 가뭄에 콩 나듯 목욕을 할
수밖에 없는 처지였다.

지하수가 있어 몸을 씻는 데는 지장이 없었지만 이렇게 따
뜻한 물로 몸을 푹 담그는 목욕은 요 근래가 태어나서 처음이
었던 것이다. 그것은 다른 사신들도 마찬가지였다.

온몸을 풀리게 하는 온천수의 감촉을 즐기는 현무는 화청지

에 온 이유조차 잊어먹고는 마음껏 온천욕을 즐기고 있는 중이었다.

"그런데 거북아."

"왜?"

"점괘가 맞는 걸까?"

청룡은 불안한 마음으로 눈을 지그시 감고 있는 현무에게 물었다. 지난 며칠간 온천욕을 즐기는 것이 좋기는 했지만 수린에게 눈치가 보였다. 자신들의 점괘가 맞지 않을까 봐 조금 불안하였던 것이다.

청룡의 질문에 현무는 자신의 이마에 흐르는 땀을 손으로 씻어내고는 세 사람을 둘러보았다.

"후후후, 다들 걱정인 게로구나."

"그럼 무후가 저러고 있는데 걱정이 되지. 안 되겠냐?"

쓸데없는 걱정을 한다는 듯한 현무의 말에 백호가 투덜거리며 입을 삐죽였다.

"하하하, 너무 걱정하지 마라. 다 때가 되면 알게 될 것이다. 우리가 친 점괘는 분명 맞는 것일 테니까."

현무는 다른 사신들을 바라보며 호언장담했다. 평상시 그가 보여주는 모습이 아니었다.

"수상한데?"

청룡이 눈을 게슴츠레하게 뜨며 현무를 바라보았다. 청룡이 아는 한 현무는 점괘 따위를 절대 믿는 사람이 아니었다. 자신들이 가지고 있는 기운이 영험하여 현무를 제외한 다른 사신들은 내심 기대하고 있지만, 자신들과는 달리 현무는 평소 일단 무엇이든지 의심해 보는 성격이었던 것이다.

청룡은 현무가 자신들이 모르는 뭔가를 분명 아는 듯한 느낌이 들었다.

"뭐… 뭐가!"

'호오, 이것 봐라?'

자신의 말에 당황한 듯 말을 더듬거리는 현무를 보며 청룡은 자신의 생각이 맞음을 알 수 있었다.

"거봐. 말을 왜 더듬거리는 거냐? 거북아, 솔직히 불어라. 더 이상 숨기려 했다간 정말 경을 칠 테니까."

청룡은 맨몸인데도 소매를 걷어붙이는 듯한 모습을 보이며 현무에게 다가갔다.

"진짜 뭔가 있는 것 같은데……."

"그러게 말이야."

주작과 백호 또한 현무가 뭔가를 속이고 있다는 듯한 느낌이 들었는지 청룡처럼 현무에게로 다가갔다.

"나… 난 아무것도 모른다니까. 도대체 왜들 그러는 거냐?"

세 사람이 자신에게 가까이오자 현무는 무엇이 찔리는지 전전긍긍하는 기색이 역력했다.

"딱 한 마디만 하마. 나중에 걸려 박살나지 말고 지금 부는 것이 신상에 좋을 거다. 응! 거. 북. 아!"

또박또박 말을 끊어가며 현무를 부르는 청룡의 목소리에는 노여움이 담겨 있었다. 사실대로 말하지 않는다면 가만두지 않겠다는 듯 현무를 바라보는 청룡의 기세가 자못 대단했다.

"알았다, 알았어. 이야기해 주면 될 거 아니냐?"

현무는 손을 내저었다. 자신이 알고 있는 것을 더 이상 감추었다간 나중에 가해질 세 사람의 응징이 두려운 듯 알고 있는 사실을 이야기하기로 했다.

현무의 말에 세 사람이 마주하며 욕조에 앉았다.

"휴우! 너희들도 알다시피 우리는 지난 몇 달간 여산 인근을 샅샅이 뒤졌지만 아가씨의 오빠에 대한 행적은 그 어디에서도 찾을 수가 없었다."

현무가 말을 마치고 세 사람을 둘러보았다.

"그랬었지."

백호와 주작은 청룡의 말에 고개를 끄덕였다. 지난 몇 달간 여산 인근에 백무 일행이 있다는 것을 알면서도 그 행방을 찾지를 못해 답답해하고 있었던 탓에 모두 현무의 말에 귀를 기울였다.

"너희들도 알다시피 주가가 어떤 작자냐? 일 하나만큼은 빈틈없이 처리하는 주가가 여산 인근을 벗어나지 않았다고 한다면, 틀림없이 아가씨의 오빠는 이곳 여산에 있다는 것은 기정사실이라고 할 수 있다."

"거의 구 할 정도는 그럴 거다."

현무의 말에 청룡이 맞장구를 쳤다. 나머지 사신들도 청룡의 말이 맞다는 듯 고개를 끄덕였다.

"난 아가씨 오빠의 행방을 쫓다가 지쳐 버린 탓인지 심신이

고달파서 답답한 마음을 식히려고 십여 일 전에 이곳에 왔었다."

청룡은 현무의 말대로 그가 며칠 동안 안 보였던 것을 기억해 냈다.

"몇 날 며칠을 혼자 휭하니 어디 갔다가 오더니 여기였었군. 그런데 우리가 사람들을 찾느라 여산 자락을 헤집고 다닐 동안 이곳에서 너 혼자 온천욕이나 했단 말이지?"

자신들이 고생하는 동안 현무 혼자서 즐겼으리라는 생각에 청룡이 눈을 치켜들었다.

"그… 그런 게 아니다. 처음에는 이곳에 와서 온천욕만 마치고 돌아가려고 했다. 그런데 자꾸 이상한 기운이 느껴졌다. 뭔가 말로는 절대 표현 못할 기운을 말이다."

"이상한 기운이?"

"그래. 그래서 난 어쩔 수 없이 다음날도 이곳을 찾아와야 했다. 그리고 한동안 이곳 주변을 유심히 살펴야만 했었다. 내가 왜 그런 기분을 느껴야 했는지 확인해야 했으니까 말이다. 너희들은 우리가 다른 장소도 많은데 왜 굳이 이곳에서만 온천욕을 하는지 아냐?"

"왜 그런데?"

현무의 반문에 청룡이 대답을 했다.

"그건 이 욕실 바깥 담장 너머에서 나를 자극하는 기운이 계속해서 흘러나오기 때문이었다."

"널 자극하는 기운이라니?"

“너희들도 알다시피 난 물의 기운을 주관하는 현무다. 불과
는 그야말로 상극 중에 상극이라고 수 있지. 주작이 불의 기운
을 가지고 있다고는 하지만 날 떨리게 할 정도는 아님을 너희
들도 알고 있을 것이다. 그런데 난 저 담장 너머에서 엄청난
양(陽)의 기운을 느꼈다. 전신이 전율할 정도로 매우 위협적이
고 강력한 기운이었지. 처음엔 그저 지심화맥의 기운이겠거니
했었다. 하지만 자세히 살펴본 결과 내가 느낀 기운은 지심화
맥과는 전혀 달랐다.”

“처음 우리와 여기 왔을 때 나한테 화기가 느껴지냐고 물어
본 것이 그 때문이냐?”

주작이 이제야 의문이 풀렸다는 듯 고개를 끄덕였다. 현무
가 일행을 이끌고 처음 화청지로 왔을 때 자신에게 욕실 바깥
쪽 담장 너머에서 지심화맥의 기운이 느껴지냐고 물었던 것이
기억났던 것이다.

“그래.”

“그렇지만 말이다. 그 정도 기운이라면 나도 느꼈을 텐데.
나뿐만 아니라 저놈들도 말이다.”

현무의 대답에 고개를 끄덕이던 주작은 의문이 섞인 표정으
로 현무를 바라보며 물었다.

“후후후, 너희가 느끼지 못하는 것도 당연하다. 그 기운은
너희들과 같이 왔을 때 이미 다른 것으로 변해 버린 상태였으
니까. 지금은 나조차도 희미하게만 느껴질 정도니까.”

“그럴 리가?”

“이상한 일이로군.”

“그러게 말이야.”

현무의 말에 나머지 사신들은 한 마디씩 하며 고개를 저었다. 강대한 기운이 그리 쉽게 변했다는 것을 믿기 어려웠다.

하지만 현무가 말하는 모양이나 심각한 안색을 보면 뭔가 있는 것이 분명했다. 진지하게 이야기하는 것을 보면 현무가 핑계를 대는 것은 아닌 것 같다는 생각이 들었다.

“그런데 그 기운하고 우리가 이곳에 온 것하고는 무슨 관계가 있는 것이냐?”

“전에 나 혼자 왔을 때 난 저곳에 대해 관리인에게 물어보았다. 관리인 말이 저곳은 오래전에 수원이 끊겨 폐쇄된 우물 하나만 그냥 방치되어 있는 곳이라고 했다. 그런데 이상하게도 저곳에 들락거리는 사람이 하나 있었다. 이틀에 한 번 꼴로 오는 것 같은데, 이상하게도 그자가 저 안에 들어가서는 한 시진 정도 있다가 나온다는 것이다.”

“아무것도 없는데 사람이 들락날락거린다. 그것도 한 시진 정도 머물다 나온다는 말이지? 그것참, 이상하군.”

청룡은 현무가 하고자 하는 말이 무엇을 뜻하는지 알 수 있었다.

“너희는 지금 여산에서 남들의 눈을 피해 몰래 움직이는 사람들이 누구라고 생각하냐?”

청룡이 어느 정도 알아차린 것 같은 눈치를 보이자 현무가 운을 떼웠다.

“그럼?”

“그래, 마교하고 우리가 찾고 있는 아가씨의 오빠밖에는 없
다. 그런데 이곳에 들락날락하는 자는 마교의 무리는 아닌 것
같았다. 그자의 몸에서는 유가(儒家)의 냄새가 짙게 났으니
까.”

“으… 음!”

청룡은 현무의 말을 들으며 화청지 내에 백무가 숨어 있을
수 있다는 생각이 들었다. 백호와 주작 또한 그런 생각이 든
것인지 고개를 끄덕였다.

“그런데 그냥 말해도 될 것을 어째서 점괘 핑계를 대고 온
것이냐?”

“임마, 넌 주가가 아가씨를 이용하려고 드는 것을 정말 모르
는 거냐? 아가씨 오빠와 어떤 관련이 있는지는 모르지만, 분명
히 뭔가가 있는 것 같으니 일단 우리끼리 만나보는 것이 좋을
것 같아서 그랬다. 이렇게 은밀히 피해 다니는 것을 보면 작금
의 사태에 대해 주가보다 많은 것을 알고 있을 것이 분명하니
까.”

“그랬군. 그런데 우리가 이곳에 있는 며칠 동안 아무도 들락
날락거리는 것을 못 느꼈는데…….”

청룡을 비롯한 다른 사신들은 온천을 즐기면서도 주변을 경
계하고 있었기에 자신들 이외에는 주변에 사람이 없었음을 알
고 있었다.

“우리가 오기 전날 들어가서는 아직까지 안 나오고 있다. 내

가 너희와 아가씨를 데리러 간 시간에 나왔다면 모를까. 하나 그렇지 않은 것 같으니 아마도 뭔가 중대한 일이 있거나, 이제는 여기를 떠나기 위해서인지도 모르는 일이라 이곳에서 계속 온천욕을 하며 살피고 있었던 거다. 내가 너희들에게 말하지 않은 것은 이곳에 몸을 숨긴 자들이 아가씨의 오빠 일행이 아닐 수도 있기 때문이지, 너희를 속이려고 했던 것은 정말 아니니 이해들 해라.”

“그랬었군.”

나머지 사신들은 이제야 며칠간 온천욕을 해야 했던 정확한 이유를 알게 되자 홀가분한 느낌이었다.

그동안 백무의 소식을 몰라 안절부절못하는 수린은 보며 마음을 졸였던 탓에 현무가 찾아낸 사람들이 백무 일행이기를 간절히 바라고 있었다.

“그랬었군요.”

네 사람의 뇌리로 수린의 의지가 전해졌다. 불가에서 말하는 혜광심어처럼 마음으로 전하는 통음(通音)이라는 철혈무전 비전의 전음 수법을 수린이 펼친 것이다.

마음으로 전해지는 전음에 현무는 그리 놀라지 않았다. 수린이 자신들의 이야기를 처음부터 듣고 있다는 것을 이미 알고 있었기 때문이다.

청룡이나 다른 사신들의 위협이 사실 그에게 그리 큰 위협이 되지는 않았다. 답답해하는 수린에게 사실을 알려줄 겸 해서 모든 것을 이야기했던 것이다.

"그렇습니다, 아가씨. 하지만 아닐 수도 있으니 너무 기대는 가지지 마십시오."

현무는 수린에게 너무 기대감을 갖지 말도록 당부했다.

"아니에요, 할아범. 충분히 공감이 가는 말씀이에요. 만약 이곳에 숨어 있는 사람들이 있다면 마교인들이거나 오빠밖에는 없을 거예요. 마교의 인물들이야 화산에 온통 신경이 쏠려 있을 테니, 이곳에 숨어 있는 사람들이 오빠 일행일 확률이 더 커요."

"출입문에 표식을 해두었으니 누가 나오면 곧바로 알 수 있을 겁니다. 그리고 저희가 교대로 지킬 터이니 아가씨는 편히 쉬시고 계십시오. 오빠를 만났는데 푸석푸석한 모습을 보여주셔야 되겠습니까?"

"알았어요, 할아범. 잘 부탁드려요."

현무의 말을 알아들은 듯 수린의 전음이 들려왔다.

"걱정 마십시오, 아가씨."

수린의 전음이 끝나자 현무는 세 사람을 둘러보았다.

"이제부터는 한 명씩 교대로 저곳을 지키기로 하자. 자칫 쓸데없는 일이 일어날 수도 있으니 감시만 하고, 아가씨의 오빠가 있는 것이 확인되었을 때 나서는 것으로 하자."

"알았다. 그러면 내가 먼저 지켜보마."

현무의 말에 청룡이 나섰다. 그는 욕조에서 일어나 곱게 개어져 있는 옷을 걸쳐 입더니 욕실 바깥으로 나갔다.

현무가 느꼈던 양의 기운은 잘못 느낀 것이 아니었다. 그가 발견한 기운은 백무가 뿜어내는 적혈잠원대법의 기운이었던 것이다.

며칠 전, 백무는 지하의 비고에서 중요한 시기를 맞고 있었다. 백무를 찾아온 사람들에게 비전을 전수받으며 적혈잠원대법을 극한으로 끌어올려야 했기에 잠원의 기운이 비고를 벗어나 바깥까지 빠져나왔던 것이다.

또한 당가의 비밀 장소를 수시로 드나들었던 사람은 화산에서 벌어지는 소식을 전하는 역할을 맡았던 봉황도문의 총사인 유창원이었다.

사신이 감시의 눈길을 보내고 있는 전각 지하에 위치한 당가의 비고에는 지금 여러 사람이 모여 있었다. 백무를 비롯해 당민과 밀독천의 삼노, 표가형제, 유창원, 그리고 봉황도문의 문주인 곽정운도 있었다.

그리고 그들 외에도 새로운 사람들이 같이 자리하고 있었다.

짙은 검미에 백발이 성성한 노인 하나와 계인이 선명하게 찍힌 승려 하나, 그리고 촉나라 장비의 화신인 듯 우락부락한 노인 한 명이 그들이었다.

그들은 좌중의 중앙에 앉아 있었는데 세 사람에게 흘러나오는 기세가 자못 범상치 않아 보였다.

그중 승려로 보이는 초로인이 좌중을 한 번 훑어보더니 당민을 바라보며 입을 열었다.

“당가의 아이야, 네가 무아에게 해놓은 인위적인 것들은 이제 모두 바로잡아 놓았다.”

“감사합니다.”

무불성승의 말에 당민이 고개를 조아리며 감사의 인사를 했다. 그동안의 심려가 풀린 것인지 당민의 얼굴에 화색이 돌았다.

“무아야!”

노승은 당부가 있는 듯 백무를 불렀다.

“예, 증조부님.”

백무는 안타까운 눈빛으로 자신의 증조부인 무불성승의 말에 답했다. 이제는 자신에게 모든 것을 주어 전보다 늙어버린 증조부의 모습이 안타까웠던 것이다.

“이제는 이곳을 나갈 때가 되었다. 이제 너의 성취는 노납도 짐작 못할 정도이니 앞으로의 일을 행하는 데 별 위험은 없을 것이다.”

“아닙니다, 증조부님. 소손은 아직 배워야 할 것이 많습니다.”

백무를 바라보는 무불성승의 눈에 미소가 감돌았다.

“노납이 누구더냐? 명색이 소림제일승이라 불렸던 사람이다. 여기 계신 두 분도 나와 같은 생각일 것이다.”

무불성승은 자신의 의견에 대해 그의 양옆에 앉아 있는 두 사람에게 동의를 구했다. 노승의 시선을 받은 백발의 노인이 입을 열었다.

　백발이 성성한 노인은 마교의 교주이자 천하제일인이라 불리고 있는 암천신마 혁련추였다.

　"후후후, 무려 천여 년 만에 탄생한 매자천의 천주시네. 그리 겸손해 할 필요가 없다는 것이 우리 모두의 생각일 것이네. 본좌가 십만대산의 주인이기는 하나 천주를 예비하기 위한 사람일 뿐. 지금의 나로서도 전력을 다한다 해도 천주의 백초지적도 되지 않는다고 할 수 있네."

　"교주님, 백초지적이라니요? 그 말씀은 어불성설입니다."

　암천신마가 자부심을 가지라는 듯 자신을 깎아내렸지만 백무는 그가 얼마나 무서운 사람인지 알고 있었기에 겸양의 뜻을 보였다.

　마교의 교주로 수십여 년간 천하제일 교수로 군림해 온 암천신마(暗天神魔) 혁련추(赫連錘)가 자신의 백초지적이라는 말은 자신을 위한 덕담이라 생각했다.

　자신의 증조부이자 소림제일승이라 불리는 무불성승(無佛聖僧)의 체념을 보아 하는 말이라고 생각했던 것이다.

　"아니네. 천주의 성취는 본 궁주도 놀라운 바가 컸네. 불과 몇 개월도 되지 않는 시간에 매자천의 모든 것을 받아들인 천주의 능력은 정말 불가사의한 것이라네. 천오밀류(天晤密流)나 천오혈기(天晤血氣), 그리고 천오투령(天晤鬪靈)을 이미 수습하고 있었다고는 하나 이렇듯 단시일 내에 모든 것을 가져가리라고는 우리 세 사람도 생각지 못한 것이었네. 그러니 천주께서는 자부심을 가지시게."

천소궁의 제일궁주인 상유천(上諭天)도 무불성승과 혁련추의 말에 동의를 표시했다.

"모두가 세 분 덕분입니다."

백무는 세 사람에게 진심으로 감사를 표시했다. 지금의 자신이 있게 된 것은 세 사람의 크나큰 고심 덕분이라는 것을 너무도 잘 알기 때문이다.

백무가 천하를 좌지우지하는 세 사람을 만나게 된 것은 당민과 비고에 도착하고 사흘이 지났을 때였다. 봉황도문의 문주인 곽정운이 세 사람을 데리고 왔던 것이다.

곽정운이 세 사람을 만난 것은 봉황도문의 전대 문주인 곽무한 때문이었다. 화산의 소식을 알아보려 봉황도문에 들렀다가 곽무한의 부름을 받고 간 자리에서 세 사람을 만났던 것이다.

곽무한과 마주하며 차를 마시는 세 사람을 보고 곽정운은 경악을 금치 못했다. 당금 무림의 하늘이라 할 수 있는 세 사람이 한자리에 앉아 있었기 때문이다.

지금은 아니지만 그가 알기로 세 사람은 결코 동행이 될 수 없는 사람들이었다.

마교주인 혁련추, 소림의 무불성승, 그리고 천소궁의 궁주는 세불양립으로 무림에 알려져 있었던 것이다. 실제로 암천신마의 중원 진출을 가로막은 것이 무불성승이었기에 그는 자신이 본 것을 믿을 수가 없었다.

도저히 같이 있을 수 없는 세 사람이 일행이 되어 동행하고 있다는 것은 그야말로 천지가 개벽하는 일이었다.

만약 이 사실이 세상에 알려진다면 중원 무림은 물론이고, 세외까지 온 천하가 진동하고도 남을 일이었다.

곽정운은 아버지인 곽무한의 뜻으로 백무에게로 세 사람을 인도했다. 그날 이후 백무는 세 사람에게서 매자천의 비기를 전수받으며 자신의 실력을 키워왔던 것이다.

무불성승은 백무를 바라보며 미소를 보였다.

"무아야."

"예, 할아버님."

"넌 아무 걱정하지 말고 이 길로 비고를 나가거라."

"으… 음."

무불성승의 말에 백무는 신음을 삼켰다. 비고를 나가라는 말의 의미를 너무나 잘 알기에 자신도 모르게 신음을 삼킨 것이다.

"곽 문주가 전해온 소식대로라면 이대로 있을 수는 없는 일이다. 놈들이 무림맹 결성을 반대하다가 이토록 급선회한 것을 보면 드디어 야욕을 드러냈다고 할 수 있으니 말이다."

"무슨 말씀이신지 알겠습니다."

"너도 알다시피 매자천과 천음문은 오랜 세월 동안 대적해 왔다. 본 천이 세상에 뜻을 꺾고 은인자중했기 때문에 직접적인 대결은 천여 년 전이 마지막이었다. 본 천은 세상에 뜻이 없기에 될 수 있으면 천음문과의 충돌을 피하려 했지만 이제는 어쩔 수가 없는 상태다. 그들이 구원을 잊지 못하고 아직까지 본 천을 노리고 있으니 말이다. 이제 천주가 탄생한 이상, 전에 말한 대로 이 일은 네가 마무리를 지어야 할 것이다. 본 천이 살아남든 그들이 살아남든 말이다."

"소손 세 분의 말씀을 각골명심하고 있습니다."

무불성승의 말에 백무는 굳은 안색으로 대답했다. 세 사람이 지금의 자신을 위해 얼마나 많은 노력을 기울여 왔는지 잘 알고 있는 까닭이다.

"무아야, 우리의 안배 때문에 불행한 일을 겪으며 여기까지 온 네게는 미안하다고밖에는 할 수 없지만 오랜 전쟁을 끝내기 위해서였기에 우리로서는 어쩔 수 없는 선택이었다."

백무를 향한 무불성승의 시선에는 자책의 빛이 흐르고 있었다. 백무의 인생이 자신의 뜻과는 달리 타인의 생각에 의해 마음대로 휘둘리게 된 것이 못내 미안했던 것이다.

"증조부님, 더 이상 미안해하지 않으셔도 됩니다. 어째서 세 분께서 그리하셨는지 이제는 이해하니 말입니다."

백무는 무불성승의 마음을 편안하게 하려는 듯 미소를 지어 보였다.

사실 백무는 매자천과 천음문 사이에 대한 전반적인 이야기를 이미 들은 상태였다. 어째서 그들이 그토록 철전지원수가 되었는지, 그리고 매자천이 어째서 이제 와 반격을 준비하는지 무불성승과 두 사람으로부터 모두 들었던 것이다.

고구려가 나당연합군에 의해 멸망하자 고구려의 유민들은 두 갈래로 갈라졌다. 한 무리는 고구려의 부활을 도모하여 발해를 세웠고, 또 다른 한 무리는 당에 포로로 끌려가 중원에서 생활을 하게 되었다.

매자천의 사람들은 나라를 세우는 과정에 있었던 발해보다는 당으로 끌려간 유민들에게 관심을 가졌고, 그들이 핍박받지 않도록 중원에 들어와 암중으로 활동을 했다.

훗날 발해가 멸망하고 나서는 그들까지 중원으로 흘러들어 왔기에 매자천은 전보다 더한 노력을 기울여 그들이 정착하는 것을 도왔다.

원래 선비와 후연, 말갈 등 대륙 동북방의 민족을 아우른 나라가 고구려였다. 매자천이 있음으로 해서 그들은 하나가 되었고, 고구려와 발해가 멸망한 후 매자천이 전심전력을 기울인 결과 성공적으로 중원에 정착하게 되었던 것이다.

사람들이 정착하고 난 후 관계나 무림, 상계까지 진출해 어느 정도 세력을 쌓은 후 매자천은 더 이상 세상에 있을 필요성을 느끼지 못했다. 매자천의 진정한 목표는 세상을 발아래 두는 것이 아니기 때문이다.

매자천의 정통을 이은 자들은 자신들이 세상에 존재해야 하는 진정한 목적 때문에 일반 제자들을 모두 세상에 남겨놓고 잠적했다.

어느 정도 중원에 기반을 쌓은 이상 더 이상 관여하는 것은 이미 주인을 잃은 매자천의 취지에 어긋나는 것이었기 때문이기도 했던 것이다.

그러나 고대 이후로 언제나 매자천에게 눌려왔던 천음문은 달랐다. 매자천의 뿌리를 뽑는 것이 목적이었던 그들은 당의 황실로 잠입한 후 끊임없이 매자천을 추적해 들어왔고, 그 와중에 무수한 사람들이 죽어나갔다.

천음문은 나라가 바뀌어도 황실의 그늘에 숨어 계속해서 이어져 나갔다. 그들은 천여 년이 넘도록 매자천을 추적해 오며 매자천과 끈이 닿은 이들을 상대로 무수한 살겁을 벌여오고 있었다.

그렇게 지나오는 동안 천음문이 매자천의 실체를 어느 정도 밝혀낸 것은 명대에 들어와서의 일이었다. 그들은 놀랍게도 중원에 흩어졌던 일반 제자들의 계보를 모두 밝혀내고 하나하나 제거해 왔던 것이다.

창천비각과 동창을 이용한 그들의 음모는 너무도 비밀스럽게 진행되었기에 은거했던 매자천의 정통 후계자들은 그런 낌새조차 알아차리지 못했다.

그러다가 정통 후계자들의 일맥들만을 제외하고 거의 모든 제자들이 천음문에 의해 제거되었다는 것을 알게 된 것은 오십여 년 전이었다.

마교에 암약하던 천음문의 간세를 잡은 혁련추가 그런 사실을 알아낸 것이다.

자신들을 제외한 거의 모든 제자들이 천음문의 집요한 추적에 모두 죽임을 당했다는 것을 알게 된 혁련추는 분노하게 되었다.

더 이상 천음문을 방치한다면 무슨 일이 벌어질지 모르기에 그는 비밀리에 무불성승과 상유천을 만나 회동을 갖고는 매자천을 다시 세워 천음문을 응징할 계획을 세웠다.

그렇게 해서 백무는 자신과 아버지가 그 계획의 중심에 서게 되었고, 지금까지 온 것이라는 것을 증조부인 무불성승에게 들었던 것이다.

아버지가 그 와중에 죽고, 자신은 처절한 고통을 겪었지만 백무가 모든 것을 이해하고 미소를 보이자 무불성승 또한 한결 편안해진 눈빛으로 다시금 말을 이었다.

"그나마 이해를 해준다니 다행이구나. 우리 세 사람은 너에게 모든 것을 전해주어 이제는 빈껍데기나 다름없는 상태다. 아직 할 일이 있으니 우리는 이곳에 잠시 머물다가 떠날 것이다. 네가 움직이는 동안 우리 나름대로 움직일 터이니, 이제는 세상으로 나가 네 뜻대로 하거라. 매자천의 천주가 된 이상 천음문을 응징하는 방법은 이제 전적으로 너에게 달려 있으니 말이다."

무불성승의 말에 혁련추와 상유천 또한 고개를 끄덕였다.

"알겠습니다. 어디까지 응징할지는 아직 생각해 봐야겠지만, 천음문에 대한 일은 최대한 빨리 마치도록 하겠습니다."

혁련추가 만든 비조천람의 노력으로 몇몇을 제외하고는 천음문의 상층부에 대한 것들은 거의 밝혀진 상태였다.

백무는 천음문의 수뇌부라 할 수 있는 인물들과 이미 돌이킬 수 없는 길을 간 자들만 응징하고 싶었다. 많은 피를 보고 싶은 생각은 없었던 것이다.

창천비각도 그렇고, 동창도 그렇고 아무것도 모른 채 천음문에 동조한 자들이 대부분이었다. 죄질이 악한 자들을 제외하고 다른 이들까지 징계한다면, 그야말로 피의 역사가 쓰여지기에 신중을 기하고 싶었던 것이다.

"그럼 소손은 이만 나가보겠습니다."

백무가 세 사람에게 절을 한 번 하고는 더 이상 돌아보지 않고 비고를 나서기 시작했다. 그 뒤를 따라 당민을 비롯한 일행들도 자리에서 일어나 백무를 따랐다.

"너 또한 우리로 인해 가문을 잃었으니 미안하구나. 보답이 될지는 모르겠지만 네가 원하는 것을 허락하도록 하마."

백무를 따라나서는 당민의 귓가에 무불성승의 전음이 들려왔다. 무불성승의 전음에 당민의 얼굴이 일순 붉어졌다가 다시 제 안색을 찾았다.

자신이 백무에게 원하는 것이 무엇인지 무불성승이 알고 있는 것이 뜻밖이었지만, 허락을 한 이상 그녀로서는 무척이나 잘된 일이었다.

"고맙습니다. 무아에게 짐이 되지 않도록 노력하겠습니다."

당민도 전음을 보내 무불성승에 고마움을 표시했다. 그리고 멀어져 가는 일행을 빠르게 뒤쫓아갔다.

백무 일행은 빠르게 비고를 빠져나갔다. 기관이 움직이는 소리가 들리자 남아 있는 세 사람은 서로를 마주 보며 묘한 미소를 지었다.

비고의 기관을 열고 밖으로 빠져나온 백무는 오랜만에 보는 태양의 눈부심 때문인지 눈살을 찌푸렸다.
"누님, 가시지요."
"그래, 가야겠지."
당민은 이제 무척이나 믿음직해 보이는 백무를 보며 미소를 지어 보였다. 당민의 대답에도 자신감이 차 있었다. 그간 비고에서 세 사람과 더불어 연무하며 백무가 보여준 성취는 그녀로서도 상상을 초월하는 것이었기 때문이다.
다른 사람들은 백무의 연무를 보지 못했다. 무불성승을 비롯한 세 사람이 비밀에 부친 탓이다.
그렇지만 당민은 백무에게 적혈잠원대법을 시술했던 탓에 어쩔 수 없이 백무의 연무에 관여하며 연무를 지켜보았던 것이다.
백무의 연무를 지켜보며 얼마나 놀랐는지 모른다. 자세한 것은 모르지만 중원의 무공은 결코 아니었다. 가히 신의 무공이라 칭할 수 있는 그것은 인간의 무공이 아니었다.
그녀가 본 것도 일부분에 지나지 않았다. 무엇인가 중요한 일이 있는 듯 비고 안의 심처에서 네 사람만이 무예를 전수하고 수련하였던 것이다.
백무의 어깨에 짊어진 무게가 아무리 무겁다 할지라도 인간의 한계를 벗어난 백무라면 모든 것을 잘 헤쳐 나갈 것이기에 당민은 오랜만에 진정한 미소를 지을 수 있었던 것이다.

　'저 사람들은?

　화청지에서 청룡에 이어 전각 주변을 감시하고 있던 주작은 백무 일행을 볼 수 있었다. 누가 보더라도 짐작할 수 있었다. 백무의 얼굴이 수린과 무척이나 닮아 있어 두 사람이 한 부모에게서 태어난 남매임을 한눈에 알아볼 수 있었던 것이다.

　주작은 다급하게 현무에게 전음을 보냈다.

　"거북아, 나왔다. 아가씨 오라버니가 분명하다."

　"정말이냐?"

　"빨리 나와라. 지금 떠난다."

　주작은 다급했다. 나오자마자 바로 담장을 뛰어넘어 경공을 시전하는 백무 일행의 모습이 급격히 그의 시야에서 사라지고 있었기 때문이다.

　팟!

　주작의 전음에 온천에 있던 다른 사신들과 달리 이미 옷을 입고 있었던 수린은 어느새 주작이 있는 지붕 위로 올아와 있었다.

　"어디예요?"

　"저쪽입니다, 아가씨. 굉장한 속도입니다. 지금 바로 쫓지 않으면 놓칠 것 같습니다."

　주작의 말대로 경공을 시전하며 달려가는 사람들의 모습이 아련하게 보였다. 수린은 마음이 다급해졌다.

"안 되겠어요. 주작 할아범은 지금 날 따라와요. 다른 할아범들은 조금 늦을 것 같으니……."

"이런!!"

오빠를 봐야 한다는 다급함 때문인지 수린은 말을 채 마치기도 전에 신형을 날렸다. 수린이 신형을 날리자 주작도 급하게 그 뒤를 따랐다.

파파팟!

옷을 다 걸치지도 못하고 현무를 비롯한 세 사람이 지붕 위로 날아올랐다.

"어디야? 이런 제기랄!!"

세 사람은 벌써 먼 점으로 사라져 가는 수린과 주작을 보며 빠르게 화청지의 담을 넘었다.

한편, 백무 일행이 떠난 비고 안에는 세 사람이 남아 앞으로의 일을 의논했다.

백무에게도 이야기했지만 자신들이 할 일이 몇 가지 남아 있었기에 백무에 대한 안배를 끝낸 이상 그들도 나름대로 움직여야 할 때인 것이다.

대략적인 의논을 마친 후, 혁련추는 자신이 생각하고 있는 것이 맞는지 궁금한 듯 무불성승에게 물었다. 백무가 떠나기 전 무불성승이 당민에게 무엇인가 전음을 보낸 것을 알고 있었기 때문이다.

"성승은 그 아이가 마음에 든 게요?"

"참한 아입니다. 그동안 무아를 위해 모든 것을 희생한 아이이기도 하고. 무아에게는 좋은 반려가 될 겁니다."

무불성승의 말에 혁련추가 고개를 끄덕였다.

"하긴, 나이가 조금 많은 것이 마음에 걸리기는 하지만 천주의 배필로 그리 떨어지지 않는 아이니 나도 괜찮은 것 같소."

"그나저나 천소궁은 걱정없겠습니까, 궁주?"

"너무 염려하지 않아도 될 겁니다, 성승. 본 궁주의 제자 아이 또한 그리 만만한 아이가 아니니 말입니다. 이궁주와 삼궁주가 무슨 음모를 꾸미고 있는지 모르지만, 이번에 그 아이의 벽이 얼마나 높은지 실감하게 될 겁니다."

천소궁주가 미소를 보이자 그의 자신감이 어디서 오는지 아는 듯 혁련추는 나지막한 웃음을 흘렸다.

"후후후. 하긴, 그 영악한 놈이 제 스승이 당했는데 가만있지 않을 테지. 그나저나 우리도 이제는 뒷방 늙은이 신세가 되었는데 어찌할 생각이오?"

혁련추는 무불성승을 향해 앞으로 어떻게 할 것인지 물었다. 이미 세 사람은 매자천의 사람이 아니었다.

이들은 각자 무림을 이끌어 나가는 거대 문파의 수장이었다. 더 이상 매자천에 관여한다는 것은 좋지 않다는 생각에서 백무가 내린 결정이었다.

세 사람은 앞으로 자신의 의지로 세상을 살아나가겠다는 백무의 뜻을 알았기에 그 결정을 순순히 따랐다. 백무의 말대로 그들은 매자천보다는 그들이 지금 속해 있는 문파에 더 애착이 있었던 것이다.

"천주의 뜻으로 이제는 다들 매자천을 떠난 것이나 마찬가지니, 이번 일이 끝나면 못다 한 일이나 해야 할 것 같습니다. 무아에게 언질을 준 것도 있으니 소승은 소림으로 돌아가 흐트러진 불법을 다시 세울까 합니다."

무불성승은 자신으로 인해 소림사가 많은 피해를 입었기에 후학을 양성할 뜻을 내비쳤다.

"무불성승께서 소림으로 돌아가신다니, 저도 천소궁으로 돌아가 새로 들어온 사손이나 가르치려 합니다. 그 아이의 자질이 제법 훌륭하니 소일거리가 될 것 같습니다."

천소궁주 또한 자신의 뜻을 밝혔다.

"상유천께서는 그 아이를 잘 가르치셔야 할 것입니다. 소승이 보기에 그 아이는 제황의 기운을 가졌더이다. 잘만 키우신다면 능히 하늘을 떠받칠 동량이 될 수도 있을 터이니 앞으로 기대가 큽니다."

무불성승의 말에 상유천의 입에 미소가 걸렸다.

"고맙습니다, 성승."

최상의 자질을 지녔기에 문파의 법을 무시하고 입문시켰었다. 그로 인해 이번에 입문한 사손에 대해서 내심 걱정하는 면이 없지 않아 있었던 상유천으로서는 무불성승의 말이 적지않이 위안이 되었던 것이다.

천소궁은 동이의 한 갈래로써 맥을 계승하는 자는 동이족

출신으로 제한되어 있었다.

하지만 이번에 그의 사손이 된 자는 건주여진(建州女眞)의 한 부족장의 아들로 천소궁을 계승하기에는 부적합한 면이 없지 않아 있었던 것이다.

그런데 무불성승이 그에 대해 칭찬하고 나서자 그로서는 마음이 놓였던 것이다. 제자로 들인 것을 허락한 것이나 마찬가지였기 때문이다.

"황태극(皇太極)이라고 했던가? 자네 제자가 데리고 왔기에 나도 한번 보았는데 자질이 상당하더군. 아마도 그 아이에게 천운이 따른다면, 성승의 말씀대로 대망을 꿈꿔볼 수 있을 것이네."

"하하하, 두 분의 칭찬에 몸 둘 바를 모르겠습니다. 잘 가르쳐 하늘을 떠받칠 동량으로 키워내겠습니다."

혁련추 또한 칭찬하고 나서자 상유천의 얼굴은 더할 나위 없이 밝아졌다. 자신의 선택이 틀리지 않음을 확신할 수 있었던 것이다.

"이곳에서 화산의 일이 해결되기를 기다렸다가 갈 텐가, 아니면 지금 떠나겠는가?"

혁련추는 상유천을 향해 물었다.

"일단 먼저 떠나겠습니다. 제가 본 궁에 머물면 두 궁주가 어느 정도 몸을 사릴 테니 천주나 제 제자 아이가 행동하기 훨씬 편할 것이고 말입니다."

"그렇게 하시게. 우리도 이곳에 얼마 머물지 않을 테니 나중에 대산으로 오시게. 모든 것은 그곳에서 결말이 날 테니."

"알겠습니다."

상유천은 곧바로 비고를 떠났다.

"성승께서는 어찌 생각하시는지요?"

상유천이 떠나자 혁련추는 자못 비장한 어조로 무불성승의 의견을 구했다. 상유천은 모르는 뭔가가 있는 것이 분명했다.

"무아가 잘 알아서 하겠지요. 우리가 나선다 해도 해결하지 못할 일이니 말입니다. 그 아이라면 그들의 힘이 개입되었는지 분명히 밝혀낼 겁니다."

"나도 그리 생각합니다만, 환의 시조께서도 놈들을 밝혀내시지 못하고 그저 봉인하는 수준에서 끝낸 일입니다. 어찌 걱정이 되지 않겠습니까."

"그때와는 다릅니다. 환의 시조께서 남겨놓으신 힘도 있고, 놈들의 의도가 어찌 되었든 무아로 인해 아홉이 하나로 합쳐질 겁니다. 아홉이 합쳐지면 개벽이 일어납니다. 아무리 놈들의 음모가 뿌리 깊다고는 하지만, 이번에는 백일하에 밝혀질 겁니다."

"으… 음!"

"시주께서는 그 아이를 자금성으로 인도하시기만 하면 됩니다. 이미 각성이 되었을 터, 자금성에서부터 실마리를 풀어간다면 충분할 겁니다."

무불성승은 암천신마를 보며 미소를 지었다. 세존의 미소마냥 흘러나오는 자비로움에 암천신마는 안도감이 들었다.

"알겠습니다. 저도 이대로 대산으로 돌아가겠습니다. 그 아이가……."

비고 안에는 두 사람밖에 없는데도 불구하고 중요한 일인 듯 뒤의 말은 전음으로 이어졌다. 두 사람은 전음으로 한참 동안 의견을 나누었다.

그리고 얼마 후 두 사람은 비고를 떠나 각자의 목적지로 향했다.

*   *   *

파―파팟!

수린은 거의 전력을 다해 경공을 펼치고 있었다. 오빠를 만난다는 생각에 마음이 급했던 것이다. 주작도 뒤에서 열심히 다리를 놀리고 있었다.

하지만 좀처럼 거리가 좁혀지지 않고 있었다. 백무 일행이 그저 조그만 점으로 보일 뿐이었다.

'분명 이쪽으로 가면 하남성 방향이다.'

수린의 짐작대로 백무 일행은 하남성으로 향하고 있었다. 강호의 전 시선이 화산으로 쏠려 있는 지금 백무 일행이 어째서 하남성 방면으로 향하는지 의문이 들었지만, 일단 오빠를 만나야 하기에 수린은 잡생각을 지웠다. 워낙 빠른 속도로 달리고 있었기에 자칫 놓칠 우려가 있었기 때문이다.

‘응?

수린은 한참을 달리다 수상한 자들의 모습을 볼 수 있었다. 오빠의 일행으로 보이는 사람들과 자신 사이에 누군가 끼어들었던 것이다.

수린은 갑자기 나타나 오빠 일행을 추적하는 자들을 주목했다. 풍기는 기운이 너무도 특이한 존재들이었기에 전음으로 주작의 의견을 구했다.

“주작 할아범!”

“특이한 놈들입니다, 아가씨. 사기(死氣)가 가득한데 아직까지 살아 있을 수 있다니 말입니다.”

주작도 이미 주목하고 있었기에 수린의 말을 받았다. 그로서도 놀라운 존재였기에 의문이 아닐 수 없었다.

“역시 그렇군요. 굉장한 기운을 가지고 있는 것이 틀림없지만 저 정도의 사기라면 이미 살아 있지 않아야 할 존재들인데 저리 생기를 가진 것을 보면 사이한 대법을 시술받은 자들인 것 같습니다. 저런 자들이 쫓고 있다니 아무래도 안 되겠어요. 속도를 더 높여야 할 것 같아요.”

“알겠습니다, 아가씨.”

두 사람은 달리는 속도를 더욱 높였다. 아직 확인된 것은 아니지만 정체 모를 추적자들이 쫓고 있는 일행 중에 오빠가 있는 것이 분명 했기에 무시할 수 없었던 것이다.

자신들의 뒤를 누군가 쫓고 있다는 것은 백무 또한 느끼고 있었다. 처음에는 신비스러운 기운을 풍기는 두 사람이었지만 갑자기 사람이 늘었다.

갑자기 끼어든 자들은 누구인지 확실히 알 수 있었다. 한수변에서 싸웠던 생강시와 같은 기운을 풍기고 있었던 것이다.

처음부터 자신들을 쫓는 두 사람은 생강시들이 나타나자 기운이 요동치는 것을 보면 같은 무리로는 안 보였다. 자신을 쫓는 수린과 주작에 대해서는 확실한 정체를 알아내기 어려웠지만 어느 정도 짐작하고 있는 것이 있었다.

"누님, 다른 자들이 다시 뒤에 붙은 모양입니다. 풍기는 기운으로 봐서는 마교에서 나선 모양입니다. 전에 한수변에서 봤던 괴물 같은 놈들이 틀림없는 것 같습니다."

백무는 당민에게 생강시가 나타났음을 전음으로 알렸다.

"생강시?"

생강시가 나타났다는 소리에 당민이 놀라 반문했다.

"전에 나타났던 놈들보다 더한 기운을 가진 것을 보면 놈들은 완전하게 완성된 생강시임이 분명합니다. 그리고 화청지에서부터 쫓아오는 자들은 마교에서 온 자들과는 한 무리가 아닌 것 같습니다. 그리고 천음문의 인물들로 보이지도 않고요."

"그렇다면 그나마 다행이구나. 어떻게 할 생각이냐?"

"소림으로 가기 전에 일단 마교에서 나온 자들부터 처리를 해야 할 것 같습니다. 하남성에 들어선 이후부터는 우리의 행적이 밝혀져서는 곤란하니까 말입니다."

"그래, 알았다. 하지만 무아야. 완성된 생강시라면 우리가 곤란해질 수도 있다."

생강시의 위력을 누구보다 잘 아는 당민은 걱정스러운 듯 전음을 보냈다.

"후후후, 누님도 아시지 않습니까? 지난날의 제가 아닙니다. 그리고 생강시라면 제 능력이 어느 정도 되는지 시험해 볼 수 있는 기회도 될 테니 걱정 마십시오. 아무래도 인적이 드문 곳이 좋을 테니 저기 있는 산으로 들어가면 바로 처리를 해야겠습니다."

"알았다."

당민은 백무가 자신의 능력을 시험하고 싶다는 것을 알았다. 당금 무림의 하늘이라 칭할 수 있는 사람의 진전을 물려받은 백무였다.

그리고 세 사람의 노력으로 불완전하던 적혈잠원대법 또한 이미 완성한 상태였다. 당민 또한 백무의 성취가 어디까지인지 알고 싶은 마음도 없지 않았다.

"뒤를 쫓는 자들이 있으니 모두들 저 산 쪽으로 방향을 잡으세요. 아무래도 마교에서 나온 자들 같으니 저곳에서 처리한 후 떠나겠습니다."

백무는 모두에게 전음을 보냈다. 모두들 흠칫 놀랐지만 백무의 지시대로 산 쪽으로 방향을 틀었다.

비고에서 나온 지 얼마 되지 않아 드디어 적과의 일전이 시작되기에 모두들 약간은 흥분된 기색이었다.

第二章 남매상봉(男妹相逢)!

九辟雷雲

백무와 수린 사이에 끼어들어 쫓고 있는 자들은 파라소의 명령으로 생강시들과 함께 당민 일행을 쫓아 마교에서 나온 가철문이었다.

'육 개월 동안 잠적했다가 나타난 것을 보면 분명 화청지 인근에 저들이 머물 만한 비밀 장소가 있음이 분명하다. 관이 운영하는 곳이라 섣불리 접근하지 못했던 곳인데… 내 실수로군. 놈들이 나타난 이상 어떻게든지 결말을 보게 될 것이다. 하지만 뒤에서 쫓는 놈들도 그렇고, 배후가 있음이 분명하니 일단 파라소님에게 연락을 해야겠다.'

마교에서 생강시를 이끌고 화산으로 온 가철문은 그동안 백무의 행방을 찾기 위해 여러 곳을 뒤지고 다녔었다. 마지막 행방이 여산 인근에서 사라진 것을 알고는 지난 시간 동안 인근에 머물며 백무의 행방을 탐문하고 있었던 것이다.

하지만 아무리 뒤지고 다녀도 행방을 찾을 수 없었다. 자신들의 행적이 드러나서는 안 되기에 조심한 탓도 있지만, 이토록 감쪽같이 행방을 감출 수 있었다는 것은 배후가 있지 않고는 불가능한 일이었다.

가철문은 자신들과 같이 여산 인근을 뒤지고 다니는 주무성 일행이 당민의 배후라는 생각이 들었다. 은밀하면서도 강력한 힘을 지닌 고수들이 대부분이었다. 정확한 정체를 파악하지 못했기에 지켜보고 있었지만, 이제 당민이 나타난 이상 파라소에게 보고를 해야 했던 것이다.

그는 자신의 품에서 미리 준비해 놓은 전서구를 꺼냈다. 화산 인근에 마련해 놓은 비밀 거점으로 날아갈 전서구였다. 전서구에 매달린 전서합(傳書盒)은 비밀 거점에서 만리비응을 통해 십만대산으로 전해지게 될 것이다.

그러나 그는 미처 알지 못했다. 자신도 알아차리지 못하게 은밀히 뒤를 쫓고 있는 두 사람이 자신이 날린 전서구를 중간에서 가로챘다는 것을.

자신의 의도가 무산됐다는 것을 모른 채 한참을 달리던 가철문은 산맥의 초입에 들어선 후 생강시들과 함께 멈추어 설 수밖에 없었다. 백무 일행이 늘어서서 자신들을 기다리고 있는 것을 볼 수 있었기 때문이다.

“으… 음! 만만치가 않다. 전에 보았을 때와는 분위기가 완전히 달라졌다.”

이미 자신들이 쫓고 있다는 것을 눈치 채고도 피할 생각을 하지 않고 있다는 것은 그만큼 자신이 있다는 뜻이었기에 가철문은 신음을 삼켰다.

‘완성된 생강시가 이십 구다. 단 한 구라 하더라도 광천십마와 맞먹는 위력을 지녔으니 별일 없을 것이다.’

너무도 태연한 표정으로 서 있는 백무 일행을 보며 불안한 마음이 들었지만 가철문은 생강시를 믿었다. 지난번 자신이 이끌고 온 생강시와는 차원이 다를뿐더러 숫자 또한 비교할 바가 아니었기에 이번에는 자신의 의지대로 될 것임을 믿어 의심치 않았다.

가철문은 마음을 가다듬고 자신들을 기다리는 백무 일행을 둘러보았다.

“후후후, 우리가 쫓고 있다는 것을 이미 알고 있었던 모양이로군?”

“물론. 한 번 봤는데 잊을 리가 있나?”

가철문의 질문에 백무가 나서며 대답을 했다.

“역시, 지난날 한수변에서 생강시를 없앤 것은 너희들이었군.”

백무의 대답에 가철문은 자신의 의혹이 사실임을 알 수 있었다. 어떻게 생강시들을 없앤 것인지 모르기에 자못 긴장하지 않을 수 없었다.

"그래, 한수에서는 대접은 잘 받았었다. 해서 그 대접에 보답을 하려고 기다리고 있었지. 인간을 그런 괴물로 만든 것을 용서할 수도 없고 말이야."

"보답?"

"물론 매자천은 이제 천음문으로부터 더 이상 핍박받지 않겠다는 뜻이기도 하지."

"매… 매자천!!"

가철문은 백무의 입에서 매자천이란 소리가 흘러나오자 너무 놀라 말을 떨었다.

"네가 놈들의 끄나풀이라는 건 이미 알고 있다. 너희가 우리 뒤를 쫓는 것이 매자천의 유진을 얻기 위함임도. 그러니 이제 그만 끝내는 것이 좋지 않을까 하는데……."

"모… 모두 알고 있었던 것이냐?"

예상을 벗어난 백무의 말에 가철문은 몸이 떨리는 것을 느꼈다. 자신들이 은밀히 진행하고 있었던 일을 매자천에서 모두 알고 있었다는 것이 그의 몸을 떨리게 한 것이다.

"그렇게 놀랄 것까지는 없다. 나도 얼마 전까지는 몰랐었으니까. 하지만 지금은 너희가 펼쳐 놓은 음모에 대해 모든 것을 알게 되었지. 그동안 너희들이 무슨 짓을 했는지 말이야."

담담히 흘러나오는 백무의 목소리에 가철문은 가슴이 서늘해짐을 느꼈다. 살기조차 흘리지 않는 목소리였지만 그 안에 담긴 분노를 읽을 수 있어 마음이 절로 두려워진 탓이다.

'이 사실을 알려야 한다. 하지만…….'

조금 전 날려 보낸 전서구에는 배후 세력에 대한 언급만 있었을 뿐 이러한 내용이 없었기에 가철문은 좀 더 지켜보지 못한 자기 자신을 후회하지 않을 수 없었다.

그동안 자신들이 매자천을 쫓고 있다고만 알고 있었다. 하지만 백무의 이야기를 들어보면 이것은 역으로 자신들을 쫓고 있는 것이 분명했다.

그리고 이토록 순순히 알려주는 것을 보면 이 자리를 벗어나기가 쉽지 않겠다는 생각이 들었다.

'완전하지는 않지만 생강시를 처리했던 자들이다. 상황이 어떻게 바뀔지 모르니 일단 시간을 벌어야 한다. 다행히 생강시가 저자들을 제압한다면 다행이지만 그렇지 않다면 기회를 봐서 이 자리를 떠야겠구나.'

자신이 이끌고 온 자들이 생강시임이 분명함을 아는데도 표정 하나 변하지 않는 백무 일행을 보며 가철문은 위기를 모면하고 이들이 세상에 나온 사실을 매자천에 알릴 수 있는 방법을 찾기 위해 빠르게 머리를 굴렸다.

"흥, 재미있군. 하지만 안다고 해도 변하는 것은 없다. 너희는 이곳에서 나에게 사로잡힐 테니까. 모두 쳐라!!"

가철문은 생강시들에게 명령을 내렸다.

파파파팟!

포탄이 쏟아지듯 생강시들은 가철문의 명령이 떨어지자마자 빠른 움직임으로 백무 일행을 포위하며 공격하기 시작했다. 그렇지만 백무 일행 중 움직이는 이가 없었다. 하다못해 방어하려는 움직임도 보이지 않았다.

오늘의 일은 백무가 전적으로 책임질 것이기에 그들은 그저 지켜보기로 한 것이다. 그만큼 그들은 백무를 믿고 있었다. 천하제일이라 칭하는 세 사람이 인정한 백무의 실력을 믿었던 것이다.

"아가씨, 저분이 오빠가 맞습니까?"

생강시가 백무 일행을 포위하는 순간, 수린과 주작이 장내와 조금 떨어진 곳에 당도했다. 주작이 백무를 가리키며 물었지만 수린은 대답이 없었다. 너무도 반가운 마음에 그저 눈물을 흘리며 고개만 끄덕일 뿐이었다.

"그럼 구해야 하지 않습니까?"

주작은 위험해 보이는 백무 일행을 두고 가만히 멈추어 선 수린을 보며 의아함을 감추지 않았다. 사기를 짙게 풍기는 생강시들의 공격이 자못 위험해 보였던 것이다.

자신이라 할지라도 저 정도의 숫자라면 생사를 장담하기 힘들 정도였던 것이다.

"아니에요, 할아범. 가만히 있으세요. 오라버니는 지금 위험하지 않으니까요."

"예?"

수린의 대답에 주작은 의문이 들었다. 하나하나 짙은 사기를 풍기는 자들은 가히 초절정고수를 방불케 하는 자들이었다. 짙푸른 죽음의 기운을 풍기는 자들이 엄밀히 포위했음에도 위험하지 않다는 말이 선뜻 믿어지지 않았던 것이다.

"주작 할아범, 느껴지지 않나요? 오빠에게서 흘러나오는 저 거대한 힘 말이에요."

수린의 말에 주작은 급히 기감을 끌어올렸다. 수린의 말대로였다. 자신이 보기에도 심상치 않은 기운이 백무 주변에서 피어오르고 있었던 것이다.

"헉!"

주작은 계속해서 기감을 끌어올리다 멈추지 않을 수 없었다. 백무의 기운이 주는 압박 때문에 자신의 가슴이 터질 듯했기 때문이다.

"어… 어떻게 저런 기운이……."

주작은 자신이 느낀 것을 믿을 수가 없었다. 자신의 주군이자 철혈의 진전을 이은 수린의 기운도 백무가 뿜어내는 기운에 비할 바가 아니었다.

그냥 바라만 보면 아무것도 느낄 수 없는 기운이다. 하지만 기감을 끌어올려 보았을 때 느낀 백무의 기운은 주작을 한없이 초라하게 했다. 지금까지 느껴보지 못한, 사신의 기운보다 더욱 광대무변한 기운이 느껴졌던 것이다.

주작이 놀라는 데에는 또 다른 이유가 있었다. 힘의 크기뿐만 아니라 백무에게서 느껴지는 기운이 중원의 무인이라면 있는지조차 느낄 수 없는 기운이었기 때문이다.

중원에서 사용하는 내공과는 차원이 다른, 자신들이 익힌 사신기와 동류 기운이라는 것을 알 수 있었던 것이다.

'아가씨의 오라버니라는 사람이 뿜어내는 것은 분명 동이의 것이다. 이곳 중원의 것과는 차원이 다른 무공이다.'

의아함에 가슴을 압박하는 중압감을 이기고 백무의 기운을 다시 한 번 살펴보던 주작은 자신이 느낀 기운이 오래전부터 내려오는 동이의 무공이 분명함을 확인할 수 있었다.

확실히 사신인 자신들이 익히고 있는 사신무와도 일맥상통하는 기운이었다.

그리고 고대로부터 전해 내려오는 동이의 무공에 대한 기록과도 비슷한 면이 무척이나 많았다.

그렇게 백무의 기운이 동이의 무공으로 인한 것임을 알고서야 주작은 수린이 말하는 뜻을 알아들었다. 평범하게 보이지만 생강시의 공격을 무심하게 바라보는 백무는 고작 사기를 짙게 풍기는 자들이 어떻게 할 수 있는 상대가 아니라는 것을 알 수 있었던 것이다.

생강시의 공격에 대비해 잠원의 기운을 끌어올리던 백무는 생강시의 공격이 시작되는 찰나에 신형을 움직였다. 아니, 서 있던 자리에서 사라졌다.

팟!!

사라진 백무의 신형이 갑자기 생강시의 앞에 나타났다. 초절정을 상회하는 기감과 움직임을 보이는 생강시였지만 반응이 없었다. 자신의 앞에 적이 나타났는데도 그저 멀뚱거리며 쳐다볼 뿐이다. 백무의 움직임이 그들이 인지할 수 있는 지각의 범위를 넘어섰기 때문이다.

사라졌다가 나타난 백무의 손이 생강시의 가슴에 가볍게 닿는 것이 보였다. 너무도 자연스러운 움직임이었기에 생강시들은 백무의 손이 몸에 닿는 것조차 느끼지 못하고 있었다.

팟!

다시 백무의 신형이 꺼지듯 사라져 버렸다. 백무의 신형이 나타난 곳은 또 다른 생강시의 앞이었다. 이번에도 마찬가지로 백무의 손이 생강시의 가슴에 닿았다 떨어졌다.

그렇게 계속해서 생강시를 향해 알 수 없는 동작을 취하는 백무였지만 생강시들은 아무런 반응을 하지 않았다. 백무와 일행을 향해 공격해 들던 생강시들이 모두 멈추어 섰다. 이런 모든 움직임이 찰나간에 이루어졌다.

"저… 럴 수가!"

수린과 주작은 백무의 움직임을 느끼면서 경악을 금치 못했다.

두 사람을 제외한 장내의 어느 누구도 백무의 움직임을 느끼지 못하고 있었다. 백무는 그저 가만히 서 있는 것처럼 보일 뿐이었던 것이다.

두 사람도 명확히 보고 있었던 것은 아니었다. 너무 빠른 속도였기에 기감으로 백무가 어떻게 하고 있는 것인지 간신히 인지할 뿐이었다.

공격해 들던 생강시들이 갑자기 멈추어 서자 가철문도 이상함을 느꼈는지 고개를 갸웃거렸다.

“뭐 하는 것이냐? 어서 공격해라!”

가만히 서 있는 생강시를 향해 명령을 내렸다. 그러나 아무런 반응이 없었다.

“응?”

뭔가 희끗한 그림자가 생강시를 스치듯 지나가는 것이 보였다. 이상한 예감에 시선을 집중하는 순간, 그림자는 사라지고 다시 다른 곳에 그림자가 나타났다.

가철문이 보았던 움직이는 그림자는 백무였지만 그의 눈으로는 정확히 파악할 수 없었던 것이다. 그리고 갑자기 생강시가 멈추어 선 것이다.

생강시가 반응하지 않는 것이 이상했다. 눈에 보이지는 않지만 백무가 생강시에게 다가갔다면 반응을 보여야 정상이었다. 그런데 아무런 움직임이 없었던 것이다.

가철문은 백무를 향해 시선을 돌렸다. 조금 전과 마찬가지로 숨 한 점 흐트러짐 없는 모습이었다.

“무슨 짓을 한 것이냐?”

“후후후, 글쎄. 금방 결과가 나타날 테니 기다려 보면 알 수 있을 거다. 나도 처음 해보는 것이라서 말이야.”

백무는 가철문의 질문에 미소를 지으며 대답했다. 백무도 방금 시전한 자신의 무공이 어떤 결과를 나타낼지 흥미로운 표정이었다.

“미친놈이로군. 생강시가 그리 호락호락 당할 줄 아느냐? 저 여자와 어린놈만 남기고 모두 죽여라! 어서!”

가철문은 생강시에게 다시 명령을 내렸다. 당민과 백무만 있으면 되기에 다른 이들은 모두 죽이도록 했다.

"응?"

가철문은 명령을 내리고 난 후 의아한 눈으로 생강시를 바라보았다.

파라소에게 인계받은 순간부터 생강시의 주인은 자신이었다. 그것은 변할 수 없는 사실이었다. 정신을 완전히 지배당한 생강시들은 자신의 명령을 거부할 수 없었다.

분명 자신은 생강시들에게 명령을 내렸다. 그런데 조금 전에도 그렇고, 즉각적인 반응을 보여야 할 생강시들이 아무런 움직임도 보이지 않았던 것이다.

"저… 럴 수가!!"

가철문의 안색이 새하얗게 변해 버렸다. 그의 입에서 떨리는 듯한 음성이 흘러나왔다. 자신이 본 것을 믿을 수가 없었기 때문이다. 생강시들은 자신의 명령을 거부한 것이 아니었다. 아예 명령을 들을 수가 없었던 것이다.

가철문과 당민 일행의 눈앞에서는 지금 놀라운 광경이 벌어지고 있었다. 백무 일행을 포위하고 서 있는 생강시들의 몸에서 변화가 일고 있었던 것이다.

그들의 눈과 귀, 코와 입에서 검붉은 진액이 천천히 흘러내리고 있었던 것이다. 그것은 내부가 완전히 박살나지 않는 한 벌어지지 않는 현상이었다.

"어… 어떻게 한 것… 이냐?"

가철문은 묻지 않을 수 없었다. 마교의 지존인 암천신마라 할지라도 할 수 없는 일이었기 때문이다.

"후후후, 조금 지켜보면 결과를 알 수 있을 테니 너무 재촉하지 마라."

우드득!!

백무의 말이 끝나기도 전에 무엇인가 부서지는 소리가 장내에 울려 퍼졌다. 모골이 송연한 기분 나쁜 소리였다. 그것은 생강시들의 골육이 산산이 부서지는 소리였다.

퍼… 퍼퍽!

털썩!!

골육이 부서지는 소리가 채 끝나기도 전에 무너지듯 동시에 생강시들이 쓰러지기 시작했다. 백무의 공격으로 이십여 구의 생강시가 힘 한번 쓰지 못하고 일제히 바닥에 쓰러진 것이다.

생강시라고 해도 완전한 금강불괴는 아니었다. 그러나 그에 버금가게 생강시의 몸은 무척이나 단단했다. 강기를 사용한다고 해도 상처만 약간 남는 것이 바로 생강시의 몸이었다.

피부에 비해 내부가 취약하기는 하지만 내가중수법에 대비해 여러 가지 조치를 취했기에 이토록 허무하게 쓰러질 수는 없는 일이었다.

"사… 사술이다."

가철문은 어떻게 이런 현상이 일어나는지 알 수가 없었다. 그저 헛소리마냥 되뇌일 뿐이었다. 뭔가가 생강시 사이를 번득거렸을 뿐이었다. 그것이 백무라는 것을 알고는 있었다. 그렇지만 내공 같은 것은 끌어올리지도 않은 것 같았다. 그런데 모든 생강시가 자신의 눈앞에 누워 천천히 녹아가고 있었다.

내부가 완전히 부서진 것이 분명했다. 그로 인해 생강시에게 투입한 영약과 극독이 불균형을 이루어 그 힘을 이기지 못해 녹아내리는 것이 틀림없다.

이토록 조용하게 생강시를 처리할 수 있는 자는 당금 중원에 없다고 해도 과언이 아니었다. 마교의 교주인 암천신마라 하더라도 이렇게 빠른 시간 내에 처리한다는 것은 아무리 생각해도 불가능했다.

"후후후, 창천비각에서 마교에 잠입했다는 것은 이미 알고 있다. 너 또한 그들 중 하나임도. 저렇듯 인간으로서는 도저히 하지 못할 짓을 한 놈은 분명 잔독시마일 테니 파라소에게 전해라. 내가 곧 찾아간다고 말이다."

존재해서는 안 될 마물들이기에 없애 버렸지만 백무는 파라소에게 진한 분노를 느끼고 있었다. 백무에게서 퍼져 나오는 거대한 기운에 가철문은 몸을 떨었다.

너무도 공포스러운 존재였다. 그렇지만 백무가 자신을 죽이지 않을 것임을 알 수 있었다.

"나… 나를 사… 살려주는 것이냐?"

"후후, 살려주기는 하겠지만 그냥은 보내지 못한다. 너 또한 본 가의 혈겁과 관련이 있을 것이기에……."

스슷!

가철문은 갑자기 백무의 신형이 사라지는 것을 볼 수 있었다. 그것도 잠시, 자신의 눈앞에 희끄무레한 그림자가 어른거렸다.

"컥!"

하복부에 불로 지지는 듯한 통증이 느껴졌다. 가철문의 시선이 저절로 아래도 향했다. 붉은 기운이 가득한 손 하나가 자신의 단전에 살며시 닿아 있었다. 통증은 그곳에서부터 비롯되고 있었다. 무인의 생명이라 할 수 있는 단전이 파괴된 것이다.

갑자기 눈에 보이는 손이 사라졌다. 고통이 온몸으로 번지는 것을 느끼며 바라봤지만 이미 손의 임자는 보이지 않았다. 어느새 제자리로 돌아가 웃고 있는 백무의 모습이 보였다.

"네놈의 무공은 모두 거두어들였다. 가서 전하도록! 매자천의 복수가 지금부터 시작됐다고 말이다. 네놈들은 결코 내 손을 피할 수 없을 것이다."

"크… 윽!"

백무의 목소리를 들으며 가철문은 신형을 움직이려 했지만 움직일 수가 없었다. 백무 일행의 모습이 가물거리며 흔들렸다. 온몸의 힘이 빠져나간 듯 나른했다.

손바닥이 닿았던 부분에서 기이한 기운이 꿈틀거렸다. 모든 것을 파괴하는 전율스러운 기운이 단전에 맴돌고 있었다.

"크… 윽!"

바늘로 쑤시는 고통과 함께 가철문은 자신의 시야가 점점 흐려져 감을 알 수 있었다. 그리고 이내, 그의 몸이 차가운 흙

바닥에 쓰러졌다.

"응?"

가철문이 쓰러지는 것을 보던 백무는 기이한 기운이 자신을 주시함을 알았다. 장내의 상황 때문인지 수린이 놀라 기척을 흘린 것이다.

"이제 그만 나오는 것이 어떤가? 이미 볼 만큼 본 것 같은데 말이야."

백무는 자신을 지켜보고 있는 시선의 주인을 보고 싶었다. 풍기는 기운으로 봐서는 적이 아닌 것 같지만, 자신의 생각이 맞는 것인지 보고 판단하고 싶었다. 추적자라면 정리를 해야 겠지만, 어쩐지 그런 생각이 들지 않기에 한번 보기로 한 것이다.

백무의 말에 추적자들은 별다른 행동 없이 거리를 접듯 빠르게 장내에 나타났다.

백무는 자신의 전면에 나타난 수린을 보고 놀라지 않을 수 없었다. 반가움과 격정이 그의 가슴에 몰아쳤다.

"수… 수린아!"

"오… 오빠!!"

격정이 인 것인지 수린은 울먹이는 목소리로 백무를 불렀다.

"수린아, 살아 있었구나."

백무는 달려가 수린을 힘껏 껴안았다. 죽은 줄 알았던 동생이 살아 있었기에 너무도 기쁘지 않을 수 없었다.

"이 녀석!!"

백무는 동생이 살아 있음에 안도하며 울고 있는 수린의 등을 토닥였다.

"흑! 오빠."

죽은 줄 알았던 오빠가 이렇게 살아 자신을 안아주자 수린은 감격의 눈물을 흘렸다.

"난… 난 네가……."

백무도 감격에 겨운 듯 할 말을 잃은 채 수린을 안은 손에 힘을 주었다.

"흑, 저… 전 잘 있었어요, 오빠."

"그래, 하늘에 계신 아버님이 널 돌보신 것이로구나."

동생이 살아 있다는 것이 너무도 기쁜 백무는 하늘을 한 번 올려다보았다. 매자천을 위해 스스로 목숨을 희생한 자신의 아버지가 수린을 지켜준 것 같았다.

두 남매는 한동안 껴안고 있다가 포옹을 풀었다.

"하하하! 누님, 이 아이가 제 동생인 수린입니다. 수린아, 내 생명의 은인이시다."

백무는 맑은 웃음을 흘리며 당민에게 수린을 소개했다. 수린에게도 당민을 소개했다.

"당민이라고 해. 무아가 동생 걱정을 많이 했는데 다행이야."

당민이 다가오며 수린에게 반갑게 인사를 했다. 그녀의 얼굴에는 그 어느 때보다 환한 웃음이 맴돌았다.

무불성승이 자신의 뜻을 허락했기에 수린도 당민에게는 이제 무척이나 중요한 사람이었다. 백무의 기쁨은 곧 그녀의 기쁨이기도 한 것이다. 백무가 수린 때문에 그동안 얼마나 마음을 졸였는지 잘 알기에 반가이 수린을 맞았다.

'오빠에게 무척이나 소중한 사람 같구나. 그리고 이 언니도 좋은 분인 것 같고.'

당민을 바라보는 오빠의 입가에 미소가 떠나지 않는 것을 보며 수린은 그녀가 무척이나 소중한 사람임을 알 수 있었다. 미소를 지으며 자신을 바라보는 당민이 무척이나 살갑게 대해주는 것도 그리 싫지가 않았다.

"수린이가 인사드립니다. 언니가 오빠를 구해주신 것에 대해 뭐라 감사의 말씀을 드려야 할지 모르겠습니다. 정말 감사드립니다."

수린은 조심스럽게 고개를 숙이며 당민에게 인사를 했다.

'다행이다.'

수린이 웃으며 자신의 인사를 받아주자 당민은 마음이 놓였다. 어찌 됐든 백무의 의사에 제일 깊이 영향을 줄 사람이 수린이라는 것을 알기에 그녀로서도 마음이 놓였다.

"아니에요. 당연한 일인걸요. 천주께서는 수린 아가씨 걱정을 많이 했어요. 그런데 이렇게 건강한 모습을 볼 수 있으니 저도 무척 기쁘군요."

당민은 수린을 무척이나 살갑게 대했다.

'누님께서 수린이에게 어째서 저렇게 대하시는 것이지……'

백무는 평소와 너무 다른 당민의 모습에 의아한 생각이 들었다. 하지만 그런 생각은 이내 지워 버렸다. 수린의 뒤편에 조용히 시립하고 서 있는 주작의 모습이 그의 관심을 끌었던 것이다.

"그런데 수린아, 뒤에 계신 분은 누구시냐?"

백무는 수린과 같이 온 주작에 대해 물었다. 지금까지 자신이 본 사람들 중 가장 강할 것 같기도 하고, 주작의 몸에서 느껴지는 기운이 친숙해 정체를 물었던 것이다.

"오빠, 잠깐만요. 다른 분들도 오면 말씀드릴게요."

"다른 분들? 그래, 알았다."

수린의 말대로 멀리서 굉장한 기운을 가진 사람들이 자신들에게로 다가오는 것을 느낄 수 있었다. 성질은 다르지만 수린의 뒤에 서 있는 주작의 기운과 비슷한 것을 보면 수린이 말한 사람들이 틀림없는 것 같았다.

"이제 오시는군요."

수린의 말이 끝나기 무섭게 사람들의 모습이 시야에 들어왔다.

쐐애앵!!

잠시 후 현무를 비롯한 세 사람이 도착했다.

'정말이지 무서운 사람들이다. 저런 고수들이 중원에 있었

다니… 수린이와 저들은 무슨 관계인 것인지 모르겠군.'

파공성과 함께 나타난 사신들은 조용히 주작의 옆에 섰다. 네 사람이 모이자 세상의 모든 기운이 한곳에 집중되는 것 같았기에 백무의 눈이 조금 커졌다.

자신의 눈앞에 있는 작은 키의 노인들이 합공을 할 경우 스스로도 감당할 수 없다 여겼기에 백무는 자신도 모르는 사이에 잠원을 끌어올리고 있었다.

놀라기는 사 노와 당민도 마찬가지였다. 그들로서도 처음 보는 기운을 가진 자들이었기에 장내에는 일순 긴장감이 흘렀다.

"호호호. 오빠, 이분들은 제 사부님들이나 마찬가지인 분들이에요. 할아범들은 어서 와서 오빠에게 인사를 하세요."

수린은 사신을 앞으로 불러냈다.

"알겠습니다, 아가씨."

수린의 말이 끝나기 무섭게 현무가 대답을 하며 백무에게 날듯이 다가왔다. 다른 사신들도 뒤이어 백무에게 다가왔다. 서 있는 자세 그대로 다가오는 것을 보면 강호의 초절정고수도 펼치기 힘들다는 무탄력(無彈力) 경공이 분명했다.

"안녕하십니까? 현무라고 합니다."

"청룡입니다."

"백호라고 불립니다."

"주작입니다."

네 사람은 백무를 보며 무척이나 공손히 인사했다. 백무도 사신의 인사를 받으며 고개를 끄덕이며 미소를 지었다.

'이분들이 왜 이러지?'

수린은 사신의 행동을 보면서 의아한 생각이 들었다. 네 사람의 행동이 지나치게 공손했던 것이다.

"반갑군요. 동생을 잘 보살펴 주셔서 너무 고맙습니다. 수린이가 살아 있는 것도 여러분 덕분인 것 같군요."

백무가 두 손을 마주 잡아 포권을 하며 사신들에게 감사의 인사를 전했다.

"별말씀을 다 하십니다. 무후께서 전대 무제와 인연이 있으셨습니다. 저희들은 그 인연을 따른 것뿐입니다."

현무는 죄송스러운 듯 최대한 공경한 자세로 백무의 인사를 받았다. 다른 사신들도 깊숙이 고개를 숙이며 백무의 인사를 받았다.

'무슨 일인지 모르겠군.'

수린은 두 사람을 보면서 서로 간에 나누는 대화의 말투가 이상하다는 것을 느꼈다. 어찌 보면 오빠와 사신들이 서로 아는 사이 같았다.

"오빠, 할아범들을 알아?"

"사신문의 분들이 아니시냐?"

"오빠가 사신문을 알아?"

"후후후. 수린아, 사신문에 대해서는 우연히 알게 되었다."

사신문은 동이의 문파로 오래도록 비밀에 가려져 있었다.

특히 자금성 지하 깊숙한 곳에 자리를 틀고는 사신의 후계자들을 고르는 것을 제외하고는 웬만해서는 활동을 하지 않았다.

그랬기에 중원에서 사신문의 존재를 알고 있는 사람은 전무하다시피 했는데 오빠가 알고 있는 듯해 보이자 수린은 어찌된 일인지 궁금했다.

'오빠가 어찌 사신문에 대해 알고 있다고 쳐도 할아범들은 왜 저러는 것이지?'

사신의 행동은 그녀로서도 처음 보는 것이었다. 네 사람은 무척이나 상기되어 보였고, 오빠를 대하는 태도가 무척이나 공손했다.

"그럼 할아범들은 오빠를 어떻게 알아?"

"이곳에 도착한 후 주작에게 들었습니다. 아가씨의 오라버니께서 매자천의 사람이라고 말씀하셨다고 말입니다."

현무와 다른 사신들이 도착하자 주작이 장내에 있었던 일들을 말해준 모양이었다.

"매자천이란 말은 나도 들었는데 그게 무슨 상관이지?"

"아가씨, 사신문과 매자천은 형제 문파라고 해도 틀리지 않습니다. 오랜 옛날 환의 시조께서 세상에 내리신 힘들을 나누어 가진 사람들이니까 말입니다."

"정말이야?"

너무도 뜻밖의 이야기에 수린이 눈을 크게 떴다. 그녀로서도 처음 듣는 이야기였던 것이다.

"그런데 내게는 왜 이야기를 해주지 않은 거야?"

"매자천은 아주 오래전에 사라졌다고 알고 있었습니다. 그 래서 아가씨에게 말씀을 드리지 않은 것입니다."

뭔가를 감추고 있다는 느낌이 역력했지만 말해줄 것 같지 않기에 수린은 현무의 말이 맞느냐는 듯 백무를 쳐다보았다.

"후후후. 수린아, 저분의 말씀이 맞다. 매자천과 사신문은 형제간이라고 할 수 있지. 고구려가 건재했을 때, 사신문은 세 상에 드러난 양지에서, 매자천은 그 그늘에 숨어 음지에서 고 구려를 위해 활동했으니 말이다. 그리고 고구려가 멸망한 이 후로 매자천은 세상에서 사라진 것이나 다름없었으니 저분들 도 굳이 이야기해 줄 필요성을 못 느꼈을 것이다."

"그런 인연이 있었다니……."

수린은 백무의 말을 들으며 자신과 오빠가 가문의 혈겁이 후 남다른 인연으로 엮어진 것을 알 수 있었다.

"수린아, 자세한 이야기는 가면서 하자구나. 너에게 해줄 이 야기가 많다."

이야기를 나누기에는 장소가 좋지 않았다. 이미 다 녹아버 렸지만 생강시가 풍기는 독기도 아직 장내에 남아 있었다.

그리고 고통을 이기지 못해 기절했다고는 하지만 가철문이 장내에 남아 있었기에 중요한 이야기를 할 장소가 못 되었던 것이다.

"알았어요."

수린의 대답을 들은 후 백무는 신형을 돌려 경공을 시전했다. 장내에 있었던 다른 일행들도 백무를 따라 빠르게 장내를 벗어났다.

"어서 가요."

수린은 사신들을 재촉했다. 오빠가 그동안 어떤 생활을 해 왔는지 알고 싶었던 것이다.

백무 일행이 사라지고 난 얼마 후, 가철문이 자리에서 일어나기 시작했다. 전신에 힘이 빠져 몸을 일으키는 데 무척이나 힘들었다. 가철문은 단전이 파괴되는 고통 속에서도 기절한 척하며 백무와 수린의 대화를 듣다가 이제야 자리에서 일어난 것이다.

"크… 으, 매… 자천이 세상에 나타나다니… 거기다 사신문도 나타난 것 같으니 어서 빨리 알려야 한다."

믿을 수가 없었지만 믿어야 했다. 천여 년 동안 행방을 드러내지 않다가 드디어 매자천이 모습을 보였기에 가철문은 몸을 떨었다.

또한 그동안 한 번도 모습을 보이지 않던 사신문까지 나타난 것을 보면 보통 심각한 일이 아니었다.

"저… 정녕, 무… 서운 일이 아닐 수 없다."

지금까지 나타난 정황을 보면 매자천의 신공 중 하나가 세상에 나왔다는 사실 자체가 치밀한 계획하에 이루어진 것이 분명했다.

그렇게 매자천의 유진이 나타난 것도 그렇고, 마교주인 암

천신마와 무불성승, 그리고 천소궁의 제일 궁주가 사라진 것
도 자신들을 밖으로 끌어내기 위한 계획임이 분명했던 것이
다.

"일단 화산으로 가서 이 사실을 알려야 한다. 잘못하면 본
문은 큰 타격을 받고 말 것이다. 매자천의 반격이 시작된 이상,
총력을 기울이지 않으면 멸문당할지도 모르는 일이다."

가철문은 힘겹게 신형을 일으켰다. 창천비각, 아니, 천음문
의 중추 인물들이 있기에 자신이 알게 된 소식을 전하러 화산
으로 향하려는 것이다.

화산으로 방향을 튼 그의 발걸음은 무겁기 그지없었다.

*   *   *

생강시를 상대한 후 수린을 만난 백무는 상주(商州)를 거쳐
얼마 지나지 않아 하남성과 경계가 맞닿은 상남(商南)에 도착
했다. 상남에서 하남성까지는 반나절도 걸리지 않는 거리였
다.

일행이 상남에 도착했을 때는 이미 날이 어두워진 뒤라 백
무 일행은 객잔을 빌려 하룻밤 머물기로 했다.

백무 일행이 빌린 객잔에는 때마침 안채가 있어 일행이 머
물기에는 적당했다. 일행이 열네 명이나 되기에 객방을 잡기
가 어려워 안채를 통째로 빌린 것이다.

안채를 빌린 것은 곽정운이었다. 객잔의 주인이 곽정운에게

무척이나 공손히 대하는 것을 보면 봉황도문과 관련이 있음이 분명했지만 백무는 짐짓 모른 척했다.

"자, 가시지요."

곽정운과 얼마간 대화를 나눈 객잔의 주인이 일행을 대청으로 안내했다. 대청 안쪽에는 커다란 팔선탁이 놓여 있었고, 상 위에는 방금 가져다 놓은 듯 김이 모락모락 나는 음식들이 한 상 가득했다.

'아까 전서구를 보내는 것 같았는데 이걸 준비시키기 위해서인 모양이었군. 그나저나 봉황도문의 저력도 만만치 않구나. 간간이 곽 문주에게 소식을 전해올 뿐만 아니라, 이렇게 각 성간의 경계점에 은밀히 분타 같은 것을 만들어놓다니…….'

새삼스럽게 봉황도문의 저력에 놀라지 않을 수 없었다. 음식은 방금 전 나온 것이 분명했다. 곽정운이 전서구를 날린 것은 반 시진 전이었다. 그런데 정확하게 시간을 맞추어 요리가 나와 있었다. 연락을 받고 거리와 시간을 정확히 재어 음식을 내올 정도면, 봉황도문의 정보망이 무척이나 치밀하다는 것을 알 수 있었다.

그리고 대부분 서원을 중심으로 문도들이 분포하는 줄 알았는데 그것만은 아닌 것 같았다. 객잔 같은 곳을 분타로 쓸 줄은 백무나 당민도 예상치 못한 일이었다.

"자, 앉으십시오. 음식이 식겠습니다."

곽정운의 재촉에 사람들이 팔선탁으로 가서 둘러앉았다.

"오랜만에 남매가 상봉하신 것 같아 술도 준비했습니다. 백

공자께서는 괜찮겠는지요?"

"문주님의 배려에 감사드립니다."

"별말씀을. 전부 한 잔씩 따르기 바랍니다. 삼십 년이 넘은 여아홍이니 주향이 기가 막힐 겁니다."

곽정운의 권유에 모두들 술잔에 술을 따랐다. 향기로운 주향이 장내에 퍼져 나갔다.

"백 공자께서 한말씀 하시지요."

술을 다 따른 곽정운은 백무에게 한마디 하기를 권유했다. 앞으로의 무운을 위해 건배를 제의해 달라는 뜻이었다.

"아닙니다. 어찌 제가……."

"사양할 것 없다. 하남성을 넘는 순간부터 우리를 이끌 사람은 너다. 그러니 이제부터라도 익숙해지도록 해라."

사양하는 백무를 향해 당민이 입을 열었다. 그녀의 말대로 이제는 모든 것이 백무를 중심으로 돌아가야 하는 것이다. 매자천을 이어받은 이상 이곳에 있는 사람들을 지휘할 사람은 백무밖에는 없다는 것을 주지시킨 것이다.

다른 사람들도 당민의 말이 마땅하다는 듯 고개를 끄덕였다. 밀독천에게 있어 백무는 소천주나 마찬가지였다. 거기다 앞으로의 당민의 생을 백무가 결정할 것이기에 삼노는 아무런 반론을 내지 않았다.

봉황도문의 문주인 곽정운과 총사인 유창원도 마찬가지였다. 곽정운의 의사와는 상관없이 봉황도문의 앞날은 이미 정해져 있었다. 봉황도문의 전대 문주와 이 시대 최고의 거물들이라고 할 수 있는 무불성승, 암천신마, 그리고 상유천 사이에 이미 이야기가 끝나 있었던 것이다.

처음에는 반대했지만 곽정운도 끝내 승낙할 수밖에 없었다. 전대 문주인 아버지의 부탁도 있었지만, 이번 일이 끝나면 그들이 원하는 것을 얻을 수 있었기 때문이다.

춘추 전국 시대에 존재했던 수많은 성현의 가르침이 사본으로 남아 마교의 비고에 존재하고 있었고, 백무를 도와주면 그것을 봉황도문에 인계하겠다고 암천신마가 약속했던 것이다.

천음문의 정보 조직이라고 할 수 있는 창천비각을 상대할 수 있는 유일한 세력은 봉황도문밖에 없었다. 봉황도문은 창천비각에 들어가는 정보를 차단하고, 백무에게 중원의 돌아가는 상황을 알려주기로 한 이상 틀림없이 큰 도움이 될 것이 분명했다.

"알겠습니다, 누님."

당민의 말에 백무가 자리에서 일어났다. 이제부터는 자신이 이들을 이끌어야 한다는 당민의 말이 무슨 뜻인지 잘 아는 까닭이다.

백무는 앉아 있는 사람들의 면면을 살펴보았다. 자신과 뜻을 같이하기로 한 사람들이었다. 창천비각과 그 뿌리인 천음문을 상대하기 위해 모인 사람이 자신을 포함해 열네 명이었다.

비록 이 자리에 있는 사람들은 소수이지만 만만치 않은 전력이었다. 창천비각이나 개방에 버금가는 정보력을 지닌 봉황

도문과 삼노가 밀독천에 마련해 놓은 강대한 무력, 그리고 초
절정이라 칭할 수 있는 고수들이 모두 열 명이었다. 이들이라
면 웬만한 문파 하나쯤 순식간에 잿더미로 만드는 것은 문제
도 아닌 전력이었다.

거대하기 이를 데 없는 천음문과의 생사대전을 백무는 해볼
만하다는 생각이 들었다.

사람들 모두 당민의 말에 공감하는 것 같자 백무는 좌중을
향해 입을 열었다.

"이곳까지 오면서 많은 생각을 했습니다. 우리만 가지고 창
천비각에 숨은 그들을 찾아내 복수를 할 수 있을지 말입니다.
그들이 진정으로 원하는 목표가 무엇인지 모르지만, 여러분들
이 함께하는 이상 해볼 만하다고 생각합니다. 앞으로 고난이
시작될 것입니다. 전 무림이 우리의 적이나 마찬가지니 말입
니다. 하지만 전 나 자신과 여러분을 믿습니다."

백무는 말을 마치고 잔을 들었다. 자리에 앉은 이들도 모두
잔을 들었다.

"죽음이 시작되는 그날까지."

백무는 잔에 담긴 여아홍을 입 안에 털어 넣었다. 그러자 다
른 이들도 단숨에 잔을 비웠다.

"이미 모든 계획은 여러분들도 숙지하고 있을 겁니다. 이번
계획은 전격전이 될 것입니다. 창천비각의 이목을 최대한 속
이고, 그들을 하나하나 쳐내야 합니다. 여러분 모두가 각자 맡
은 바 임무를 완벽하게 수행해 준다면 틀림없이 성공할 수 있

을 겁니다. 제 동생인 수린이와 사신문의 네 분이 합류한 이상 실패할 일은 없을 테니까요."

백무는 자신의 옆에 앉자 있는 수린과 사신들을 믿음직스러운 눈빛으로 돌아보았다.

"걱정하지 마, 오빠. 그자들은 우리의 분노가 어떠하다는 것을 이제 분명히 알 수 있을 테니까."

수린도 백무를 보며 당찬 눈빛을 보였다.

백무는 수린에게 자신이 지금 어떤 상황에 놓여 있는지, 앞으로 무엇을 할 것인지는 상남에 오기 전에 미리 다 이야기해 주었다.

동생을 끌어들이는 것이 못내 마음에 걸렸지만, 수린과 이야기하는 와중에 사신문 또한 천음문과 불공대천의 원수라는 것을 들을 수 있었기에 마음의 부담을 덜 수 있었다.

그리고 수린과 사신의 힘이라면 큰 도움이 될 것이 분명했기에 거절할 입장도 되지 못했다. 백무는 자신을 보며 웃고 있는 수린을 향해 다시 한 번 미소를 지어 보였다.

'그나저나 그분에게는 미안하군. 하지만 어쩔 수 없는 일이다. 천음문의 움직임이 심상치 않으니 이 일부터 처리할 수밖에는 없다. 그리고 그자 또한 책임을 벗어날 수 없는 일이니까.'

백무는 수린을 바라보다 주무성에게 생각이 미쳤다.

주무성의 바람대로 장수보를 해독할 수 있는 사람은 당민뿐

일 것이 확실했다. 그렇다고 당민이 지금 북경으로 갈 수는 없었다. 창천비각과 천음문의 음모를 분쇄하는 것이 더 급했기에 주무성의 사정을 알면서도 북경으로 갈 수 없었던 것이다.

창천비각이나 천음문에 비해 전력이 뒤떨어지는 이상, 한 사람의 고수라도 더 필요한 상황이었기 때문이다.

이미 주무성에게는 유창원을 통해 수린과 자신이 만났다는 것과 작금의 상황을 얼마간 전했다. 백무에게서 전해진 소식을 들었다면 주무성은 지금쯤 북경을 향해 전속력으로 달리고 있을 것이다.

당민을 보내지 않은 이유는 또 있었다. 백무는 장수보에 대해 일말의 의구심도 가지고 있었던 것이다.

작금의 상황이 이렇게 된 것에는 장수보의 책임도 적지 않았다. 그가 주무성을 이용해 동창에 대한 견제를 확실히 했더라면 사태가 이렇게까지 변하지는 않았을 터였다.

황제 때문이라고는 하지만 지금까지 알아낸 사실로 볼 때 동창에 대한 장수보의 태도는 극히 미온적이었다. 그의 위치로 볼 때 동창 내에 다른 세력이 기생하고 있다는 것을 눈치 채지 못했다면 그것은 어불성설이었다.

백무는 주무성에 대해서도 일말의 의구심을 가지고 있었다. 진무사를 실질적으로 움직이고 있는 것이 바로 그였기에 그런 사실을 모를 리가 없다고 생각한 것이다.

그로 인해 창천비각과 천음문에 대해 이야기를 들은 수린이 사신문 이외에도 주무성과 천위현을 이번 일에 합류시키기를 부탁했지만 백무는 어쩔 수 없이 거절했었다.

수린에게 미안한 일이었지만 주무성 등에게도 신뢰가 가지 않는 이상 중요한 일을 함께할 수 없었던 것이다.

주무성을 합류시키는 것을 꺼리는 이유는 또 있었다. 그가 창천비각이나 천음문과 관계가 없다 할지라도 여러 가지 문제가 있었던 것이다.

우선 그가 황족이라는 것이다. 이번 일에는 건문제 말고도 많은 황족이 관련되어 있었다. 제거해야 하는 천음문의 수뇌들 중에 황족들이 끼어 있을 가능성이 많았기에 자칫 황족인 주무성과 마찰을 일으키고 싶지 않았던 것이다.

그렇다고 의심만 가지고 황실의 비밀 세력을 이끌고 있는 주무성의 도움을 마다할 수는 없는 일었다. 북경에서 실질적으로 도움을 줄 일이 많기에 백무는 주무성이 이끄는 세력을 비밀리에 북경으로 모이도록 부탁을 해놓았다.

황실에 이는 암운을 걷어내려면 당민과 수린의 도움이 절실한 것이 주무성이었기에 자신의 부탁을 거절하지 않을 것이 분명했다.

그가 천음문의 인물이 아니라는 전제하에 백무는 황족 중 천음문과 창천비각의 인물들을 찾아 제거하고, 장수보와 천음문과의 관계를 알아낸 후 황실의 비밀 수호 세력인 자금수호위를 맡고 있는 주무성과 담판을 지으려 하는 중이었다.

가문의 혈겁과 관련이 있는 자들은 그 누가 되든 모두 제거

할 생각을 가지고 있는 백무였다. 거기엔 황족이라고 예외일
수는 없었다. 그로 인해 파장이 커질 경우 어쩌면 명의 몰락을
가져올 수도 있는 일인만큼 주무성과 일정 간격을 유지해야만
했던 것이다.

"이렇게 훌륭한 요리는 당분간 먹지 못할 터이니 자, 이제
식사를 합시다."

백무는 일행에게 식사를 권유했다. 사람들은 술잔을 비우고
묵묵히 음식을 들기 시작했다.

"그자가 화산에 도착했을까?"

어느 정도 식사가 끝나가자 백무가 표중호를 향해 입을 열
었다. 가철문의 일을 물은 것이다.

"지금쯤 화산에 도착해서 천주님의 일을 고하고 있을 겁니
다. 그러니 조만간 놈들이 움직이기 시작할 겁니다."

"마교 쪽에서는 어떻게 할 것 같나?"

"그자가 화산으로 가기 전 전서구를 띄웠으니 그들도 행동
을 개시하겠지요. 그것은 천소궁도 마찬가지일 겁니다."

"으음, 그러면 우리에게 그들의 시선이 집중되어 있는 동안
세 분이 각 문파를 정리하시겠군?"

"그럴 겁니다. 놈들의 주력이 우리에게 모두 몰려들 테니 각
파를 정리하시는 일은 그리 어려운 일이 아니실 겁니다. 비고
에 남아 있으시겠다고 하셨지만 나름대로 틀림없이 움직이실
분들이니 말입니다. 천주께서 세 분을 파문시키신 것도 그 때

문이 아니십니까?"

"그렇기는 하지만, 아무리 그분들이 천하에 적수가 없다고 하는 분들이지만 걱정이 되는 것은 어쩔 수가 없군."

"비록 세 분이 매자천의 뿌리를 이었다고는 하지만 그분들의 마음은 온통 뿌리를 내리신 각 문파에 있습니다. 그리고 그분들의 의발을 전수받은 사람들도 그리 만만한 사람들도 아니고요. 그러니 걱정하지 마십시오."

표중호의 말에 안심이 되는 듯 백무가 고개를 끄덕였다.

"그럼 낙양부터 시작하는 것이냐?"

옆에서 식사를 하며 두 사람의 대화를 듣고 있던 당민이 입을 열었다.

"그렇습니다. 백마사부터 정리하는 것이 좋을 것 같습니다. 그리고 바로 개봉으로 떠나야 할 겁니다. 그 이후에는 하남과 하북에 있는 그들의 뿌리들을 가차없이 잘라내야 합니다."

표중호는 당민의 물음에 전반적인 계획을 다시 한 번 말하기 시작했다.

"백마사에서 정리할 대상은 누구지?"

"백마사의 주지를 맡고 있는 범소(梵宵)입니다. 소림사 출신으로 백마사의 주지를 맡고 있는 자로 오래전부터 창천비각에 몸담았을 뿐 아니라, 천음문 출신이 분명합니다. 이자를 제거하면 여러 가지 이점이 있습니다. 그가 개방과 창천비각을 연결하는 연계점인 이상, 그를 제거한다면 창천비각의 정보를 일시적으로 차단할 수 있습니다. 그리고 바로 개봉으로 가서 세 사람을 제거해야 합니다."

"세 사람이라니 누구누구입니까?"

표중호의 설명에 수린이 입을 열었다.

"개방의 법개(法丐)인 철문개(綴汶丐) 오필(吳弼)과 후개(後丐)인 모윤동(模允桐), 그리고 철륜표국(鐵輪驃局) 국주인 마장도(馬藏刀) 나후민(挪厚珉)입니다. 이들은 모두 창천비각에 소속된 자들로 석년에 벌어졌던 흑혈의 겁풍을 주도했던 자들입니다. 그자들은……."

표중호는 수린에게 제거 대상에 대해 자세히 설명해 주었다. 설명을 들은 수린은 결의를 다졌다. 이번 행보에서 수린이 제거해야 할 대상들이었던 것이다.

개방을 직접적으로 상대하는 일이었기에 정보를 담당하고 있는 봉황도문의 유차원이 나섰다.

"범소를 제거하는 것도 마찬가지지만, 그들을 제거하면 파장이 만만치 않을 겁니다. 법개와 후개를 제거해야 하는 이상 천하제일방이라는 개방을 완전히 적으로 돌릴 수 있습니다. 개방에서는 그들이 창천비각과 관련이 있다는 것을 모르는 상태이니 말입니다. 그리고 마장도는 동창과 연계가 깊은 인물입니다. 그의 뒤를 봐주고 있는 이가 바로 제독태감 유충이니까요. 그가 중원제일표국으로 발돋움할 수 있었던 것은 황실의 진상품을 거의 떠맡다시피 한 때문인데, 뒷배를 봐준 이가 바로 윤충입니다."

유차원은 자신들로 인해 벌어질 파장을 설명하기 시작했다.

창천비각의 핵심 인물 이외에 흑혈의 겁풍에 참여했던 자들을 제거하는 것이 문제가 있음을 지적했던 것이다. 개방과 관까지 적으로 돌린다면 위험이 몇 배나 가중되기 때문이었다.

"어차피 놈들의 주의를 우리에게로 돌리자면 판이 커질수록 좋습니다. 그래야 세 분 어르신이 하는 일이 수월해질 수 있을 테니 말입니다. 마교와 소림사, 그리고 천소궁은 하루빨리 안정을 찾아야 합니다. 그렇게만 된다면 창천비각이나 천음문의 입지는 반으로 줄어들 것이니, 우리가 조금 힘들기는 하겠지만 개방과 관이 나선다면 더할 나위 없이 좋은 일입니다."

유창원의 지적에 표중호가 설명함으로써 좌중에 있는 사람들은 백무가 어째서 위험을 감수하려는 것인지 이유를 알 수 있었다.

세 문파가 안정이 된다면 창천비각이나 천음문은 급해질 것이 분명했다. 그들이 급해질수록 자신들에게 유리하기에 위험이 크지만 충분히 해볼 만하다고 생각했다.

"좋은 이야기입니다만, 문제가 없는 것은 아니에요."

수린이 다시 문제점이 있음을 지적했다.

"문제요? 또 어떤 문제점이 있는지 말씀해 주십시오."

표중호는 수린의 말에 자신이 모르는 것이 있음을 알 수 있었다.

"제 양아버님으로부터 들은 소식인데, 황궁에서 누군가 화산으로 나온 것 같아요. 그것도 상당한 위치에 있는 사람이 말이에요. 그 사람이 누구인지는 모르지만, 어쩌면 지금의 상황을 주재하는 사람일지도 모른다는 것이 양아버님의 의견이셨어요."

"으… 음! 그럼 천음문의 중요 인물임이 분명하군요."

표중호는 조금 생각하다 고개를 끄덕였다. 황궁에서 나왔다는 인물이 자신들이 찾고 있는 사람임을 직감할 수 있었다.

"맞아요. 황궁에서 나온 자의 움직임을 알아내야 해요. 분명한 것은 천음문의 인물들이 화산으로 속속 모인다는 거예요. 제가 보기에 그건 무림맹을 구성하는 것과는 별 상관이 없는 것 같아요. 그러니 그쪽의 움직임도 주시해야 할 거고요."

"나도 같은 생각을 하고 있었다."

수린의 지적에 백무가 나섰다.

"오빠도 그런 생각을 가지고 있었군요."

"수린아, 천음문은 두 사람이 이끌고 있다. 지금까지 알아낸 사실을 살펴보면 그중 무령문주는 마교에 있는 것이 분명하다. 아직 정체는 밝혀지지 않았지만, 마교가 돌아가는 상황을 보면 그가 마교에 있다는 것은 확실하다. 그리고 나머지 한 명인 문종문주는 황궁에 있다. 바로 지금의 황제가 문종문주다."

"황제가요?"

백무가 단정하듯 말하자 수린의 눈이 동그랗게 커지며 놀라움을 표시했다.

"그래, 지금까지 밝혀진 바로는 그렇다. 네 양부 말로는 황제가 천무검황 등을 불러들였다고 하니 틀림없는 것 같다. 그

런데 황궁에서 누군가 나와 화산으로 향했다면, 그것은 문종
문주여야 하는데 황제는 지금 황궁에 있는 것이 확실하다. 그
럼 황궁에서 나온 자는 누굴까?"

"……."

백무는 질문을 던진 후 수린을 바라보았다.

"후후후, 내 생각으로 그는 실질적으로 천음문을 움직이는
사람이 틀림없을 것이다."

"천음문을 실질적으로 움직이는 사람이라니요?"

"그래, 창천비각과 천음문의 인물들이 화산으로 모여들었
다면 그들을 지휘할 자가 반드시 있어야 한다. 매자천의 실체
가 거의 드러나고 있는 이상, 무령문주 아니면 문종문주가 지
휘해야 한다. 매자천의 멸문이 그들의 최종 목표이니까."

"그렇군요."

수린도 동감한다는 듯 고개를 끄덕였다.

"그렇지만 모두 알다시피 무령문주는 마교를 떠날 수 없다.
암천신마께서 조장한 면도 없지 않아 있지만, 지금 권좌를 향
한 마교의 쟁투는 그 어느 때보다 처절한 상황이기 때문이지.
만약 화산의 일을 주재하기 위해 무령문주가 자리를 뜬다면
마교에 있는 자신의 기반을 모두 잃을 수가 있다. 마교의 기반
을 제어해야 하기 때문에 무령문주가 화산으로 올 수 없다면
반드시 문종문주가 와야 한다. 그런데 황제가 황궁에서 자리
를 지키고 있다면 황궁에서 화산으로 온 자는 실질적으로 움
직이는 자가 아니면 안 된다는 이야기지. 황제의 나이를 생각

해 볼 때 어쩌면 화산으로 향한 자는 전대 문종문주일 수도 있
다."

좌중에 있는 사람들은 백무의 말에 타당성이 있다고 생각했
다. 그렇다면 수린의 말대로 화산에서 벌어지는 일도 신경을
쓰지 않을 수 없었다.

생각을 거듭하던 사람들 중 제일 먼저 입을 연 것은 표중호
였다.

"그렇다면 화산의 일을 주시하면서 일을 처리해야겠군요.
지난 시간 동안 매자천을 쫓는 것을 지휘했던 자라면 만만히
볼 수가 없으니 말입니다."

"맞다. 판을 크게 벌이려는 이유도 그 때문이다. 황궁에서
온 자가 누구인지 모르지만 다른 일에는 신경을 쓸 수 없도록
말이다. 그자 또한 우리의 행보를 주목하지 않을 수 없을 테니
까."

"그럼 계획을 다시 짜야겠군요, 천주."

"그래야겠지. 하지만 일단 식사를 마치고 하도록 하자. 이
야기를 하다 보니 음식이 식은 것 같은데."

백무의 말에 좌중에 있는 사람들은 식사하는 것도 잊어버렸
다는 것을 깨달았다.

"그러는 것이 좋을 것 같군요."

사람들은 서둘러 식사를 마치고 자리를 옮겼다. 주변 경계
는 일단 암연을 비롯한 삼노가 맡았다. 그들이 펼치는 진법이
라면 안심할 수 있었기 때문이다.

　백무를 비롯한 일행의 의논은 밤새 이어졌다. 거의 인시 무렵이 되어서야 전반적인 계획에 대한 의논을 끝낼 수 있었다. 모든 계획을 수립한 후 백무를 비롯한 사람들은 잠시 운기조식을 취한 후 바로 객잔을 떠났다.

　객잔을 나선 후 하남성 경계를 넘은 일행은 빠르게 경공을 펼쳐 낙양으로 향했다. 낙양에 도착한 후에는 의논한 계획대로 두 패로 나뉘어 갈라졌다.

　백무와 당민을 비롯한 밀독천의 삼노, 표중호와 곽정운이 한패가 되어 낙양에 남고, 수린과 사신, 표인호, 유창원은 개봉으로 향했던 것이다.

第三章 하남혈풍(河南血風)!

九劈雷雲

백마사는 낙양에서 동쪽으로 삼십 리쯤 떨어진 곳에 위치한 고찰이다. 수린 일행이 개봉으로 향하는 것을 배웅한 백무 일행은 빠르게 백마사로 향했다.

"저곳이 백마사로군요?"

밀광은 백마사에 다다르자 눈을 크게 뜨며 감탄한 듯했다. 나머지 삼노 역시 백마사를 처음 보는지라 흥미로운 듯 바라보았다.

"백마사는 중원에서 제일 처음 생긴 절입니다. 후한 명제(明帝) 때 설립됐는데, 저기 있는 백마상은 인도에 파견한 채음과 진경이라는 두 승려가 인도 고승 두 사람과 불경을 백마에 싣고 낙양에 돌아온 것에서 유래되었다고 한다."

궁금해하는 세 사람을 향해 표중호가 설명을 덧붙였다.

"그러니까, 저 절의 주지라는 범소란 작자를 우리가 제거해야 한다는 말이지?"

"그렇습니다. 그런데 백마사에서 풍기는 기운이 심상치 않군요. 아무래도 놈들이 준비를 단단히 하고 있는 모양입니다."

표중호는 백마사에 와본 적이 있었다. 그가 마지막으로 백마사를 와본 것은 일 년 전이었지만 그때와는 사뭇 달랐다. 그야말로 와호장룡의 기세가 백마사 전체에 깔려 있었다.

백마사를 천천히 살펴본 백무가 입을 열었다.

"아무래도 놈들이 준비를 하고 있는 것 같군."

백무도 이미 백마사 곳곳에 정체를 알 수 없는 고수들이 매복하고 있다는 것을 느낄 수 있었다. 백무가 파악한 숫자는 대략 이십여 명, 그것도 외곽에 포진한 자들만 셈한 것이었다.

"그런 것 같다. 무아야, 어떻게 할 생각이냐? 아무래도 범소란 자가 소림에 도움을 청한 것 같으니……."

당민도 매복한 자들을 파악하고 있었다. 숨어 있는 자들에게서 느껴지는 두 부류였다. 하나는 있는 듯 없는 듯 보이는 기운이었고, 다른 하나는 승려들이나 풍길 법한 기운이 흘러나오고 있었다.

"그런 것 같군요. 아무래도 매복한 자들 중에 소림의 승려들이 있는 것 같으니 조금은 조심스럽군요."

백무는 인상을 찌푸렸다.

소림의 승려들은 아무것도 모를 수 있었다. 무불성승이 파악한 바로는 창천비각에 적을 둔 자가 아무리 많다고 해도 소림에 숨어 있는 자들은 십여 명을 넘지 않을 것이라고 했다.

"증조부님을 생각해 소림에 피해가 가지 않게 하려면 범소만 제거해야 합니다. 하지만 그가 어디에 머무르고 있는지 모르니 일이 어려워질 수도 있을 것 같습니다."

범소를 제거하는 것은 어렵지가 않았다. 그가 있는 장소만 안다면 암연이나 백무라면 들키지 않고 범소를 제거할 수 있을 것이다.

그렇지만 백무 일행은 범소가 어디에 머물고 있는지 알지 못했다. 소림의 승려들은 그저 범소를 지키기 위해 왔을 확률이 컸다. 무작정 쳐들어가 범소를 제거하려다 애꿎은 소림의 승려들마저 다칠 수 있기에 백무는 고심이 되지 않을 수 없었다.

"제아무리 숨어서 지킨다고 해도 범소란 놈을 제거하지 못할 것은 없습니다. 일단 그놈의 얼굴을 알기만 하면 놈이 어디에 머물고 있는지 알 수 있습니다."

백무의 고민을 아는 듯 밀광이 나섰다. 밀광은 백무가 매자천의 천주가 되었지만 여전히 소천주라 부르고 있었다. 당민 때문에 백무를 밀독천의 소천주로 생각하고 있었기에 매자천에 백무를 빼앗긴 기분이 들어 그리한 것이다.

"방법이 있겠습니까?"

"방법이 있습니다. 막내가 키우는 아이들이라면 놈을 분명 찾을 수 있을 겁니다. 그렇지만 일단 범소의 얼굴을 알아야 합니다. 그래야 아이들이 찾을 수 있으니 말입니다.”

“아이들이 사람의 얼굴도 구별할 수 있다는 말입니까?”

“아이들도 그렇고, 홍아는 보통 사람과 맞먹는 지능을 가지고 있어 충분히 그자를 찾아낼 수 있습니다. 하지만 그자의 얼굴을 알아야 하는데…….”

밀광은 어렵다는 듯 말끝을 흐렸다. 그러자 곽정운이 나섰다.

“그거라면 방법이 있습니다. 낙양에 서화점이 한 군데 있는데, 그곳에서 범소의 초상화를 본 적이 있는 것 같습니다. 서화점에 소속된 화가들이 실력이 뛰어난지라 실제 범소의 모습과 거의 차이가 없습니다.”

“범소의 초상화가 있다니 다행이군요. 사 노, 가능할까요?”

백무는 사 노에게 초상화만 가지고 범소를 찾을 수 있겠는지 물었다.

“충분할 겁니다. 대형께서 말씀하셨듯이 확실히 하자면 홍아가 필요합니다. 그 아이만큼 은밀하고 정확한 아이는 없으니 말입니다.”

“좋습니다. 그럼 사 노께서는 곽 문주님과 함께 범소의 초상을 보고 오십시오. 우리는 이곳을 감시하고 있겠습니다.”

“알겠습니다, 소천주.”

백무는 품에서 홍아가 들어 있는 목갑을 꺼내 사 노에게 주었다. 사 노는 홍아를 받자마자 곽정운을 이끌고 낙양으로 향했다.

그동안 무공을 익혀온 사 노는 경공을 집중적으로 익혔다.

녹린천아사에 매달려 다른 사람들을 이동시킨다는 것이 창피했는지 지금의 경공 실력은 이류고수를 상회했다.

두 사람의 경공이면 족히 한 시진이면 갔다가 올 거리라 나머지 일행은 조심스럽게 백마사 주변을 살피며 기다렸다.

당민은 백마사를 바라보다 백무에게 눈길을 돌렸다.

"무아야, 소림에 숨어 있는 자들이 움직이리라고 보니?"

"물론 움직일 겁니다. 범소는 그들과 밀접한 연관을 맺고 있으니 그의 신상에 이상이 생긴다면 어떤 식으로든 움직임을 보일 겁니다. 그들이 움직인다면 분명 증조부께서는 소림을 정화하실 겁니다."

"백마사의 일이 끝나면 곧바로 북경으로 가겠구나? 네 동생과 그분들이라면 나머지 인물들을 제거하는 것은 여반장일 테니 말이다."

"그래야겠지요. 그리고 어쩌면 곤을 만나볼 수도 있고, 만나지 못한다면 곤의 동생들이 그곳에 있다고 했으니 그들이라도 봐야겠지요."

"그럼 범소를 어떻게 처리할 생각이냐?"

"사 노의 아이들이 그가 있는 장소만 알아낸다면 제가 직접 처리할 생각입니다."

"직접?"

"예, 하지만 당장 죽일 생각은 없습니다. 증조부께서도 원하지 않으실 테니까요. 다른 이들에겐 죽었다고 알려지게 되겠

지만, 일단 무공을 폐지시키고 소림사에 계신 중조부께 인도
할 생각입니다."

"쉽지만은 않을 것 같다. 안에 매복해 있는 자들이 그리 만
만하지 않아 보이니 말이다."

멀리서 살폈지만 백마사 전반에 걸쳐 암울한 마기가 느껴졌
다. 절대 사찰에 어울릴 수 없는 기운이었다.

"후후후, 걱정하지 마십시오. 전 놈들을 유인할 생각입니다."

"유인?"

"범소는 소림에 인도하겠지만 다른 자들은 그냥 둘 수 없으
니 말입니다. 범소를 납치하면 놈들은 백마사를 나올 수밖에
없을 겁니다. 소림사 승려들도 따라 나올 겁니다. 그들이 나온
다면 누가 천음문이나 창천비각의 인물인지 가려내고, 확실하
다면 모두 제거하려고 합니다. 그래야 다른 승려들이 피해를
보지 않을 테니까 말입니다."

"무슨 말인지 알겠다."

당민은 백무가 생각하고 있는 것이 무엇인지 알 수 있었다.
백마사에 숨어 있는 자들이 누구인지는 모르지만 전부 소림의
승려들은 아닌 것 같았다. 백무가 범소뿐만 아니라 다른 자들
도 같이 처리하려 한다는 것을 알 수 있었다.

그렇게 백무 일행이 백마사 주변을 살피고 있는 와중에 해
가 저물기 시작했다. 사 노와 곽정운은 낙조가 거의 저문 유시
말경에 낙양에서 돌아왔다.

“어떻게 됐습니까?”

“다행히 초상화가 남아 있어 아이들이 그자의 얼굴을 익힐 수 있었습니다. 홍아는 이미 안으로 들어가 그자를 찾고 있을 겁니다.”

“홍아만으로 부족할지도 모르니 다른 아이들도 백마사 안으로 들여보내 범소의 위치를 찾도록 하십시오.”

“알겠습니다.”

사 노는 품에서 묵철로 만든 호리병 하나를 꺼냈다. 어른 손바닥만 한 작은 호리병이었다. 사 노가 뚜껑을 열자 형체를 알 수 없는 기이한 기운이 호리병 안에서 흘러나왔다.

“그게 무형사로군요?”

“그렇습니다. 녹린천아사들보다는 이놈들이 나을 겁니다. 거의 형체가 없는 것들이지요. 너무 가늘고 투명해서 보이지 않는 것은 물론이고, 움직임조차 은밀하기에 고수들도 이 아이들의 흔적을 찾기는 어려운데 소천주께서는 용케 알아보시는군요.”

“저도 형체는 보이지 않지만 그 아이들의 기운만은 느낄 수가 있어서 그렇습니다. 다 홍아 덕분이지요.”

“그렇군요. 그럼 아이들을 보내겠습니다.”

말을 마친 후 사 노는 입으로 무엇인가를 중얼거렸다. 무형사를 부리기 위한 주문인 것 같았다. 백무는 바람결을 따라 빠른 속도로 백마사 쪽으로 사라지는 무형사들을 느낄 수 있었다.

“한 시진 정도면 범소란 자가 어디 있는지 알 수 있을 겁니다.”

“그럼 기다려 봐야겠군요.”

“그리고 여기······.”

사 노가 품에서 무엇인가를 꺼내 백무에게 주었다.

“무엇입니까?”

“초상화를 찾으러 갔다가 백마사의 경내도를 구할 수 있었습니다. 여기 곽 문주가 필요할 것 같다고 해서······.”

“정말 필요한 것이었는데 잘됐군요. 그럼 아이들이 올 때까지 이번 일을 어떻게 처리할지 말씀드리지요. 다들 모이십시오.”

백무의 말에 사람들이 가까이 모여들었다. 백무는 범소를 이용해 백마사에 있는 자들을 어떻게 처리할지 자신의 계획을 말하기 시작했다.

백무가 자신의 계획에 대해 주지를 시킨 후, 얼마 지나지 않아 백마사로 들어갔던 홍아가 무형사들을 이끌고 돌아왔다.

사 노는 돌아온 아이들과 대화를 나누기 시작했다. 뱀과 대화를 나누는 것을 보며 표중호와 곽정운은 놀라운 듯 사 노를 바라보았다.

사 노는 홍아와 무형사들에게서 범소에 대한 정보를 들은 후 범소가 어디 있는지 백무에게 전했다.

“아이들이 말하는 위치로 봐서는 범소란 놈은 이곳 접인전(接

引殿)에 있는 것 같습니다."

사 노는 경내도를 가리키며 범소의 위치를 짚어주었다.

"그럼 범소는 제가 납치할 테니 다른 분들도 준비를 해주십시오."

백무의 말에 모두가 고개를 끄덕였다. 곧이어 암연을 제외한 나머지 사람들이 장내를 떠났다. 그들이 가는 곳은 낙양에서 남쪽으로 삼십여 리 떨어진 용문산 방향이었다.

모두가 자리를 떠나자 백무는 암연과 함께 조용히 자시가 되기를 기다렸다. 시간을 자시로 정한 것은 다른 일행들이 준비할 시간을 벌기 위해서다.

자시 경에 암연이 바깥쪽에 매복해 있는 자들의 시선을 돌리고 빠져나가면 백무가 백마사에 들어가 범소를 납치할 생각이었다.

"이제 시간이 얼추 된 것 같으니 가시죠."

"알겠습니다, 소천주."

어느 정도 시간이 흘러 자시 가까이 되자 백무는 백마사로 향하기 시작했다. 암연이 앞서 백마사로 향했다. 이미 어느 정도 매복해 있는 자들의 위치를 파악하고 있었다. 암연은 가장 매복이 많이 되어 있는 지점의 담을 넘었다.

"잡아라! 침입자다."

"저쪽이다."

잠시 후 백마사 안에서는 소란스러운 기척이 들려왔다. 그리고 담을 넘어 들어갔던 암연이 다시 담을 넘어 바깥으로 빠져나왔다.

　본래의 실력대로라면 아무리 많은 사람들이 매복해 있더라도 기척을 들키지 않을 암연이지만 일부러 들켜 매복자들을 유인해 낸 것이다.

　암연은 신형을 감추지 않고 빠르게 낙양 쪽으로 달렸다.

　"살수가 낙양 방면으로 향했다. 소림의 제자들은 어서 쫓아라."

　매복해 있던 소림의 승려들도 어느새 백마사를 나와 암연을 쫓기 시작했다.

　"역시 소림사에서도 승려들이 나와 그자를 지키고 있었던 모양이로군."

　파르라니 깎은 머리와 계인을 보면 암연을 쫓아간 자들은 대부분 소림사에서 나온 자들이 분명했다.

　"암연을 쫓다가 흔적이 사라지면 이상하다는 것을 느끼고 금방 돌아올 테니 빨리 끝내야겠군."

　생각이 있는 자들이라면 자신들을 유인해 냈다는 것을 금세 알아챌 것이 분명했다.

　백무는 서둘러 백마사로 향했다. 백마사로 걸어갈수록 백무의 신형이 서서히 희미해지기 시작했다. 매자천의 절기인 허무공이 펼쳐진 것이다.

　암연을 잡기 위해 바같에 매복해 있던 소림의 승려들이 모두 빠져나갔는지 담 쪽에는 아무도 없었다.

　백무는 신형을 띄워 담장 위로 올라갔다.

‘으음! 전부 암연을 쫓는 것이 아니었군.’

담 위에 올라 경내를 살펴보던 백무는 아직도 많은 수의 매복이 남아 있음을 느낄 수 있었다.

‘남아 있는 놈들은 유인해 내는 것임을 알았을지도 모르겠군.’

많은 수의 소림 승려들이 백마사를 떠났음에도 백마사의 매복은 살벌하기 그지없었다.

‘후후후, 여기다 함정을 파려고 했나 보지만 그것은 네놈들이 실수한 것이다.’

범소가 기거하며 개방과 창천비각의 연락을 담당했던 백마사는 원래 이렇게까지 살벌하지 않았다.

이토록 삼엄한 경계가 이루어지고 있는 것은 암천신마의 지시로 이루어진 척살령(擲殺令) 때문이었다.

창천비각이 개입된 비조천람이 아닌 진짜 비조천람의 비조들이 암천신마의 지시로 창천비각의 인물들을 속속들이 제거하고 있었다. 소속 고수들의 계속되는 죽음으로 인해 창천비각에서도 중요 인물들에 대한 경계를 강화한 것이다.

백무는 희미한 미소를 지으며 백마사 경내로 스며들었다.

‘꽤 많군.’

외곽에서부터 접인전까지 많은 매복이 펼쳐져 있었다. 숨어 있는 자들은 모두 이십여 명, 외곽에 위치한 자들은 기척을 쉽게 잡을 수 있었지만 접인전 인근에 있는 여섯은 백무로서도 쉽게 기척을 감지하지 못할 정도로 무척이나 은밀했다.

매복할 장소가 그리 많지 않음에도 신형을 감춘 채 호위하고 있는 것을 보면 그들도 백무와 같은 허무공을 익히고 있음이 분명했다.

백무는 신형을 가볍게 한 후, 경공을 발휘해 기척을 흘리지 않으며 경내를 가로질렀다.

매복은 접인전을 중심으로 펼쳐져 있었다. 소림사에서 나온 이들은 이미 암연을 쫓아 백마사를 떠났기에 매복해 있는 자들은 대부분 창천비각에서 나온 인물들이거나 천음문의 인물들이었다. 백무는 접인전을 빙 둘러 숨어 있는 매복자들을 찾아다니며 하나하나 제거하기 시작했다.

스치듯 지나가며 가볍게 천오혈기를 내뿜어 숨어 있는 자들의 경맥을 부숴 버렸다. 보이지 않는 상태에서 은밀하게 흘러드는 천오혈기를 감당하거나 알아차린 매복자들은 없었다.

뇌맥부터 부수어 버리는 천오혈기의 힘을 감당할 만한 매복자는 없었다. 그들은 비명조차 지르지 못하고 매복한 자리에서 싸늘한 시체로 변해갔다.

일각여의 시간 동안 주변에 있는 매복자들을 처리한 백무는 접인전으로 향했다.

'으… 음! 안에 숨어 있는 자들은 바깥에 있는 자들과는 차원이 다른 자들이다.'

접인전으로 들어서려는 순간, 지금까지와는 다른 은밀하고도 강력한 기운이 한 기운을 느낄 수 있었다.

"예상외로군. 이런 자들이 매복해 있다니… 시간이 좀 걸릴 수도 있겠군. 하지만 밖으로 떠났던 소림의 사람들이 돌아오기 전까지는 제거해야 한다. 허무공뿐만 아니라 천음문의 무공을 익히고 있는 이상 상대하기 까다로운 자들이니, 조금 소란이 일더라도 빠르게 제거해야 한다."

접인전 안에서 파악된 기척은 모두 일곱이었다. 한 명은 범소가 분명해 보였고, 나머지 여섯은 천음문의 인물들이 분명했다.

백무는 천오밀류를 극성으로 끌어올렸다. 증조부인 무불성승으로부터 온전하게 전수받은 천오밀류는 백무의 근혈에 잠들어 있는 적혈잠원대법의 힘을 순식간에 일깨웠다.

천오혈기가 잠원을 깨우자 천오투령의 기운도 일순 잠원과 뒤섞였다. 거기다 천오혈기가 더해지자 백무의 몸에는 은은한 붉은 기운이 어렸다가 잠시 후 사라졌다.

아직은 들켜서는 안 되기에 허무공을 극성으로 끌어올려 자신의 모습을 감춘 것이다.

내공과는 차원이 다른 힘이기에 접인전 안에 매복해 있는 자들도 백무의 존재를 전혀 눈치 채지 못했다.

스으으!

백무는 접인전 앞에 흑석으로 만든 연꽃으로 빠르게 다가갔다. 숨어 있는 자들 중 가장 강해 보이는 자가 숨어 있는 곳이었기 때문이다.

백무는 오른손에 천오혈기를 순간적으로 끌어 모았다. 혈영

마공이라고도 알려진 최강의 강기공이 백무의 손에 맺힌 것이다. 바깥에 매복해 있는 자들을 상대할 때와는 다르게 극성으로 올린 탓인지 유형화된 기운이 희미한 붉은 기운이 허무공을 뚫고 그의 손에 맺혔다.

스윽!

백무의 손길을 따라 맴돌던 붉은 기운이 흑석으로 만든 연꽃을 관통했다. 빛이 투영되는 한순간 흑석으로 된 연꽃을 관통한 천오혈기로 인해 안에 숨어 있던 매복자는 비명 소리도 내지 못하고 숨이 끊어졌다.

연수에 충격이 가해지고 경추를 따라 막대한 힘이 매복자의 중추 신경을 모두 부숴 버렸기에 그는 자신이 죽는다는 것을 느끼지도 못하고 그대로 절명했다.

순식간에 한 명을 제거한 백무는 곧장 접인전 입구로 향했다. 천오혈기의 기운이 허무공을 뚫고 나온 이상 자신의 존재를 눈치 챘을 것이기에 한발 앞서 전입전 입구 양옆에 매복한 자들을 처리하려는 것이다.

휘이익!

백무의 움직임에 맞서 입구로부터 경풍이 일었다. 흑석연(黑石蓮) 속에 매복해 있던 한 명을 제거하는 동안 다른 매복자들이 백무의 존재를 인식하고 공격을 해온 것이다.

백무도 예상을 한 듯 매복자들의 공격에 맞서 나갔다. 백의는 손을 떨쳤다. 그의 손길을 따라 두 가닥의 붉은 기운이 날아오는 경풍에 맞서 나갔다. 백무의 손에서만 맴돌던 천오혈기가 유형의 강기가 되어 매복자들을 향해 날아갔다.

퍼—퍽!

허공에서 세 개의 기운이 얽혔다. 둔탁한 소리와 함께 강력한 경력이 접인전에 퍼져 나갔다.

예상대로 매복자들은 만만치 않았다. 백무의 공격에 맞서 매복자들도 강기를 뿜어냈다. 세 사람 모두 허무공을 펼치고 있었기에 아무것도 없는 허공에 붉고 짙푸른 강기만이 나타나 장내의 상황은 괴기스럽기 그지없었다.

쐐액!

보이지 않는 매복자들은 천하에 못 부술 것이 없다는 천오혈기를 정면으로 막아내고는 다시금 백무를 향해 짓쳐들며 공격을 이어나갔다. 바람처럼 흩날리며 유영하듯 백무를 공격하는 짙푸른 강기의 칼날들이 서로 교차하며 백무를 난도질할 듯 다가왔다.

백무도 강기를 내뿜으며 맞서 나갔다.

퍼—퍼펑!

세 가닥의 강기가 얽혀들자 강력한 폭발음이 울려 퍼졌다. 백무 또한 천오혈기를 실은 손과 발을 이용해 어느새 자신의 지척에 다가온 매복자들의 공격을 막아낸 것이다.

쐐애액!

공격을 막아낸 백무의 신형이 빠르게 돌았다. 흘리듯 보이지 않는 매복자들을 지나친 백무의 다리가 회오리치며 허리어림을 향해 뻗어갔다.

팡! 파파팡!

조금 전과는 달리 더욱 진해진 핏빛의 강기를 본 매복자들은 신형을 뒤로 빼냈다. 그와 동시에 허공에 머물던 네 가닥의 강기들도 뒤로 급하게 빠져나가며 백무의 붉은 강기를 가로막았다.

파팟!

뒤로 피했던 강기들이 다시금 백무를 향해 빠르게 다가왔다. 공격을 허용하는 순간 두 번 다시 세상을 볼 수 없을 것이란 직감이 스친 매복자들은 내력을 한층 끌어 올린 후 백무의 공세에 맞서 나갔다.

네 개의 강기가 서로 교차하며 날아들더니 수평으로 뉘어졌다. 매복자들이 신형을 수평으로 띄운 것이다.

갑자기 네 개의 강기가 다시 생겨났다. 손에 이어 발까지 강기를 끌어올린 매복자들은 풍차가 되어 백무를 향해 짓쳐 들었다. 수평으로 신형을 기울인 후 회오리치는 백무를 향해 강기가 실린 권각을 뻗어내고 있었던 것이다.

붉은 강기가 쓸어내리듯 겹쳐지며 매복자들이 뿜어낸 강기들을 막아나갔다.

퍼—펑!

파—파팍!

경력이 부딪치는 소리가 접인전을 맴돌았다. 보이지 않는 자들과의 싸움이지만 이미 허무공을 극성으로 익힌 백무는 매복자들의 모든 움직임을 읽고 있었다.

콰쾅!!

퍼—퍼퍽!!

콰직! 콰지직!!

세 사람의 공방으로 인해 강력한 경기가 사방으로 퍼져 접
인전 안의 나무들이 몸살을 앓았다. 나무들이 속절없이 갈라
지고, 가지에 매달려 있던 나뭇잎들을 갈 곳을 잃고 허공을 맴
돌았다. 떨어진 나뭇잎들이 경기의 파동을 이기지 못해 가루
로 부서지며 사방으로 흩날리고, 패어진 바닥의 흙들이 허공
으로 솟아올라 바스러져 장내의 모습이 흐려졌다.

하지만 세 사람의 공방은 그치지 않았다. 오히려 더욱 삼엄
하고 강력해졌다.

퍼—퍼펑!

콰—쾅!

희뿌연 먼지 속에서 너무도 빠르게 움직인 탓에 그저 희미
한 잔상만이 뿌옇게 장내를 맴돌았다. 허무공을 펼쳐 모습이
보이지 않는 가운데 양측의 공방은 무척이나 치열했다.

촌각의 시간 동안 수십 번의 공방이 서로 간에 이루어졌다.
피어오르는 경기로 인해 세찬 기파가 사방으로 몰아치고, 흉
험한 살기가 접인전 안을 가득 메웠다.

하지만 매복자들은 이미 매자천의 삼대신공을 완성한 백무
의 상대는 아니었다. 내력이 많이 소진된 듯 몇 차례 공방이
끝난 후에 매복자들의 신형이 서서히 장내에 나타나기 시작했
다. 내력이 흐트러진 탓에 그들이 펼친 허무공이 흐트러지고

있었던 것이다.

장내에 나타난 매복자들은 자신들의 정체를 숨기려는 듯 복면을 쓰고 있었다. 백무와의 공방으로 충격을 받은 듯 그들의 눈빛이 연신 흔들리고 있었다.

두 사람이 합공했음에도 모습이 보이지 않고, 자신들의 허무공을 깨어버린 백무에게 두려움을 느낀 것이다.

퍼—퍼퍽!

그들은 두려움에 휩싸여 백무의 공격에 정신없이 방어만 할 뿐이었다.

휘이익!

두 사람이 백무의 공격을 막아내지 못할 것 같아 보이자 장내에 다시 사람들이 나타났다. 남아 있는 세 명의 매복자였다. 두 명은 지붕에서, 한 명은 접인전 안에서 빠르게 백무를 향해 필살의 기운을 내뿜으며 달려든 것이다.

그들은 앞서 두 사람과는 달리 허무공을 펼치지 않았다. 허무공을 펼치면서 상대하기에는 힘들 것이라는 판단 때문이다.

그들은 장내에 나타나자마자 백무를 향해 쇄도하며 강기를 내뿜었다. 갑자기 늘어난 공격에 백무는 공격 방향을 수정해 자신을 향해 오는 강기의 공격을 막아냈다.

퍼—퍼퍽!

"산(散)!"

누군가의 입에서 내공이 담긴 목소리가 흘러나왔다. 동료를 향해 날아드는 백무의 공격을 간신히 막아낸 매복자들은 백무를 중심으로 빠르게 산개했다.

"중심이다."

보이지 않지만 가공할 기운으로 백무가 자신들의 중심에 있음을 확인한 그들은 빠르게 눈짓을 주고받았다.

휘익!

파―파팟!

다섯 명은 보이지 않는 백무를 포위하고 공격하기 시작했다. 그들도 상대가 허무공을 펼치는 것을 알고 있었다. 잠입만을 목적으로 한다면 자신들도 쉽게 기척을 감지하지 못할 정도의 극성을 이룬 허무공이었다.

하지만 천오혈기를 극성으로 끌어올려 무공을 시전한 탓에 허무공을 뚫고 나온 백무의 기운을 감지하고 있었기에 포위 공격을 감행하기로 한 것이다.

휘이익!

포위하기는 했지만 백무를 상대한다는 것은 힘든 일이었다. 매복자들이 준비를 하기도 전에 어느새 백무의 공세가 다가오고 있었던 것이다.

다섯 사람은 일제히 공격을 시도하려다가 빠르게 뒤로 물러섰다. 허공중에 나타났던 붉은 강기들이 사라지고 가슴을 후벼 파는 기운이 장내에 가득했다. 자신들에게 다가오는 공격의 기세가 심상치 않다는 것을 느낀 탓에 긴장감이 가득했다.

파팡!

파파―팡!

“크으!”

위험을 느끼고는 빠르게 뒤로 물러나며 백무의 공세에 방어하던 중 누군가의 입에서 신음이 터져 나왔다. 자신에게 다가오는 기운을 느끼기는 했지만 이제는 아예 형체가 없어진 백무의 공격을 막기가 어려웠던 것이다.

백무의 공격은 출기불의했다. 사라졌다가 나타나기를 반복했다. 붉은 강기가 맴돌다가 사라지고 갑자기 매복자들 앞에 나타나 공격을 해대는 것이다.

백무의 공격을 막아내기는 했지만 그 기운에 다섯 사람의 단전이 흔들렸다. 갑자기 나타나는 공격에는 전과는 달리 내력을 갉아먹는 강력한 기운이 스며들어 있었다. 암흑투기를 위주로 공격을 했던 것이다.

자신들을 공격하는 백무의 허무공이 극성이 이르렀음을 느낀 다섯 사람의 눈에는 경악의 빛이 스쳤다. 허무공을 얻은 후 오래전부터 익혀온 천음문이었으나 극성에 이른 자는 아직까지 한 명도 없었기 때문이다.

극성에 이른 허무공과 결합된 무공은 가히 공포스러울 정도였다. 자신들도 익히고 있는 허무공이 이렇게 사용될 수도 있다는 생각에 매복자들은 자신들이 지금까지 생각했던 허무공과는 상당히 다른 대단한 무공이라는 것을 새삼 느껴야 했다.

‘이런, 빨리 끝내야겠군.’

백무는 누군가 접인전으로 다가오다가 바로 자리를 떠나는 것은 느꼈다. 접인전의 상황을 알아차리고 암연을 쫓아갔던 소림승들을 부르려는 듯했다.

소림승들을 백마사에서 맞이하게 되면 문제가 생길 가능성이 높았다. 이곳에서 일을 벌이면 안 되기에 백무는 자신을 막아선 매복자들을 빨리 처리하기로 하고 매자천의 삼대신공 모두를 극성으로 끌어올렸다. 이제는 결판을 내야 할 때인 것이다.

스윽!

백무의 신형이 갑자기 장내에 나타났다. 백무의 모습이 나타나자 매복자들의 눈에 살기가 흐르기 시작했다. 자신들과 같이 백무 또한 내력이 떨어져 허무공이 깨진 것이라 판단한 것이다.

하지만 그것은 그들만의 착각이었다. 백무가 펼치는 허무공은 그들의 것과는 차원이 달랐다. 흑백쌍마에게서 얻은 양피지 안에 있던 허무공을 무불성승의 도움으로 해석해 완전하게 익히고 있는 백무였다.

삼대신공을 시전하면서 동시에 허무공을 같이 운용할 수 있었지만 매복자들을 빨리 처리하기 위해 허무공의 운용을 잠시 중단한 것이다. 허무공을 펼치면서 온전한 삼대신공을 펼치기 어렵기 때문이었다.

근혈의 힘을 이용한 적혈잠원대법을 끌어올리고, 이를 토대로 매자천의 삼대신공이 동시에 운용했다. 근혈에 잠재한 잠원을 모두 끌어올렸지만 백무의 얼굴이나 손에는 전과 같이 붉은 기운은 찾아볼 수 없었다.

“차앗!”

기합과 함께 백무가 먼저 움직였다. 백무가 뿌리는 손속에는 지금까지와는 차원이 다른 강력한 역도(力道)가 스며 있었다. 속도 또한 전광석화를 방불케 했다.

퍼—퍽!

“크… 윽!”

“컥!”

날카롭게 세운 백무의 족도가 배에 틀어박히자 두 사람이 팅기듯 뒤로 날아갔다. 언제 자신들에게 다가왔는지 보이지도 않았다. 기합 소리가 들림과 동시에 방어 자세를 취했지만 포위하고 있던 자들 중 두 사람이 비명과 함께 붉은 선혈을 입으로 뿜어내며 날아가 바닥에 떨어졌다.

두 사람은 더 이상 살아 있다고 볼 수 없었다. 발끝에서 뿜어진 천오밀류의 힘이 가미된 천오혈기와 천오투령이 그들의 내부를 박살 내버린 것이다.

이제 남아 있는 자들은 모두 셋이었다. 백무의 신형이 다시 빠르게 옮겨졌다. 미리 대비하고 있었는지 매복자들은 있는 내력을 모두 끌어올리며 손발을 움직였다.

퍼—퍼퍽!

“큭!”

“크… 으.”

파팡!

“억!”

어렵게 공세를 막아내기는 했지만 매복자들은 비명을 지르며 연신 비틀거렸다.

사실 매복자들은 백무와의 싸움으로 인해 이미 몸이 말이 아니었다. 백무와 공방을 벌이며 부딪친 그들의 손과 발은 이미 제 기능을 상실했고, 내부로 스며든 천오혈기와 천오투령의 기운에 대부분 뼈에 금이 간 상태였기에 백무의 공격을 막아낸 것도 거의 기적에 가까웠다.

이대로 가다가는 허무한 죽음뿐이라는 사실에 세 사람의 눈빛이 굳어졌다. 세 사람은 우선 신형을 피하며 고통스럽지만 떨리는 손으로 자신들의 무기를 꺼내 들었다.

그들이 꺼낸 것은 한 자루의 도였다. 한 자 반 정도 길이에 완만하게 휘어진, 중원에서는 보기 힘든 중도(中刀)가 그들의 손에 들려 있었다.

극한의 수련을 거친 듯 뼈가 부러지는 상처를 입었음에도 그들은 백무를 노려보며 손목에 감겨 있는 줄을 풀어 도병과 손을 빠르게 동여맸다. 상대가 안 되는 것을 알기에 동귀어진을 위해 마지막 최후의 공격을 감행하려 하는 것이다.

'이제 끝을 낼 때가 되었군.'

지금 공격하면 단번에 끝낼 수 있었지만 백무는 세 사람이 무기를 꺼내 들고 하는 행동을 가만히 지켜보았다. 암연을 뒤쫓아간 소림사의 승려들이 아직 도착하지 않아서이기도 했지만, 앞으로 상대해야 할 자들의 무공이 어떤 것인지 살펴보기 위해서이기도 했다.

도를 들고 백무를 노려보는 그들의 기세는 자못 비장하기 그지없었다.

'합격진인가?'

백무는 도를 들고 자신을 노려보는 세 사람의 움직임이 심상치 않음을 느꼈다. 간단한 삼재진을 형성한 것처럼 보였지만 그들이 밟고 있는 방위와 도에서 뿜어져 나오는 기운의 방향이 역으로 엇갈리고 있었다.

그들의 도에서 살기가 진득하게 묻어 있는 도기가 흘러나왔다. 그리고 이내 짙푸른 도강을 형성해 냈다. 닿는 순간 모든 생명을 일거에 죽음의 동반자로 만들어 버리는 살기 짙은 도강을 바라보며 백무는 매복자들이 죽음을 도외시하고 있음을 알 수 있었다.

'동귀어진(同歸於盡)할 생각이로군. 안에 있는 범소란 자도 뭔가를 준비하는 것 같은데……'

만만히 봐서는 안 될 것 같았다. 또한 범소가 있는 접인전 안의 기운도 심상치 않았다.

백무의 몸에 붉은 기운이 어리기 시작했다. 전처럼 피부가 붉어진 것과는 다르게 몸에서 한 치 정도의 거리에 붉은 기운이 맺히기 시작했다. 천오혈기를 이용해 호신강기를 만들어 둘러친 것이다.

매복자들은 뼛골까지 아리게 하는 백무의 기운에 흠칫했다. 호신강기를 사용할 수 있는 고수들도 몇 번 상대해 본 경험이 있는 그들이었지만 백무가 보여주는 모습은 처음 보는 것이었다.

"으… 음!"

부지불식간에 신음이 터져 나왔다. 완전하게 유형화된 기운
이 몸 밖에 머물며 삼엄한 기운을 흘려내는 모습은 그들로서
도 의외가 아닐 수 없었다.

하지만 그들의 걱정은 이내 사라졌다. 의외이기는 하지만
그들이 행해온 수많은 살행(殺行)을 통해 죽은 자들 중에는 백
무와 같이 유형의 강기를 뿌리는 자들도 적지 않았지만 모두
죽음으로 인도했기 때문이다.

팟!

세 사람의 신형이 백무의 시야에서 동시에 사라졌다. 백무
가 완전히 기운을 끌어올리기 전에 먼저 움직인 것이다.

상중하로 나누어진 그들의 공격은 예측하기 어려운 방향으
로 백무를 향해 짓쳐들었다. 평범한 삼재진이지만 엇박자로
들어오며 상대의 동작을 빼앗는 그들의 공격은 아무리 절정고
수라도 막아내기 힘든 것이었다.

피—피핏!

파팟!

그들의 공격이 바로 지척에 이르렀을 때였다. 백무의 신형
이 튕기듯 뒤로 물러났다. 탄공신을 이용해 뒤로 물러서며 역
방향으로 얽힌 도강을 피한 것이다.

자신들의 공세를 피했지만 이미 예상이나 한 듯 매복자들은
더욱 빠르게 백무를 따라 붙으며 도강이 어린 중도를 휘둘렀다.

휘익!

그렇지만 백무의 움직임이 더 빨랐다. 따라붙는 도강의 그물을 어느새 벗어나 버린 것이다.

자신들의 의도와는 달리 쉽게 도강으로 구성한 도망(刀網)을 빠져나가는 백무를 향해 매복인들이 급하게 도의 방향을 꺾었다. 이대로는 백무를 죽일 수 없다고 판단되자 지금까지 이루었던 도진(刀陣)을 역(逆)에서 순(順)으로 바꾼 것이다.

도진의 진행 방향을 바꾸자 매복자들이 펼친 도강의 그물이 순식간에 백무에게 이르렀다.

티—티팅!

탄공신을 이용해 재차 물러서던 백무는 매복자들이 휘두른 도를 두 손으로 튕겨냈다.

팟!

도강이 어린 중도들을 막아내며 물러나던 백무의 신형이 그대로 앞을 향해 쏘아졌다. 발을 디디지도 않았다. 허공중에서 물러나며 아무런 지지대 없이 백무의 신형이 앞으로 튀어나온 것이다.

“헉!!”

선두에 서서 공격해 오던 매복자 중 하나의 입에서 헛바람이 흘러나왔다. 도저히 인간으로서는 보여줄 수 없는 움직임이었던 것이다.

서격!

백무의 붉은 손길이 그의 천돌혈을 스쳤다. 비명성도 없이 매복자가 거꾸러지듯 앞으로 쓰러졌다. 그와 동시에 백무의 신형이 엎어지는 그의 몸을 타 넘으며 회전하듯 양발을 움직였다.

퍼—퍽!

콰—지직!!

"큭!"

"윽!"

휘도는 발길이 두 사람의 관자놀이와 옆구리를 강타했다. 한 명은 두개골이 함몰되고, 한 명은 척추가 부러져 튀어나왔다. 그대로 즉사였다.

탄공신을 이용한 일수도(一手刀)와 원앙각(鴛鴦脚)에 세 사람이 순식간에 유명을 달리한 것이다.

"으… 음!"

접인전에서 범소를 지키기 위해 매복해 있던 자들을 모두 제거했지만 백무의 인상은 굳어져 있었다.

"이들이 보여준 눈빛은 뭐지?"

백무는 자신의 손에 죽어가던 세 사람의 눈빛을 잊을 수 없었다. 경악에 물든 그들의 눈은 무엇인가에 배신당했다는 빛이 역력했던 것이다.

"이럴 때가 아니다."

팟!

밖에 있는 자들이 들이닥치기 전에 범소의 신변을 확보해야 했기에 백무의 신형이 꺼지듯 접인전 안으로 사라졌다.

접인전 안에는 붉은 가사를 입은 노승 하나가 불상을 향해 절을 올리고 있었다. 밖에서 비명성이 터지고 사람이 죽어나갔음에도 별로 개의치 않는 모습이었다.

"왔군. 내 언젠가 이런 날이 올 줄 알았지만……."

절을 마친 범소는 조용한 음색을 흘리며 뒤로 돌아 백무를 바라보았다.

"약관도 채 되지 않은 청년이 육밀사(六密螫)를 일거에 제거하다니 놀라운 일이로군."

범소는 진심으로 놀란 듯했다. 무공을 모르는 자신을 위해 특별히 창천비각에서 선발된 이들이 육밀사였다. 쐐기처럼 숨어 있다 치명적인 죽음의 가시를 쏘아내는 육밀사를 채 반 각도 안 되는 시간에 제거할 정도면, 그 무공의 끝을 알기 어려운 절정의 고수임이 분명했다. 하지만 자신의 눈앞에 비친 백무의 모습은 의외로 어렸던 것이다.

"당신이 범소요?"

"노납의 법명이 그렇게 되네. 자네는 비조천람에서 나온 사람인가?"

"그럴 수도 있고, 아닐 수도 있소."

애매모호한 소리였다.

'이상한 일이로군. 이 정도면 광천십마와 버금가는 실력이거늘, 암흑투기의 기운이 느껴지지 않는 것을 보면 마교의 인물 같지는 않은 것 같으니…….'

범소는 눈앞에 있는 백무가 암천신마가 키운 비조천람 내의 특별한 인물이라 생각하고 있었다.

하지만 애매모호한 백무의 대답을 듣고는 이상한 생각이 들었다. 자신을 제거하러 올 자는 비조천람의 인물밖에는 없었기 때문이다.

주름이 가득한 범소의 얼굴에 의혹의 빛이 일자 백무가 입을 열었다.

"후후후, 난 매자천의 사람이오."

"매자천!!"

웬만한 일 가지고서는 놀라지 않을 것 같던 범소의 얼굴이 일그러졌다. 창천비각과 개방을 연결하는 비선이었던 그도 항상 매자천을 주목하고 있었다.

그러나 오십여 년 넘게 매자천의 행방을 알 수가 없었기에 이미 사라진 존재라고 생각했던 것이다. 그런데 이렇게 자신의 눈앞에 나타나 놀라지 않을 수 없었다.

"믿을 수 없는 일이다. 매자천은 이미 강호에 사라진 지 오래이거늘……."

"당신이 믿든 안 믿든, 그것은 상관없소. 당신은 나와 같이 갈 곳이 있소. 그러니 따라오시오."

풋!

백무의 손가락에서 한줄기 차가운 지풍이 범소를 향해 쏘아졌다. 마혈을 짚인 범소는 믿을 수 없다는 표정인 채로 온몸이 굳어졌다. 백무는 빠르게 다가가 범소의 아혈을 짚고는 바로 들쳐 업었다.

"빨리도 왔군."

매복자들과 접전을 벌일 때 접근하던 자가 상황을 제때에 알린 듯 백무는 사람들이 접인전 바깥쪽을 포위하기 시작했다는 것을 알 수 있었다. 소림의 승려들이 도착한 것이다.

진세를 형성한 듯 삼엄한 기운이 안에서도 느껴질 정도였다.

백무는 빠르게 품을 뒤져 미리 준비해 가지고 온 밧줄로 빠르게 범소를 동여맸다. 백마사를 빠져나가는 동안 수족을 자유자재로 사용할 수 있게 하기 위해서였다.

"차앗!"

범소를 동여매 고정시킨 후 기합성과 함께 백무의 신형이 그대로 튀어 올랐다. 솟아오르는 신형과 함께 백무의 손이 지붕을 향해 뻗어졌다. 그의 손에서 유형화된 천오혈기가 튀어나와 천장을 강타했다.

쾅!!

접인전의 천장이 반 장 너비의 구멍이 뻥하니 뚫렸다. 백무는 사방으로 비산하는 파편들과 함께 천장에 난 구멍으로 빠져나간 후, 신형을 꺾어 경공을 시전하며 백마사 바깥으로 신형을 날렸다. 탄공신을 이용해 접인전을 벗어난 것이다.

접인전 바깥에는 이십여 명의 승려들이 포위하고 있었지만 촌각도 안 되는 시간에 접인전의 지붕을 뚫고 사라져 가는 백무를 잡을 수 없었다.

"저기다. 쫓아라!"

누군가의 외침에 포위하고 있던 소림사의 승려들 중 몇몇이 백무의 신형을 쫓기 시작했다. 상당한 실력자들인 듯 백무를 쫓는 속도는 무척이나 빨랐다.

"소림에 연락을 취하고, 개방에 도움을 요청해. 어서!"

범소를 호위하기 위해 백마사에 나와 있던 법운(法澐)은 다른 팔대금강 중 한 명인 법통(法統)에게 백마사의 사태를 알리도록 했다.

범소를 납치해 가는 자의 움직임은 법운으로서도 만만히 볼 수 있는 것이 아니었다. 접인전 안에서 벌어진 죽음들로 인해 긴장하지 않을 수 없었던 듯 법통을 향해 외치는 그의 음색을 무척이나 경직되어 있었다.

사숙인 범소를 호위하기 위해 창천비각에서 파견한 고수들은 팔대금강을 능가하는 자들이었는데도 불구하고 자신들이 접인전에 올 동안도 버티지 못하고 모두 죽임을 당했다.

"내가 전서구를 날릴 테니 어서 쫓게."

법운에게 외친 후 법통은 다른 방향으로 달려갔다. 위급시를 대비에 소림과 개방으로 날려 보낼 전서구가 대기하고 있는 곳이었다. 법통이 전서구를 날리러 가는 것을 보고 법운은 남아 있는 이들을 이끌고 백무를 쫓기 시작했다.

"큰일이로군. 창천비각의 사자들은 물론 육밀사를 이토록 빠른 시간에 없앤 것을 보면 비조천람에서 온 자는 내가 감당할 만한 자가 아니다."

범소의 납치보다는 육밀사의 죽음이 법통에게는 더한 충격이었다. 창천비각에서 나온 사자들은 자신도 충분히 감당할 수 있지만 육밀사는 아니었다. 육밀사에 속하는 자들 두 명이면 소림의 장로승들이라 하더라도 승패를 장담할 수 없는 강자들이었던 것이다.

접인전을 빠져나와 전서구가 있는 곳으로 향한 법통은 빠르게 두 통의 편지를 써서 전서구에 매달아 날려 보냈다.

"연락이 갔으니 조만간 결정이 나겠지. 다행히 이번에는 예상했던 지점에 놈들이 나타났으니 꼬리를 잡은 것이다. 놈이 사용한 무공은 마교의 것이 분명하니 우리에게 명분을 가져다 줄 것이다."

소림의 제자답지 않은 음침한 목소리가 법통의 입에서 흘러나왔다. 그는 천천히 접인전으로 향했다. 접인전에서 죽은 육밀사들의 시신을 살피기 위해서였다.

백무를 쫓기 위해 다들 몰려간 지금, 백마사에 남아 있는 일반 승려들은 숨을 죽이고 있었다. 전서구를 날리고 접인전으로 오는 동안 법통은 한 사람의 승려도 볼 수가 없었다.

그는 접인전의 매복자가 숨어 있던 곳을 살폈다. 겉은 흑석으로 되어 있으나 속은 비어 있는 연꽃 모양의 석물(石物)을 바라보는 그의 눈에 이채가 스쳤다.

예상외로 석물에는 아무런 흠집도 남아 있지 않았던 것이다. 하지만 안에 숨어 있는 자는 이미 숨이 끊어져 있었다.

"격산타우(隔山打牛)였던가? 분명 손이 파고든 것 같았는데……."

사실 법통은 백무가 접인전으로 들어설 때 접인전으로 오고 있는 중이었다.

접인전으로 오다 연꽃으로 만들어진 석물 속에 숨어 있던 첫 번째 매복자가 죽는 것을 보았다. 나서려 했지만 다른 육밀사들과 이어지는 격전을 보고는 곧장 침입했던 자를 쫓기 위해 바깥으로 나간 법운에게 알리기 위해서 자리를 떠났었다.

"다행히 중심 인물이 나타난 것 같지만, 예상과는 다른 행보를 보이니 곤란하군."

법통이 자리를 뜬 것은 자신이 나서면 죽음뿐이라는 것을 알기 때문이기도 했지만 비조천람에서 범소를 죽이기 위해 사람이 오면 어떻게 하라고 지시받은 것이 있기에 그대로 따라야 했기 때문이다.

자신들을 유인하려 한다는 것을 알아차린 법운이 백마사로 돌아오는 길이었기에 빠르게 백무를 포위할 수 있었지만 잡을 수가 없었다.

격전이 벌어지기를 바랐지만 뜻대로 되지 않았던 것이다. 백무와 소림사 승려 간에 격전이 벌어져 소림사 승려들이 많이 죽어주면 좋을 일이었지만, 그렇게 되지 않았기에 다음을 기다리는 수밖에는 없었다.

추종술에 일가견이 있는 법운이 쫓아갔으니 분명 격전이 벌어질 것이다. 범소를 납치해 간 자의 실력으로 보아 많은 수의 소림승들이 죽을 것이 분명했다.

소림승들이 죽으면 마교에 대한 전쟁을 신중히 바라보자는 무림맹 내의 의견은 수그러들 것이고, 자신들이 원하는 대로 정마대전이 벌어질 것은 불문가지였기에 법통은 미소를 지으며 죽은 육밀사에게 다가갔다. 무림맹에 내놓을 증거를 확보하려고 하는 것이다.

"나이가 그리 많지 않을 것을 보면 광천십마 중에 하나는 아닌 것 같고, 암천신마가 키워낸 자가 분명한 것 같군."

첫 번째 시신을 살핀 법통은 다른 시신들에게 다가갔다. 그리고 그들의 상처를 하나하나 꼼꼼히 살폈다.

"후후후, 이 정도면 됐다. 분명 암흑투기의 기운이 이들에게서 느껴진다. 이들을 증거로 들이밀면 더 이상 반대하는 자들은 없을 것이다. 하지만 좀 더 많이 죽어주면 좋겠지. 이들의 죽음만으로 믿지 않는 자들도 있을 테니까. 소림과 개방의 인물들에게서 마교의 흔적이 나타난다면 곧 전쟁은 시작될 것이다."

의미심장한 말을 중얼거린 법통은 시체를 접인전 안으로 옮기고는 육밀사가 쓰고 있던 복면을 벗겼다. 복면 안에서는 그가 익히 보아오던 얼굴들이 나타났다. 중소문파 출신으로 요즘 두각을 나타나내고 있는 후기지수들의 얼굴이었다.

第四章 북경지야(北京之夜)!

九劈雷電

법통이 음모를 꾸미고 있는 줄도 모르고 법운은 열심히 백무의 뒤를 쫓고 있었다. 용문산 쪽으로 이어진 흔적을 따라 움직이는 법운은 앞서 간 백무의 흔적을 보며 의혹이 이는 마음을 멈출 수가 없었다.

'어째서 이렇게 흔적을 남긴 것이지? 아무리 사숙을 업고 갔어도 접인전을 지키는 자들을 해치울 정도의 실력이라면 이렇게 흔적을 남기지 않았을 것이다. 우리를 유인하려는 것인가?

흔적이 너무도 선명했다. 사오 장 간격으로 한 치 정도 깊이로 패여 있는 발자국은 마치 보여주기라도 하려는 듯 너무도 선명했던 것이다.

‘무슨 이유에서인지는 모르지만, 일단 범소 사숙께서 납치당하셨으니 쫓을 수밖에… 연락이 닿아 다른 분들이 빨리 오기를 기대하는 수밖에는 없겠다.’

법운으로서는 선택의 여지가 없었다. 범소가 납치되어 가는 것을 눈으로 본 마당에 유인하는 것이 분명해도 따라가지 않을 수 없었던 것이다.

“놈이 용문산으로 도주하는 것을 보면 석굴에 숨으려는 모양이다. 절대 놈을 놓쳐서는 안 된다.”

법운은 승려들을 재촉했다. 법통이 연락을 했다면 낙양에 머물고 있는 범 자 항렬의 장로승들이 올 것이 분명했다. 자신이 백무의 꼬리만 놓치지 않으면 된다는 생각을 가지고 있었기에 법운은 유인하려는 것을 알면서도 빠르게 백무의 뒤를 쫓았다.

이하(伊河)를 두고 향산(香山)과 용문산(龍門山)의 암반에 뚫려 있는 석굴이 천삼백여 개가 존재하는 용문석굴은 밤이 깊은 탓인지 인적이 없었다.

파파팟!

백무는 범소를 등에 업고 빠르게 용문석굴로 향하다 커다란 석굴 앞에서 자신을 기다리고 있는 당민을 볼 수 있었다.

“누님!”

“고생했다. 위험한 일은 없었느냐?”

백무의 실력을 알지만 걱정스러웠던 당민은 반갑게 백무를 맞았다.

"예상대로 천음문에서 나온 것으로 보이는 자들이 있더군요."

"그랬을 것이다."

"지금 소림사의 승려들이 저를 쫓고 있으니 잠시 후면 이곳에 나타날 것입니다."

"걱정하지 마라. 삼노가 만반의 준비를 하고 있으니 그들의 뒤를 쫓는 자들을 사로잡는 것은 어렵지 않을 것이다."

"알겠습니다. 그럼 이자를 부탁드리겠습니다."

"그러마."

백무가 범소를 건네자 당민은 그를 받아 들고는 석굴 속으로 사라졌다. 당민이 모습을 감추자 백무는 자신이 온 흔적을 지우며 미리 봐두었던 다른 석굴로 향했다.

"네 이놈!"

얼마 있지만 않아 내력이 실린 고함 소리가 들려왔다. 백무를 쫓아온 법운이 지른 사자후였다. 기다리고 있던 백무는 법운을 비롯한 소림사의 승려들을 둘러보았다.

파파팟!

소림승들은 백무를 중심으로 십팔나한진을 형성하며 포위했다.

"범소 사숙은 어디에 있느냐? 감히 소림의 사람을 납치하다니, 네놈은 진정 천 년 소림의 무서움을 모르는 것이더냐?"

법운의 입에서 노호성이 터져 나왔다.

"사숙? 난 소림의 사숙을 납치한 적이 없는데."

"네놈이 발뺌을 하다니. 분명 접인전에서 범소 사숙을 납치한 것을 내 보았거늘."

백무의 입에서 딴소리가 흘러나오자 법운의 승포 자락이 팽팽하게 부풀어 올랐다.

"아! 그자 말이로군. 후후후, 잘못 알고 있는 것이 아닌가? 그자는 창천비각의 인물이라고 알고 있었는데 말이야."

"창천비각의 인물이면 납치를 해도 된다더냐? 말로 해서는 안 될 놈이로구나. 나한진을 펼쳐라."

법운은 빙글거리며 웃는 백무를 보며 무력을 사용해야 함을 깨달았다. 범소 사숙은 온데간데없었다. 암암리에 주변을 살펴봤지만 인기척이라고는 전혀 없었다.

혼자 있다는 것은 누군가 범소를 데리고 간 것임이 분명했다. 범소를 빼돌리고 자신들을 저지하려 한다고 생각했기에 빨리 백무를 제압하고 범소를 찾으려 했던 것이다.

"나한진이라! 좋군."

백무는 나한진을 바라보며 천오밀류만을 끌어올렸다. 세 가지 신공을 모두 끌어올리면 사상자가 생길 수 있기에 어렸을 때 배웠던 천오밀류만을 담아 소림오권을 사용하려는 것이다.

"으… 음."

백무의 기수식을 보면서 법운은 신음을 삼켰다. 소림의 속가제자라면 누구나 익히고 있는 소림오권의 기수식을 법운이 못 알아볼 리 없었던 것이다.

"소림의 속가더냐?"

"한번 살펴보시기 바라오."

"네놈을 잡아 어찌 된 일인지 연유를 알아볼 것이다. 개진!"

법운의 외침에 백무를 포위하고 있던 승려들의 움직임이 미묘하게 변했다. 절대의 진법이라는 백팔나한진에는 못하지만 절정의 고수라도 감당하기 힘들다는 십팔나한진이 펼쳐진 것이다.

'역시 소림이다. 발진을 하기도 전에 이 정도라니……'

자신을 압박해 들어오는 기운을 느끼며 백무가 미간을 좁혔다. 기세로 보아 진을 펼친 자들이 소림의 동량들이라는 십팔나한들이 분명했던 것이다.

'분명 이들 중에도 천음문의 인물들이 있을 것이다.'

백무는 진세 가운데서 묘한 기운을 느꼈다. 다른 자들과는 근원이 다른 기운을 흘리는 자가 있었던 것이다. 바로 자신이 잡아야 할 자였다.

'나 혼자서 한번에 이들 모두를 제압하기는 힘든 일이니, 내가 놈을 잡으면 광노가 시간을 맞추어 독을 펼쳐야 할 텐데……'

백무가 천음문의 인물이 흘리는 기운을 살피는 사이 세 명의 승려가 삼재진을 이루며 공격해 들어왔다. 흔들리며 세 방향에서 다가오는 목봉의 기세가 예사롭지 않자 백무의 신형이 움직였다. 뱀이 나무 사이를 빠져나가듯 목봉의 기세를 흘리

며 공격에서 빠져나간 백무는 전면의 목봉 하나를 호조로 잡
으려 했다.

'이런!!'

백무는 급히 손을 빼냈다. 두 자루 목봉이 머리와 오른손을
노리고 날아들었던 것이다.

타탁!

한 명을 제압해 진형을 깨려 했던 시도가 무산되자 백무는
미련없이 신형을 뒤로 빼며 반룡탐조(反龍眈爪)의 수법으로 두
자루 목봉을 손으로 쳐냈다.

천오밀류의 힘이 담긴 것이라 공격하던 나한승들은 비틀거
리며 뒤로 물러났다.

하지만 이미 대비하고 있었던 듯 그들이 빠져나간 자리에는
세 명의 승려가 자리를 메우며 목봉을 휘둘렀다.

'역시 만만치가 않군.'

맞물려 돌아가는 나한진은 빈틈을 허용하지 않고 있었다.
빠르게 자리를 선점하면 진형을 변형시켰고, 경기를 담아 타
격을 입히려 하면 급히 물러나 새로운 자가 자리를 메우는 것
역시 소림의 절진다웠다.

"좋아!"

백무는 어느 정도 힘을 써도 좋겠다는 생각이 들었다. 이 정
도의 위력이면 충분히 견딜 수 있을 것이라고 판단한 것이다.

또한 자신을 노리고 있는 천음문의 인물을 어느 정도 파악
했기에 나한진을 단번에 흔들어 버리고 그를 제압해야겠다고

생각했다.

팟!

백무의 신형이 팔방으로 갈라지며 나한승들을 향해 달려들었다. 어느 것이 진짜 백무의 신형인지 알아볼 수 없을 만큼 빠른 움직임이었다.

백무의 움직임이 이전과는 현격히 달랐지만 오랫동안 함께 수련해 온 나한승들은 당황하지 않고 자신들을 향해 달려 나오는 백무의 신형을 향해 목봉을 뿌렸다.

파—파파팡!

파파파팡!!

무엇인가 번쩍이는 것 같은 움직임에 나한승들이 내밀었던 목봉 여덟 자루가 힘을 이기지 못하고 부러져 나갔다.

백무는 팔괘사형(八卦蛇形)에 이은 백호추산(白虎推山)으로 자신의 공격을 팔방을 점하며 막아내려 한 나한승의 목봉을 일거에 부숴 버린 것이다.

목봉이 부서져 나갔지만 나한진은 깨지지 않았다. 뒤를 지키던 나한승들이 재차 짓쳐드는 백무를 막아선 것이다.

퍼퍼펑!

경기의 부딪침으로 인해 폭음이 울려 나왔다. 나한승들이 넓게 물러나며 진을 확장시켰다. 백무의 몸에서 발해지는 기운이 나한진으로도 쉽게 감당할 수 있는 것이 아니었던 것이다.

"저… 저것은!!"

지켜보고 있던 법운은 백무가 시전하는 것이 소림오권이라 불리는 것이 아님을 알 수 있었다. 소림의 자랑이자 십천의 일 인인 무불의 진재절학이자 소림의 불가사의라고 일컬어지는 오류신권임을 알았던 것이다.

꽈—꽝!

쐐애액!

법운이 놀라는 사이 폭발음과 함께 파공성이 장내를 꿰뚫었 다.

"피해!!"

법운은 다급히 소리를 질렀다. 당가의 절대금용암기라는 폭 우이화정(暴雨梨花釘)이 터져 무수한 암기들이 백무를 향해 날 아간 것이다.

티티팅!

무수한 암기들이 무엇인가에 부딪쳐 떨어져 내렸다. 폭우이 화정이 폭발하자 백무의 몸에는 천오혈기로 인해 붉은 기운이 흐르는 호신강막이 펼쳐졌고, 날아오는 암기들을 모두 막아낸 것이다.

스슷!!

백무의 신형이 장내에서 사라졌다. 허무공이 펼쳐진 것이 다.

"컥!!"

비명 소리에 고개를 돌린 법운은 백무의 손에 목이 잡혀 있 는 한 나한승을 볼 수 있었다. 지니고 있는 재질이 놀라워 소림승들 중 두각을 나타내고 있는 보현(普賢)이라는 나한승이었다.

"네놈이 소림에 숨어 있던 천음문의 간세로군."

백무의 목소리를 들으며 법운은 경악을 금치 못했다. 폭우 이화정이 터지고 보현이 백무의 손에 잡힌 것은 찰나지간의 일이었다.

나한진을 펼치던 소림승들이 보현이 잡힌 것을 알고는 백무를 공격하려 했다.

"모두 멈춰라!"

법운은 나한승들의 공격을 멈추게 하고는 백무에게로 다가왔다.

"시주는 어떤 분이시오? 누구시기에 무불사조의 진전을 이으신 것이오?"

궁금하지 않을 수 없었다. 소림 역사상 소림오권의 진체라 할 수 있는 오류신공을 완벽히 익힌 이는 무불이 유일했다. 인연이 있어 무불에게서 몇 가지 무공을 배운 법운이 그것을 못 알아볼 리 없었다.

'오류신공을 사용하는 것도 그렇고, 가공할 무공을 지니고 있으면서도 살수를 쓰지 않은 것을 보면 뭔가 다른 목적이 있는 것이 분명하다.'

무불의 진신무공이라고 할 수 있는 오류신공을 시전하는 것은 물론 보현을 사로잡으며 백무가 흘린 말까지, 아무래도 자신이 모르는 뭔가를 알고 있다는 생각에 백무를 바라보았다.

“당신은?”

“난 법운이라고 하오.”

“당신이 바로 그 사람이로군.”

“날 아시오?”

“무불성승께 당신의 이야기를 들은 적이 있소.”

“역시!”

“그런데 어찌 보현을 잡고 그런 말을 한 것이오?”

“이자는 소림에 적을 두고 있기 전에 한 문파에 소속되어 있던 자였소. 그리고 그가 소속된 문파가 중원을 위기로 몰아넣으려 하기에 이럴 수밖에 없었소. 당신의 사숙이라는 범소 또한 마찬가지요.”

“어찌 그런 일이!! 믿을 수가 없는 이야기요.”

백무는 법운이 인상을 찡그리자 품에서 서신 한 장을 꺼내 들었다.

“성승께서 당신에게 보내는 편지요.”

법운은 다급히 백무가 꺼낸 편지를 펼쳐 읽었다. 편지를 읽어가는 그의 얼굴이 시시각각 변했다.

법운은 원래 무불이 강호 행보를 나섰다가 거두어들인 사람이다. 버려진 젖먹이를 무불이 거두어 소림사에서 키웠던 것이다.

어버이나 다름없는 무불이었기에 그의 필체를 못 알아볼 리 없는 법운은 창천비각과 천음문에 얽힌 비사를 서신을 통해 알 수 있었다.

"이것이 사실이오?"

"틀림없는 사실이오."

"이럴 수가!!"

법운은 허탈할 뿐이었다. 정파를 지탱해 온 창천비각이 어느 한 문파의 수족에 불과하고, 그 뿌리가 정파 전체에 퍼져 중원을 지배하려는 음모를 오랫동안 진행해 왔다는 사실을 믿을 수가 없었던 것이다.

"범소와 보현을 당신에 넘기겠소. 그리고 다른 사람들도."

아연실색하던 법운은 누군가 주변에 와 있다는 것을 느낄 수가 있었다. 당민을 비롯한 삼노와 표중호, 그리고 곽정운이 누군가를 데리고 장내에 도착해 있었던 것이다.

"그렇다면 저들이……."

"그렇소. 소림사에 잠입해 있던 천음문의 간자들이오."

법운은 백무의 말에 사람들이 잡아온 자들을 살폈다.

"법통! 너도였더냐?"

법운은 암연에게 잡혀온 법통을 볼 수 있었다. 암연은 자신이 유인한 소림승들이 백마사로 돌아가자 뒤를 쫓은 후 남아서 연락을 취하고 있던 법통을 잡아 가지고 온 것이다.

법통의 승포 자락이 모두 찢겨진 것을 보니 상당한 반항을 했던 것이 분명했다.

자신이 믿고 의지했던 법통조차 천음문의 간자라는 사실을 믿을 수가 없었는지 법운은 기가 막힌 표정이었다.

"아직도 소림에 숨어 있는 자들이 상당수 있을 것이오. 무불성승께서는 지금쯤 소림사로 가셨을 것이니 그분을 도와 그들을 색출하시기 바라오.”

“으음!”

법운은 신음을 흘렸다. 소림이 어쩌다 이런 지경에 이른 것인지 개탄스러웠던 것이다.

“놈들은 내가 여러분을 모두 죽이기를 바라고 있소. 마교의 소행으로 몰아붙여 정마대전이 벌어지기를 바라기 때문이오. 소림사에 가면 무불성승께서 좀 더 자세하게 놈들의 음모에 대해 알려줄 것이오. 그리고 소림사로 돌아가는 동안 절대로 정체를 들켜서는 안 될 것이오. 자칫 놈들이 알아챈다면 성승께서 위험해질 수도 있으니 말이오. 그리고 당신들은 모두 죽은 것으로 소문이 날 것이오. 서찰을 읽어보았으니 어찌 그리 해야 하는지는 잘 아실 것이오.”

“무슨 말씀이신지 알겠소, 시주.”

“그럼 우린 이만 가보도록 하겠소.”

말을 마친 백무는 신형을 돌렸다. 당민을 비롯한 일행도 백무의 뒤를 따랐다. 일행이 장내를 떠나자 나한승들이 일제히 법운에게 몰려들었다.

두 사람의 대화가 궁금했던 것이다.

“소림으로 돌아가자. 본 사가 위험에 처해 있으니 이러고 있을 시간이 없구나. 자세한 이야기는 가면서 해줄 것이다. 소림의 배덕자들인 저들은 본 사가 안정이 된 후 치죄를 할 것이다.”

나한승들은 법운의 심각한 표정을 보고는 소림에 위기가 닥쳤음을 직감할 수 있었다.

하지만 무불성승이 돌아왔다는 말을 들었던 터라 머지않아 암운이 걷힐 것임을 믿어 의심치 않았다.

법운에게 소림의 배반자들을 인계한 후, 백무는 북경으로 향하는 발걸음을 서둘렀다.

"무아야, 소림에는 가지 않을 생각이냐?"

당민은 범소를 소림에 직접 넘기겠다는 백무가 어째서 마음을 바꾼 것인지 궁금했다.

"그렇습니다, 누님. 아까 증조부님의 편지를 받아 든 자는 팔대금강 중 한 명인 법운이라는 사람입니다. 증조부께서 의발을 물려주고자 하는 사람입니다. 저희와도 무관한 사람이 아니고요."

"무관하지 않다는 것이 무슨 뜻이냐?"

"그 또한 흑혈의 겁풍에 피해를 입은 희생자 중 하나입니다. 혈겁의 와중에 살아남은 그 사람을 증조부께서 거두시고 소림에 입문시킨 겁니다. 그리고 생각해 보니 제가 해결하는 것보다 소림 스스로 해결하는 것이 나을 것 같아서 그리했습니다. 법운이라는 사람이 어느 정도 증조부의 진전을 이은 것 같으니 그 사람이라면 증조부님을 도와 소림의 암운을 걷어낼 수 있을 겁니다."

백무는 비고에 있을 무렵 소림에서 가장 믿을 수 있는 사람이 법운이라는 것을 무불성승으로부터 들은 적이 있었다. 예상치 않게 만났지만 중조부의 기대를 알기에 그에게 모든 것을 맡기기로 한 것이다.

"그럴 수도 있겠구나. 네 말을 듣고 보니 우리가 직접 개입하는 것보다 스스로 정리하는 것이 좋을 것 같다. 그나저나 네 동생은 일을 잘 처리했을지 모르겠구나."

"후후후. 너무 걱정하지 마십시오, 누님. 그 아이는 저로서도 감당하기 힘들 정도로 강합니다. 그리고 유 총사가 잘 보필해 줄 겁니다."

"그렇긴 하겠지. 내가 봐도 상당한 실력을 가지고 있는 것 같았으니까. 그나저나 얼른 북경으로 향하도록 하자. 곤이 와 있을지 모르겠지만, 북경에서의 일을 마무리 지어야 어떻게든지 천음문의 음모를 막을 수 있을 테니 말이다."

"알겠습니다."

일행은 낙양을 향해 경공을 시전했다. 개봉으로 향한 수린도 일을 마친 후 북경으로 올 것이기에 낙양에 들러 계획한 일을 마쳐야 했던 것이다.

경공을 시전해 달린 일행은 날이 밝을 무렵 낙양에 도착했다. 낙양에 도착한 후 곽정운은 백무 일행과 홀로 떨어져 움직였다. 봉황도문의 인물들을 통해 백마사에서 있었던 일에 대한 소문을 퍼뜨리기 위해서였다.

곽정운은 백무의 의도대로 백마사에 있던 소림의 승려들이 마교의 인물들에게 추살되었다는 소문을 은밀히 퍼뜨렸다. 소문을 퍼뜨리는 일을 모두 끝마치자 일행은 곧장 낙양을 떠나 북경으로 향했다.

　말을 타고 낙양을 떠난 일행은 곧장 하남성의 성도인 정주로 향했다. 일인당 두 마리의 말을 끌고 전력을 다해 달렸기에 하루가 지나지 않아 정주에 도착했다.
　정주에 도착한 백무는 곽정운에게 그동안 개봉에서 벌어진 소식을 알아보도록 부탁했다. 수린이 어떻게 일을 처리했는지 궁금했던 것이다.
　곽정운은 봉황도문의 분타를 이용해 개봉에서 벌어진 소식을 채 한 시진도 되기 전에 알아왔다.
　소식은 백무가 예상한 것에서 크게 벗어나지 않았다. 개방의 후개를 비롯한 고수들과 철륜표국의 국주인 나후민이 마교의 고수들에게 처참하게 죽었다는 사실이 이미 중원 곳곳으로 널리 퍼지고 있었다.
　백무의 의도로 봉황도문이 일부러 그런 식으로 소문을 냈기에 민심은 흉흉하기 그지없었다. 강호인들 사이에서는 머지않아 마교와의 전쟁이 시작될 것이라는 풍문까지 돌고 있었다.
　"제자들이 알아본 바로는 폭풍 같았다고 하네. 개방의 총타를 들이쳤을 때 마침 개방 총타에 후개인 모윤동이 있었는데, 수린 소저가 일도에 반 토막을 냈다고 하더군. 총타에 있던 개방도들이 급히 타구진을 펼쳤지만 그것도 무용지물이었다고 하네. 어떻게 했는지 모르겠네만, 수린 소저의 일수에 삼십여 명이 죽어 나자빠지자 개방이 무릎을 꿇었다고 하더군. 믿을 수 없는 이야기네만 수린 소저가 일수를 뿌리면 용이 날아다녔다고 하기도 하고, 주작이 현신했다고 하는 소리를 들었네.”

곽정운은 자신이 알아온 소식임에도 믿을 수가 없다는 듯 고개를 흔들었다.

“으… 음, 강한 줄은 알았지만 그 정도일 줄이야.”

백무는 신음을 흘렸다. 수린이 그렇게 살수를 썼다는 것은 천음문의 인물들이 예상외로 많았다는 것을 뜻했다. 어린 나이에 몹쓸 일을 겪었을 수린을 생각하면 마음이 아팠다.

“개방을 무릎 꿇린 수린 소저 일행은 곧장 철륜표국으로 향했다고 하네. 철륜표국에서는 사신이라 불리는 분들이 나섰다는데 엄청난 피바람이 일어났다고 하네. 표국 안에 있던 대부분의 자들이 몰살당했다고 하더군. 국주인 마장도 나후민은 물론이고, 같이 있던 철문개 오필까지 철륜표국을 초토화시키는 데 채 반 시진도 걸리지 않았다고 들었네.”

“그분들이 그리 과하게 손을 쓴 것을 보면 철륜표국이 천음문의 분타였을 가능성이 크겠군요.”

“조사한 바로는 그렇네. 수린 소저는 지금 개방의 추적을 받으며 북경으로 향하고 있는 중이네. 아마도 계획대로 북경으로 가기 전에 천음문의 인물들을 제거할 것이 분명하네. 우리도 서둘러야 할 것 같네.”

곽정운의 말에 백무를 비롯한 다른 일행들이 고개를 끄덕였다.

“우리가 처리할 자들도 많으니 서둘러 가야겠군요.”

“빨리 서둘러야 할 것이네. 개방에서는 용두방주도 나선 모양이니 말이야.”

용두방주가 나서면 개방의 전력이 투입될 것이기에 백무는 자신도 빨리 북경으로 향해야 할 것 같았다.

“예상대로 됐으니, 그럼 바로 떠나도록 해야겠군요. 모두들 들으셨으니 바로 출발하도록 하겠습니다.”

곽정운이 소식을 알아보러 나간 사이 말을 새로 더 구해놓고 있었다. 북경으로 가는 동안 먹을 육포와 건량도 준비가 된 상태였기에 일행은 곧바로 정주를 떠났다.

정주에서 북경까지는 천오백여 리가 넘는 길이었다. 북경으로 가는 동안 천음문의 인물들을 모두 제거하고 가는 길이었기에 한단을 지나 석가장을 거쳐 관도를 따라 달리는 그야말로 강행군이었다.

그 와중에 백무는 수린의 행적에 대해 틈틈이 들을 수 있었다. 자신도 그렇지만 수린도 창천비각이나 일반 문파의 인물들 중 천음문도로 파악된 자들을 하나하나 제거하며 북경으로 가고 있었다.

그로 인해 강호의 소문도 점점 더 흉흉해지고 있었다. 무림맹이 구성된 지 얼마 되지 않아 이런 일이 벌어지자 당혹했는지, 무림맹에서 흉수를 추살하고자 사람들을 파견했다는 소식도 들려왔다.

하지만 백무 일행을 제지할 만한 자들은 없었다. 말을 번갈아 타며 말 위에서 식사를 하고, 휴식을 취할 때는 잠 대신 운기조식으로 때우며 전진했기에 무척이나 빠른 여정이었다. 그리고 백무의 무공과 당민, 그리고 밀광을 비롯한 삼노의 독술 등 가공할 만한 전력이었기에 천음문의 인물들을 제거하는 것에는 거침이 없었다.

그렇게 강호를 공포로 몰아넣은 사건과 함께 백무 일행이 북경에 도착한 것은 정주를 떠난 지 오 일이 지난 후였다. 보통 사람이 말을 달릴 때와 비교해도 시간을 반으로 줄인 것이다.

북경에 도착한 후 백무는 삼노와 곽정운 등에게 수린을 찾아보라 말하고는 당민과 함께 급히 홍등가를 찾았다. 천위현이 야류혼이라는 이름으로 장악하고 있다는 북경의 암흑가에서 찾을 사람이 있었기 때문이다. 두 사람이 찾고자 하는 자는 곤과 무척이나 관련이 깊었다.

"환희원이라… 이곳이군."

백무가 찾은 곳은 북경 화류계의 중심지라고 할 수 있는 환희원이었다. 북경제일의 환락가인 환희원이었지만, 오늘은 어쩐지 분위기가 심상치 않았다.

많은 사람들이 들락거리고 있어야 정상이거늘 환희원의 정문은 호위무사로 보이는 자들이 지키고 있었고, 드나드는 사람들의 모습이 보이지 않았다.

하지만 안에서는 술자리가 벌어지고 있는 것이 분명했다. 상당수의 사람들이 안에 있다는 것이 백무의 기감에 느껴졌다.

"누님, 그자는 항상 이곳에 머문다고 하니 소식을 알 수 있을 겁니다. 들어가시지요."

"그래, 일단 들어가 보자."

당민은 백무가 앞장을 서자 그 뒤를 따랐다. 하지만 두 사람이 환희원으로 들어서려 하자 막아서는 이가 있었다.

"이곳은 여인네의 출입이 제한된 곳입니다."

막아선 이는 환희원의 총관이었다. 마침 볼일이 있어 밖으로 나오려던 그녀가 심상치 않은 두 사람을 막아선 것이다.

"괜찮소. 우리는 이곳에 술을 먹으려고 온 것이 아니니."

"그것이 아니라 자칫 좋지 못한 일을 당하실까 봐 그렇습니다. 오랜 여행의 여독을 푸실 모양이신데, 이곳에는 지금 북경의 암흑가를 관장하고 있는 사람들이 연회를 베풀고 있습니다. 저분의 미모로 볼 때 자칫 분란이 있을까 봐 그렇습니다."

환희원의 총관인 정수연(鄭愁然)은 당민을 힐끔거렸다. 말은 그렇게 했지만 정수연의 속내는 따로 있었다.

아무리 봐도 무림인들로 보이는 자들이었다. 이들이 안으로 들어가면 암흑가의 장경과 분란이 생길 것이 불을 보듯 뻔했다.

무슨 일인지 모르지만 장경을 비롯한 흑염방도들의 기세가 심상치 않았던 것이다. 싸움이 일어난다면 다치거나 죽는 쪽은 장경 일행이 분명할 것이기에 그녀로서는 말릴 수밖에 없었다.

"후후후, 그것은 걱정하지 마시오. 그럴 염려는 없으니. 그건 그렇고, 혹시 안에서 연회를 베푸는 자가 흑염방주라는 장경이란 자가 아니오?"

"어찌……?"

말투로 보아 북경에는 처음 오는 사람들 같았다. 그런데 대뜸 장경을 찾아온 것을 보면 목적이 있는 것이 분명했다. 예삿일이 아닐 수 없었다.

"이 안에 있는 것이 확실하군. 들어가지요, 누님."

"알았다."

말리기도 전에 백무는 당민과 함께 환희원 안으로 들어섰다. 정수연은 말릴 사이도 없이 백무와 당민이 안으로 들어서자 다급해졌다.

'무슨 일인지 모르지만, 일단 대형에게 알려야겠구나.'

정수연은 가던 발걸음을 재촉했다. 그녀가 가는 곳은 원래 목적지가 아닌 다른 곳이었다.

장경은 북경 암흑가의 대형이라 할 수 있는 야류혼의 심복이었다. 무림인들로 보이는 자들이 장경을 찾아왔다는 것이 심상치 않았기에 야류혼에게 알리려는 것이다.

백무는 안으로 들어서 연회를 벌이고 있는 사람들을 찾았다. 이층에서 사람들의 소리가 들려오고 있었다. 두런거리는 말소리를 들어보면 연회가 한창인 것 같았다.

백무와 당민은 거침없이 이층으로 올라갔다. 장경의 수하들로 보이는 자들이 이층 입구에 있었지만 백무 일행을 막지는 못했다. 먼지를 뒤집어써 볼품없는 모습이었지만 싸늘해 보이는 눈동자에 범접할 수 없는 기운을 풍기는 것이 무림인들로 보였기 때문이다.

상황이 심상치 않음을 느낀 장경의 수하 중 하나가 연회가 벌어지고 있는 곳으로 달려가 백무 일행이 나타났음을 고했다.

"어디서 오신 분들이오?"

수하의 보고를 들은 장경은 천천히 일어서며 다가오는 백무와 당민을 쳐다보며 용무를 물었다.

"당신이 장경인가?"

"그렇소만!"

"야류혼의 소개로 왔다."

"대형이?"

야류혼은 얼마 전 먼 길을 떠났다가 북경으로 돌아와 있었다. 어제도 그를 만났던 장경은 야류혼의 소개로 자신을 찾아왔다는 소리에 의문을 품었다. 야류혼이라면 자신에게 이야기하지 않을 리가 없었던 것이다.

"무슨 일 때문에 나를 찾아온 것이오?"

의심이 들었지만 차분히 신색을 감춘 장경은 용건을 물었다. 오늘은 그에게 중요한 일이 있기에 사서 분란을 만들 필요가 없었던 것이다.

"사람을 하나 찾는다. 당신이라면 알고 있을지도 모른다고 하더군."

"사람?"

"그래, 당신을 만나면 신하상(肿河墈)이라는 사람을 만날 수가 있다고 하더군."

"신하상? 글쎄, 대형이 잘못 알았나 보군. 난 그런 사람을 알지도 못한다."

흠칫 안색을 굳히던 장경의 얼굴이 급히 제 색을 찾으며 백무의 말을 부인했다.

"후후후, 북경을 장악한 암흑가의 우두머리라더니 헛소리였나 보군. 신하상을 모른다니 말이야."

"……."

백무의 입가에 미소가 감돌았다. 놀란 듯 입을 다물고 있는 장경을 보면 자신이 제대로 찾아온 것이 분명했기 때문이다.

'이제 슬슬 반응이 올 때도 됐는데… 보기보다는 실력자들인 것 같은데, 일단 한번 시험해 봐야겠다. 오랜 세월 준비했다고는 하지만 다치게 한다면 곤이 원망할지도 모르니까 말이야.'

백무는 장경이 알고 있으면서도 말하지 않는다는 것은 이미 알고 있었다. 곤의 동생들이 준비해 놓고 있는 세력이 철저히 비밀에 부쳐져 있다는 것을 잘 알기 때문이다.

장경이 어떻게 나올지는 보지 않아도 알 수 있었다. 비밀을 지키기 위해 자신을 제거하려 할 것이 분명했다. 곤의 동생들이 준비한 신하상이란 비밀 조직에 속해 있는 자들이 어떤 실력을 가지고 있는지도 궁금했다.

신하상(脯河塽)!

높고 밝은 땅이 기지개를 켤 것이라는 이름은 요동이 다시 일어선다는 뜻이었다. 흑혈의 겁풍으로 혈겁을 당한 자들이 가문의 복수를 하겠다는 의지가 담긴 이름이었다.

백무가 곤에 대해 이야기하지 않고, 야류혼이 소개시켜 주었다고 한 것도 신하상을 이루고 있는 조직원들의 실력을 한 번 시험해 보기 위해서였다.

될 수 있으면 이번 자금성의 일에 그들의 힘을 빌리고 싶었기 때문이다. 그러나 워낙 위험한 일이기에 실력이 떨어지는 자들이라면 이번 일에 끼어드는 것은 좋지 않았다. 해서 일부러 장경에게 경각심을 일으켜 전력을 다하도록 만들었던 것이다.

자신을 보고 미소 짓고 있는 백무를 보며 장경은 간담이 서늘했다. 중요한 일을 목전에 두고 있기에 극도로 조심하고 있는 와중에 신하상의 정체를 들켰다고 생각한 것이다.

'저자가 어떻게 알고 있는 것이지? 아무리 북경의 암흑가를 장악하고 있는 야류혼이지만 그도 우리의 정체에 대해선 모른다. 그가 아무리 진무사에 속해 있다고 해도 그것만은 알 수 없을 것이거늘… 그렇다면 역시 그자들인가? 아니다 일단은 확인을 해야 한다. 자칫 잘못하면 그동안 닦아놓은 기반이 송두리째 날아갈 수 있다. 내가 이자를 시험해 보면 부상주(副堡主)가 알아서 하시겠지.'

백무의 생각처럼 장경의 머리는 빠르게 돌아가고 있었다. 야류혼이 알 리 없음을 안 장경은 백무의 정체를 한번 확인해 봐야겠다는 생각이 들었다. 자신들의 가문을 혈겁으로 몰아넣은 자들의 끄나풀일지도 모른다는 생각이 들었던 것이다.

"네놈이 대형을 팔아 날 속이려 하다니, 대형께서 너 같은 놈을 알 리 없다는 것을 내 잠시 잊어버렸다. 후후후, 네놈은 내가 어제 대형을 만났다는 것을 모른다는 것이 불찰이었다."

"이런!! 야류혼이 북경에 있었나? 실수를 했군."

"역시 네놈은 대형이 보낸 자가 아니었군. 후후후, 네놈의 정체가 무엇인지 모르지만 대형을 팔았으니 여기서 살아 돌아갈 생각은 버려야 할 것이다."

장경은 비릿한 미소를 지어 보였다. 전형적인 암흑가 사람처럼 보이는 미소였다.

"일단 우리가 찾는 자들 중 하나일 수 있으니 이자를 시험해 본다. 될 수 있으면 생포해야 한다."

장경은 동료들에게 전음을 보냈다.

드르르륵!

장경이 전음을 보내자 흑염방도들이 하나둘 일어서며 자신의 무기를 꺼내 들었다. 자리에서 일어나 무기를 꺼낸 그들은 더 이상 뒷골목이나 전전하는 흑도의 무리가 아니었다.

싸늘한 살기가 그들의 몸에서 뿜어져 나와 장내를 맴돌았다. 하나같이 예리한 칼날이 서 있는 것 같은 모습이었다.

'이거, 제법인걸.'

백무는 흥미로움을 느꼈다. 흑염방도들로 위장하고 있는 신하상의 사람들은 대문파의 일류고수를 한참 상회하는 예기를 풍기고 있었던 것이다.

"후후후, 생각해 보니 내가 잘못 찾아온 것이 아니로군. 아무리 암흑가의 인물들로 위장해 봐야 소용없다는 것을 알았으면 좋겠군. 그런데 이렇게 쉽게 정체를 드러내도 되는 건가?"

웃음을 흘리며 재미있다는 듯 자신들을 바라보는 백무를 보자 자경은 가슴이 철렁였다. 자신들의 정체를 정확히 알고 찾아온 것이 틀림없었던 것이다.

자신을 찾아온 백무와 당민은 장내에 이는 살기에도 아랑곳하지 않고 있었다. 그저 담담히 자신들을 바라보고 있었다. 너무도 무심하게 보이는 평범함이 장경의 불안감을 자극했다.

'아직 준비가 끝나지도 않았거늘… 내가 너무 경솔했구나. 이자도 그렇지만, 옆에 있는 여자 또한 심상치가 않으니……'

자신들을 찾아온 자들의 수준을 예측할 수 없다는 사실에 장경은 긴장하지 않을 수 없었다.

장경은 어떻게 할지 갈피를 잡지 못했다. 야류혼에게도 철저하게 비밀을 지키며 지금까지 잘해왔었다. 드디어 꿈에 그리던 출정을 앞두고 위로하는 자리를 마련한 것이었는데, 자신들의 비밀을 들켰다는 생각에 빨리 손을 써야겠다고 생각했다.

'어차피 지금부터 그동안 미루어왔던 복수를 시작하려던 참이었다. 우린 이미 목숨을 내던진 사람들이다. 아직 당도하지 않으셨지만 지금부터 시작하는 수밖에…….'

결심이 굳자 어느새 흔들리던 장경의 눈빛이 가라앉았다. 그는 주변을 둘러보았다. 자신과 눈을 마주친 동료들 또한 결의에 찬 눈빛이었다.

지금 연회장에 있는 사람들은 흑염방도들로 위장한 신하상의 인물들이었다. 열한 명 모두 든든한 동료들이며, 자신과 함께 죽음을 같이할 동료들이었다.

이들은 다른 흑염방도들과는 무척이나 달랐다. 다른 방도들이 세인들을 속이기 위한 눈속임의 대상이라면, 신하상의 조직원들은 거의 초절정에 근접한 자들이었던 것이다.

한 명 한 명이 피맺힌 원한을 잊지 못해 고련에 고련을 거쳐 이제 고수의 반열에 오른 자들이었다.

장경과 같은 마음이 된 사람들이 서서히 살기를 끌어올리기 시작했다.

파팟!

두 사람이 백무를 향해 신형을 날렸다. 한 장 정도 되는 거리를 가로지른 그들의 손에는 어느새 검이 쥐어져 있었다. 풍차처럼 돌며 상하단을 쓸어오는 기세에 백무는 그들의 검격 사이로 뛰어들었다.

채챙!!

백무의 손과 발이 공격해 오는 검을 쳐내자 마치 칼날이 쉿

덩이에 부딪치는 듯한 소리가 들렸다. 두 사람은 흠칫하며 검을 쳐내고 자신들의 뒤로 빠져나가는 백무를 향해 다시 공격해 들었다.

자신들의 검에 별다른 상처를 입지 않는 것을 보며 백무가 외공을 익힌 것이라 생각했는지 그들의 검에서는 어느새 싸늘한 검기가 일고 있었다.

백무의 손에서 일순 붉은빛이 흘렀다. 검기를 담은 검이 공격을 해오기에 백무 또한 손과 발에 잠원을 흘려 넣은 것이었다.

따땅!!

조금은 둔탁한 소리가 장내에 울려 퍼졌다. 동시에 두 사람의 검에서 더욱 강한 기세가 일어났다. 백무와 부딪친 순간 전력을 다하지 않으면 위험하다는 생각에서였다.

'상당한 실력들이다. 검격이 예사롭지 않다. 분명 해동의 무예가 분명하다.'

백무는 두 사람의 실력이 무척이나 높다는 것을 알 수 있었다. 뿌리고 베고 찔러오는 검세는 무리가 없었고, 힘의 전환 또한 자유로웠다.

무엇보다 놀라운 것은 부딪치는 순간 검을 통해 흘러들어오는 기운이었다. 검에 어린 검기가 순식간에 검강으로 바뀌어 백무에게 위협을 주었던 것이다.

백무 또한 같은 방식을 취하고 있었기에 자신을 향해 공격해 오는 자들의 무공의 뿌리가 해동에 있음을 짐작할 수 있었다.

콰―쾅!

백무의 손발과 두 사람의 검격이 부딪칠 때마다 폭발음이 들렸다. 중원의 고수들이 이 정도의 공방을 주고받는다면 주변이 남아나지 않겠지만, 그들이 일으킨 경기의 폭풍은 세 사람의 주변에서만 맴돌고 있었다.

백무는 백무대로, 두 사람은 두 사람대로 이곳에서 일어난 일이 알려지는 것을 원하지 않았기에 기운을 제어해 상대방에게만 집중하고 있었던 탓이다.

콰―쾅!

한정된 공간 안에서 일어나는 기의 충돌과 함께 공방을 주고받는 세 사람의 신형이 점점 빨라지고 있었다.

세 사람의 움직임은 무척이나 빠르고 경쾌했다. 약속을 주고받은 것도 아니건만 어우러져 돌아가는 것이 마치 춤사위를 보는 것 같았다.

'꺼리는 것 없이 실력을 제대로 발휘한다면, 중원에서도 이들의 검격을 제대로 받아낼 자들이 드물 것이다. 다른 자들도 기운이 비슷하니 이들 정도의 실력일 것이다. 더 이상 의미가 없으니 이만 끝내야겠군.'

기운의 안배나 검을 제어하는 것이 중원의 검격과는 사뭇 달랐다. 중원에 전해지는 검술은 변식과 허초가 많은 것이 대부분이었는데, 무척이나 간결하고 깨끗한 검술을 시전하는 두 사람을 보며 백무는 더 이상 시험이 필요없다는 것을 느낄 수 있었다.

파팟!

공방을 주고받던 백무의 신형이 당민이 있는 곳으로 빨리듯 사라져 갔다. 시험하는 것이 의미가 없어진 탓에 백무가 전권에서 신형을 뺀 것이다.

"잠깐!!"

내력이 실린 목소리가 백무의 입에서 흘러나왔다.

"멈춰라!!"

백무의 목소리에 장경은 백무를 향해 다시금 공격해 들려 하는 동료들을 제지했다.

파팟!

장경의 말에 달려들던 두 사람이 그 자세에서 뒤로 신형을 일제히 뺐다. 숨 한 번 흩뜨리지 않고 동작도 안정되어 있는 것이 고수의 풍모를 엿보이고 있었다.

"대단들 하군. 이 정도의 고수들이 고작 흑도의 패거리라고 는 믿지 못할 일이야!"

"흥, 네놈은 죽을 자리를 잘못 찾아온 것이다."

"성급한 판단은 하지 말도록. 너희와 싸우려고 온 것이 아니 니까. 난 다만 친구를 만나러 왔을 뿐이다."

"친구라니? 무슨 말이냐?"

친구를 만나러 왔다는 말에 장경은 백무의 속내가 궁금했 다. 방금 전 동료들과 주고받던 공방을 보던 장경은 백무가 손속에 사정을 두고 있음을 알 수 있었다. 그래서 백무의 말에 동료들의 공격을 제지했다.

또한, 백무의 무공이 흑혈의 겁풍 당시 혈겁에 참여했던 자들이 사용했던 무공과는 완전히 달랐다. 자신들이 상대할 적이라면 이렇게까지 할 리 없기에 백무가 말한 뜻을 알고 싶었던 것이다.

"후후후, 내 친구인 곤이 그러더군. 북경의 밤을 지배하는 흑염방주를 만나 신하상이라는 친구를 찾으면 자신을 만날 수 있을 것이라고 말이야."

"곤?"

"괜히 시험 한번 해보려고 하다가 곤에게 미움받으면 곤란할 것 같으니 이제 그만 하는 것이 좋을 것 같군. 더 이상 하면 피를 볼지도 모르니까."

"그것이 무슨 말이냐?"

"당신들은 흑혈의 겁풍을 파헤치기 위해 모인 사람들이라는 것을 알고 있다. 당신들이 상대할 자들의 실력들이 만만치 않아서 당신들을 시험해 본 것이지. 별다른 뜻은 없으니 이제 그만 하는 것이 좋겠다."

"네놈의 정체가 도대체 무엇이냐?"

장경은 실제 곤의 정체를 모르고 있었다. 자신들이 흑혈의 겁풍을 일으킨 자들은 찾고 있다는 것을 알고 있는 곤이란 자가 누구인지 반드시 알아야 했다.

"잠깐!"

장경이 반문하자 다른 자리에서 술을 마시다 한쪽으로 비켜 서 있던 자가 장경을 제지했다. 그는 천천히 걸어나와 백무 앞에 섰다.

"부상주!!"

"걱정하지 말게, 외인이 아닌 것 같으니."

자신을 제지하는 장경의 만류에도 부상주라는 사람은 백무 앞으로 다가갔다. 그가 나서자 장경은 조심스럽게 뒤로 물러섰다.

"곤이라고 하셨소?"

"그렇소."

"신하상을 찾은 다음에는 어떻게 할 생각이오?"

"곤이 말하기를, 그를 만나면 자신의 동생인 노삼운(魯三暈) 과 장이룡(張二龍)을 찾을 수 있다고 하더군."

"으… 음."

사나이는 신음을 삼키며 백무를 쳐다보았다. 그의 눈에는 고민하는 빛이 역력했다.

"따라오시오."

사나이는 연회가 벌어지는 곳에서 발걸음을 옮겼다. 백무와 당민 등은 말없이 그의 뒤를 따랐다.

"장 총주는 주변을 철저히 경계하도록 하시오. 혹시 모르니 후원 별채를 포위하는 형태로 말입니다. 그리고 이미 이곳의 일은 야류혼에게 알려졌을 겁니다. 그러니 장 총주는 야류혼 이 이번 일을 알지 못하도록 따돌리시오."

부상주라 불린 사나이는 장경에게 전음을 보냈다. 자신이 생각하는 것이 맞다면 백무를 경계하지 않아도 되지만, 만약의 경우를 생각한 것이다.

부상주라 불리는 사나이는 환희원의 일층으로 내려가더니 후원으로 향했다.

"지금부터 이곳을 철통같이 경계한다."

사나이가 무엇인가 지시를 한 듯 장경은 이층에 있던 자신의 동료들에게 지시를 내렸다. 신하상의 일원들은 고개를 끄덕인 후 일층으로 내려와 후원을 가운데 두고 환희원을 포위하듯 각자의 자리로 흩어졌다.

백무와 당민이 들어선 환희원의 후원은 색달랐다. 아담한 정원에 소박한 별채가 홍등가의 분위기가 전혀 나지 않는 곳이었다.

별채로 들어선 사나이는 어서 따라오라는 듯 고개를 돌려 백무를 바라보았다.

사나이를 따라 별채 안으로 들어선 백무는 아는 얼굴 하나를 볼 수 있었다. 운현에서 자신에게 혼쭐이 났던 노삼운이었다.

"당신은?"

노삼운도 백무의 얼굴을 기억해 낸 듯 놀라 소리치며 자리에서 일어났다.

"막내야, 아는 사람이냐?"

노삼운의 외침에 백무를 안내하고 온 장이룡이 놀라 외쳤
다.

"운현에서 절 박살 낸 사람이 바로 저 사람입니다, 형님."

"저 사람이……."

장이룡은 다시 한 번 백무를 쳐다보았다. 운현에서의 일을
상기해 보면 백무의 말대로 자신들의 대형인 곤과 친구일 가
능성이 높다는 것을 알 수 있었다.

"후후후, 곤에게서 당신들 이야기는 많이 들었소. 당신이 장
이룡이라는 사람인 모양인데 반갑소. 그리고 그때는 미안하게
되었소."

백무는 장이룡에게 인사를 하고는 노삼운에게 사과를 했다.
당시 자신의 손속이 지나친 면이 없지 않았기 때문이다.

"그때 대형께서는 당신을 잡기 위해 뒤를 쫓았는데, 도대체
어찌 된 일입니까?"

장이룡은 질문을 하면서도 아직까지 경계를 늦추지 않았다.

"그러니까……."

백무는 곤을 만났던 일부터 자신이 이곳에 곤의 당부로 오
게 된 연유까지 두 사람에게 상세히 이야기해 주었다.

"그랬었군요."

백무의 이야기를 듣고 난 후 장이룡이 백무를 대하는 태도
가 달라졌다. 자신들과 같은 아픔을 겪었을 뿐만 아니라 곤과
친구 사이라고 하니 조금 어렵게 대하기 시작한 것이다.

"그런데 곤은 아직 북경에 오지 않은 겁니까?"

“예, 하지만 곧 오실 겁니다. 달포 전에 오신다는 연락을 받았으니 얼마 안 있어 도착하실 겁니다.”

“곧이 돌아온다니 기쁘군요. 그런데 아까 그 사람들은 누굽니까? 실력들이 상당하던데 말입니다.”

어느 정도 짐작은 하고 있지만 백무로서는 장이룡으로부터 직접 듣고 싶었다. 지난바 무공을 보면 자신과도 무관하지 않을 것 같은 느낌이 들었던 것이다.

“모두가 흑혈의 겁풍을 인해 피해를 입은 사람들입니다. 가문이 혈겁을 당하고 홀로 살아남은 자들이지요. 사실 그들은 내일 대형을 마중하러 가려던 참이었습니다. 그러다 백 대협을 마주치게 된 것입니다.”

“그렇게 된 것이로군요. 그런데 무공을 보아하니 중원의 무공이 아닌 듯 보였습니다만.”

“후후후, 알아보셨군요. 인연이 있어 신하상을 구성하고 있는 사람들은 모두 장백파의 무공을 잇고 있는 중입니다.”

“장백파의 기인이 도움을 주었다는 말입니까?”

의아하지 않을 수 없었다. 장백파는 지금 거의 멸문한 것이나 다름없는 문파였기 때문이다.

백무가 자신의 말에 의아해하는 모습을 보이자 장이룡이 설명을 이어나갔다.

“중원에서 흔히 말하는 장백파가 아닙니다. 오히려 장백파의 원류라 할 수 있는 곳이지요. 문도 수는 얼마 되지 않지만 무척이나 강한 곳입니다. 처음 흑혈의 겁풍이 일어났을 때 장백파의 장춘거사(長春居士)란 분이 강호를 주유하시다가 혈겁을 목도하시고는 살아남은 이들을 거둔 것이 인연이 되어 장백파에 입문한 사람들입니다. 그리고 그분은 흑혈의 겁풍이 일어날 때마다 살아남은 자들을 모아왔지요. 복수를 위해서 말입니다. 대형이 점창파와 인연을 맺은 것도 따지고 보면 모두 그분 덕분입니다."

"으… 음."

설명을 들으면서 백무는 자신에게 말을 하는 장이룡도 장백파와 밀접한 관계가 있는 인물임을 알 수 있었다. 말하는 것과 표정으로 보아 장백파를 무척이나 자랑스러워하는 것 같았던 것이다.

"그런데 이곳에는 어쩐 일이십니까?"

"서안에서 헤어진 후 자신을 만나려면 장경을 찾으면 될 거라고 해서 온 것이오. 그런데 곤은 북경에 언제쯤 도착합니까? 출관은 언제 한 것입니까?"

"출관은 한 달 전쯤 하신 걸로 알고 있습니다. 점창파에 들렀다가 오신다고 해서 마중을 나가려던 참입니다. 아마도 며칠 후면 북경에 도착하실 겁니다."

"알겠소. 곤이 오면 내가 찾아올 것이라고 전해주십시오. 그리고 놈들의 분위기가 심상치 않으니 혹시나 섣부른 행동은 하지 말라고 해주시면 좋겠습니다."

"그것이 무슨 말이신지……."

"아까 보니 그들은 곤을 그냥 마중을 하러 가는 것은 아닌 것 같아 보였습니다. 지금은 움직일 때가 아니니 기다리는 게 좋다는 이야깁니다. 뱀을 건드려 놔 독기가 잔뜩 올라 있을 테니 말입니다. 곤에게 내가 한 이야기를 말하면 알아들을 겁니다. 난 한동안 주수명 대인 댁에 머물고 있을 것이니, 급한 일이 있으면 연락은 그리로 하도록 하십시오."

"알겠습니다. 그리하도록 하겠습니다."

정파의 주요 인사들이 마교에 의해 차례로 죽어가고 있다는 소문은 듣고 있었다. 장이룡은 강호를 들끓게 하고 있는 소문의 주인공이 백무임을 알 수 있었다.

죽어간 자들이 흑혈의 겁풍과 관련이 있다는 것도 짐작할 수 있었지만, 백무가 굳이 알려주려 하지 않는다는 것을 알기에 짐짓 모른 척했다.

"그럼 이만!'

말을 마친 백무는 당민과 함께 별채를 나와 환희원을 나섰고, 장이룡과 노삼운이 두 사람을 마중했다. 두 사람을 마중한 장이룡과 노삼운은 안채로 들어가 의논에 여념이 없었다.

죽어간 정파의 인사들이 흑혈의 겁풍과 관련이 있는 자들이라면 앞으로의 계획을 전면적으로 수정할 필요가 있었던 것이다.

환의원을 나온 백무는 곧장 주수명의 장원으로 향했다. 곤이 돌아온다면 계획을 다시 세워야 할 것이기에 백무는 주수명의 집으로 향하는 내내 생각에 여념이 없었다.

생각에 잠긴 채 묵묵히 길을 걷는 백무를 보며 당민이 입을 열었다.

"무아야, 곤이 돌아오면 본격적으로 시작할 셈이냐?"

"일단은 그리해야 할 겁니다, 누님. 황제가 그들의 수괴 중 하나인 이상, 먼저 처리를 해놓아야 화산에서의 일도 쉬워질 겁니다. 황제가 군대를 동원한다면 예상보다 문제가 커질 테니까요. 자금성을 치려면 고수가 한 명이라도 더 있는 것이 좋으니, 일단 곤이 올 때까지 기다려 보려고 합니다."

백무의 말에 당민은 잠시 생각에 잠겼다. 밀독천이 준비해 놓은 세력은 지금 북경으로 올 수 없었다. 마교에서 발생할지도 모르는 일에 대비해 그쪽으로 세력을 돌려놓았기 때문이다.

아직은 부족한 인원이기에 곤이 마련해 놓은 신하상과 손을 잡고 북경의 일을 해결하는 것이 좋을 것 같았다.

"그러는 편이 좋겠구나. 우선은 주 대인 댁으로 가서 생각해 보자. 수린이가 기다리고 있을 것이다."

"네, 누님."

동생이 기다리고 있을 것이 분명하기에 백무는 발걸음을 빨리했다.

"누님, 환희원의 일을 연락받은 모양이군요."

"그런 것 같구나."

백무는 주수명의 집으로 발걸음을 옮기다가 장경이 위험하다는 연락을 받고 환희원으로 달려오는 천위현과 현무를 볼 수 있었다.

"두 분이셨군요."

현무는 백무를 보자 공손히 인사를 하며 맞았다. 야류혼을 찾아온 정수연이 하는 말을 때마침 같이 있던 현무가 듣고 천위현과 같이 온 것이었다.

'저 사람이 바로 수린이의 오빠인 모양이로군.'

환희원 쪽에서 걸어오는 것을 보면서 천위현은 정수연이 말한 사람들이 백무와 당민임을 알 수 있었다. 뒤에 있던 천위현은 백무를 처음 보지만 현무가 하는 모양새나 수린과 무척이나 닮아 단번에 알아볼 수 있었던 것이다.

"그런데 저분은?"

"천위현이란 아이로 아가씨에게 많은 도움을 준 사람입니다. 한때는 저에게 무공을 배우기도 했지요."

"처음 뵙는군요. 백무라고 합니다."

백무는 현무의 소개에 천위현에게 포권을 하며 인사를 했다.

"처음 뵙겠습니다. 천위협입니다."

"그런데 용무는 끝나셨는지요?"

"그렇습니다. 이곳에서는 일단 볼일이 끝났으니 주 대인 댁으로 가야겠습니다."

"알겠습니다. 일이 급하게 되었으니 얼른 가시도록 하지요. 장수보 어른께서도 지금 매우 위중하시니 말입니다."

"그분이 위중하다니, 그게 무슨 말입니까?"

“어제 일이 있었습니다. 자세한 이야기는 가서 하는 것이 좋 겠습니다.”

말 못할 사정이 있는지 자세한 이야기는 하지 않았지만 천 위현의 얼굴이 심상치 않아 보였다.

“알겠습니다.”

네 사람은 빠르게 주수명의 집으로 향했다.

주수명의 집으로 온 백무는 수린을 비롯해 일행들을 만날 수 있었다. 그런데 수린의 안색이 무척이나 초췌해 보였다.

“무슨 일이냐?”

“어제 장수보 어른 댁에 침입자가 있었습니다. 수린 아가씨 가 장수보 어르신을 모시고자 그곳에 계시지 않았다면 수보 어르신은 이미 돌아가셨을 겁니다.”

백무의 질문에 답한 것은 천위현이었다.

“누군데 너를 이렇게 곤란하게 만든 것이냐?”

호흡이 약간 불안정한 것이 백무는 수린이 내상을 입었음을 알 수 있었다.

“난생처음 보는 무서운 자였어요. 철혈사신무를 완전하게 완성한다 하더라도 승패를 장담할 수 없을 만큼 강한 힘을 가 진 여자더군요.”

“으… 음, 그렇다면.”

“수보 어르신 말씀이 그 여자는 당금 황제의 생모라고 하더 군요.”

“자성황태후 말이냐?”

“예. 아무래도 천음문의 실질적인 문종문주는 자성황태후인 것 같습니다. 만력제가 현 문종문주인 것을 볼 때, 문주의 직위를 그녀가 물려준 것이 틀림없습니다.”

백무의 말에 대답을 한 것은 유창원이었다.

“그녀가 문종문주라면 큰일이로군. 지금까지의 모든 일은 그녀의 머리에서 나왔을 테니까. 그리고 수린이를 이렇게 곤란하게 만들었을 정도라면 그녀의 무공은 무령문주를 능가할지도 모르니 말이오.”

지금까지 실질적으로 모든 행사를 주관하던 문종문주가 전면에 다시 나섰다는 것이 꺼림칙한 백무였다.

“일단은 장수보 어른부터 회복시키는 것이 좋겠습니다. 놈들이 그 어른은 해하려 한다는 것은 그들에 대해 장수보 어른께서 무엇인가 알고 있다는 것이 틀림없다는 것이니 말입니다.”

“알았어요. 그런데 장수보란 분은 어디에 계신 겁니까?”

유창원의 말에 당민은 자신이 손을 써야 함을 알았다. 일단은 장수보를 봐야 어떻게 할 것인지를 결정할 수 있기에 그가 어디 있는지 물어본 것이다.

“안채에 계십니다. 저를 따라오십시오.”

천위현은 당민을 이끌었다. 백무도 그녀의 뒤를 따라 발걸음을 빨리했다.

일행은 모두 안채로 향했다. 작은 전각 주위로 경계가 무척이나 삼엄했다. 전각 안에서는 생사지경을 헤매고 있는 장수보를 주수명이 돌보고 있었다.

'상세가 심상치 않구나. 어떻게 고친다 하더라도 오래 살기는 힘들 것 같구나.'

퀭하니 들어간 눈동자와 헐떡이는 숨으로 볼 때 당민은 장수보의 명이 얼마 남지 않았다는 것을 알 수 있었다.

"우선 환자부터 보고 싶군요."

당민의 말에 곁을 지키고 있던 주수명이 자리에서 일어났다. 자리를 비켜주자 당민은 장수보에게 다가가 맥을 짚었다. 반 각가량 맥을 짚어보던 당민이 고개를 저었다.

'어떤 독인지는 더 살펴봐야겠지만 무척이나 지독한 놈이다.'

기맥은 물론 혈맥까지 갉아먹고 있는 독의 힘은 무척이나 강했다. 영약을 먹인 듯 약력이 간신히 막고는 있었지만 위태해 보였다.

"어떻소?"

주수명은 불안한 목소리로 물었다.

"어렵기는 하겠지만 숨을 돌릴 수는 있을 것 같아요. 무아야, 이리 와서 네가 한번 맥을 짚어보아라."

당민은 백무를 불렀다. 백무는 장수보에게 다가가 당민과 같이 맥을 짚었다.

'이건!!'

혈맥의 움직임이 특이했다. 보통 사람과는 다른 맥의 움직임을 백무 또한 잘 알고 있는 것이었다. 적혈잠원대법을 이루기 위해 혈천독지에서 자생하는 독물들과 독들을 선취했던 백무는 장수보의 몸에서 꿈틀거리고 있는 독력이 바로 혈천독지의 독임을 짐작할 수 있었던 것이다.

"누님, 역시 그 사람일까요?"

"그렇게밖에는 생각할 수가 없구나. 지금 기혈을 갉아먹고 있는 독은 오직 그곳에서만 구할 수 있는 독이니까 말이다."

"으… 음."

백무는 부지불식간에 신음을 삼켰다. 자신도 그렇게 생각하고 있었던 것이다. 한규민이나 그를 따르던 궁노가 아니라면 장수보의 혈맥 안에서 폭군처럼 난동을 부리는 독들을 구할 수 없을 것이 분명했다.

소령에게 어느 정도 마음을 주고 있던 백무로서는 자칫 그녀와 원수가 될 수도 있기에 신중을 기해야겠다는 생각이 들었다.

第五章 구벽진의(九劈眞意)!

九劈雷電

당민과 백무의 대화를 듣고 있던 주수명은 궁금하지 않을 수 없었다. 장수보의 몸을 갉아먹고 있는 독에 대해 알고 있다면 그 해독에 대해서도 알 수 있을 것이 분명했다.

"형님의 상태는 어떤 것이오? 나아질 수 있는 것이오?"

초조한 듯 자신을 바라보며 묻는 주수명에게 당민은 장수보의 상태를 설명하기 시작했다.

"너무 걱정하지 마세요. 이분의 독기는 제거할 수 있을 거예요. 하지만 이미 시간이 많이 지나 얼마나 생명을 연장할 수 있을지는 모르겠어요. 일단 생명은 건지겠지만 평생 요양을 하면서 지내야 할 거예요. 만약 다시 일을 시작하거나 무리하신다면 생명을 장담할 수 없어요."

“……”

주수명은 당민의 말을 듣고 생각에 잠겼다. 평생 명을 위해 모든 것을 바친 장수보였다. 그런 그가 무기력한 삶을 선택할 것인지 의문이 들었다.

'모든 선택은 형님의 의지에 달렸다. 형님이 어떤 삶을 선택할 것인지는 형님이 선택해야 할 것이다.'

이대로 물러나 요양을 하면서 지낼 것인지, 아니면 다시 정계에 복귀해 불안한 삶을 살 것인지는 장수보의 선택에 맡기기로 했다.

“일단 형님을 살려주시오. 그 후의 모든 것은 이분의 의지대로 될 것이오.”

“알겠어요. 시술을 해야 하니 무아만 남고 모두 밖으로 나가도록 해요. 이분의 몸에서 빠져나오는 독기는 나와 무아 이외에는 견딜 수 있는 사람이 없을 테니까요.”

“알겠소.”

당민의 말에 다른 사람들은 모두 밖으로 나갔다.

“무아야, 네 역할이 중요하다. 그러니 부탁한다.”

사람들이 밖으로 나가자 당민은 백무에게 당부를 했다. 자신이 시술을 하는 동안 독력이 다른 곳을 침범하지 않도록 기혈을 안정시키는 역할을 맡겨야 하기에 백무의 역할은 무엇보다 중요했다. 자칫 백무가 실패하는 날이면 장수보는 한 줌 독수로 화할 것이 분명했던 것이다.

“걱정하지 마십시오, 누님.”

백무는 희미한 미소를 지으며 당민을 바라보았다. 당민의 그런 모습을 보면서 안도하는 마음을 가질 수 있었다.

당민이 치료를 하는 사이 밀광을 비롯한 삼노는 전각을 중심으로 독진을 펼쳐 자칫 독이 새어 나가는 것을 막기 위해 분주했고, 다른 사람들은 안채 옆에 마련되어 있는 주수명의 서재에서 장수보의 치료가 무사히 끝나기를 초조히 기다렸다.
장수보의 상세가 나아지기를 기다리는 주수명의 마음은 그야말로 노심초사였다. 한 번도 제대로 쉬지 못하고 방 안을 오가는 그의 모습을 보면서 다른 사람들은 주수명이 얼마나 장수보를 위하고 있는지 알 수 있었다.
"기다려 보십시오. 반드시 해독할 것이니 말입니다."
보다 못한 곽정운이 주무성을 위로했다.
"저도 그렇다고는 생각하지만 불안함을 떨쳐 버릴 수가 없군요."
"제가 알기로 중원에서 그녀만큼 독에 정통한 사람은 없을 겁니다. 그러니 안심하고 계십시오."
"그렇게 하도록 하지요."
주무성은 그때서야 자리에 앉았다.
"그나저나 자금성의 상태는 어떻습니까?"
주무성이 자리에 앉자 곽정운은 자금성의 일을 물었다. 구중천이라 불리는 자금성 안에서의 일은 주무성이 제일 잘 알 것이기 때문이다.

"심상치가 않소. 어제부터 진무사를 비롯한 모든 곳의 출입이 차단되었소. 북경 인근도 어림군에 의해 완전히 철통같은 경계망이 펼쳐져 있소. 아무래도 당신들이 벌이고 온 일 때문인 것 같소."

주무성은 백무와 낭민을 비롯한 사람들이 북경으로 향하며 창천비각의 중요 인물들을 모두 제거했기 때문에 북경을 비롯한 자금성의 방비가 전시에 가깝다는 것을 설명했다.

"그럴 것이오. 아무래도 위기감을 느낄 것이니. 전대 문종 문주인 장성황태후가 무슨 생각을 가진 것인지는 모르지만, 우리가 그들을 찾아갈 것임을 알고 있는 것이 분명하오."

곽정운의 말에 주무성이 인상을 찌푸렸다. 백무를 비롯한 이들이 무엇을 하려고 하는지 알고 있는 까닭이다.

"다시 한 번 묻겠소. 정말로 자금성에 들어갈 것이오?"

"그렇게 해야 될 것 같소. 모든 은원의 실마리는 황제와 그를 조종하는 자에 의해서 비롯된 것이니까 말이오. 주 대인도 그리 알고 준비를 해주셔야 할 것 같소."

"알겠소. 자금수호위가 이미 자금성 안에 들어가 있으니 전반적인 사항에 대해서 대충은 알아낼 수 있을 것이오. 형님께서 깨어나시면 무슨 일이 있었는지 알 수 있을 것이니, 그에 따라 행동을 하는 것이 좋을 것 같소."

주수명은 이번 일에 대해 수린에게 어느 정도 설명을 들은 상태였다. 만력제와 관련된 일이기에 신중을 기할 수밖에는 없지만 백무나 수린이 그럴 수밖에 없다는 것도 잘 알고 있었다.

흑혈의 겁풍은 물론이고 당금 중원에서 벌어지는 모든 일이 자금성에서 비롯되었다는 것을 그 또한 짐작하고 있었던 것이다.

곽정운과 주수명을 비롯한 사람들은 자금성의 일을 의논했다. 자칫 잘못하면 대역 죄인으로 몰리는 일이기에 신중을 기할 수밖에 없는 것이다.

그러는 사이 시간은 흘러 백무와 당민이 장수보를 치료하기 시작한 지 하루가 지나고 있었다.

밤을 새워가며 의논을 하던 사람들의 대화를 끊은 것은 밀광이었다. 장수보가 머물고 있는 전각을 지키던 그가 안채로 찾아와 치료가 끝났음을 알렸던 것이다.

오후가 다 된 시간이었다. 주수명은 사람들에게 기다리라는 말을 남기고는 급한 발걸음으로 장수보가 치료받고 있는 곳으로 향했다.

치료받는 방으로 들어서던 주수명은 장수보의 호흡이 고르게 변했음을 알 수 있었다.

'자신한 대로 치료가 잘 끝난 모양이구나.'

주수명은 당민과 백무에게 말없이 고개를 숙이며 감사를 표시했다.

"형님께서는 어떠시오?"

"위험한 고비는 넘겼습니다. 아직 정신을 차리지 못하고 있지만 술시쯤이면 깨어나실 겁니다. 그런데 다른 분들은 모두 모여 계신 겁니까?"

"다들 기다리고 있는 중이오. 형님도 형님이지만 자금성의 일도 급한 일이니 어서 가보시오. 어제부터 밤을 새워가며 의논을 했으니 이제 어떻게 할 것인지 결정을 내려야 할 것이오. 난 형님을 좀 더 지켜보고 따라갈 것이오. 밖으로 나가면 안내하는 사람이 있을 것이오."

"알겠습니다."

백무와 당민은 밖으로 나섰다. 두 사람이 나가는 모습을 본 후 주수명은 장수보의 몸을 살펴보기 시작했다.

밖으로 나온 백무와 당민은 안채를 지키고 있던 자금수호위 중 하나의 안내를 받아 주수명의 서재로 갔다. 주수명의 말처럼 서재에는 사람들이 모두 모여 있었다.

서재에는 긴 탁자가 놓여 있었는데 중앙의 좌석과 그 왼쪽 자리, 그리고 반대편의 한 좌석만 남겨놓고 사람들이 앉아 있었다. 백무와 당민은 천천히 걸어 좌석에 앉았다.

좌석에 앉은 후 백무는 아무런 말 없이 기다렸다. 주수명이 오기를 기다리는 것이다. 반 각이 지난 후 장수보를 살펴보는 것이 끝난 것인지 주수명이 서재에 들어왔다.

"모두 모이셨군요."

"수린이와 봉황도문의 문주께 전반적인 이야기는 들었지만 앞으로 어떻게 할 생각이오?"

주수명은 백무의 생각을 물었다.

"당금 황제가 어떤 생각을 하고 있는지는 모르지만 하나는 분명합니다. 아무리 생각을 해봐도 그가 스스로 명을 무너뜨리려 한다는 것입니다. 여러 가지 추론을 해봤지만 어째서 그리하는 것인지 저도 정확히 알 수가 없어 걱정입니다."

"밤새 의논을 해보았지만 나 또한 그리 생각하오. 그 정도의 힘을 가지고 있으면서 동창이 날뛰는 것을 그냥 놔두는 것이나 무림인들을 자극하는 것도 그렇고, 도저히 황제의 심중을 짐작할 수가 없소."

주수명도 백무의 의견에 동조를 표시했다.

"그래서 난 황제는 모르겠지만 일단 전대 문종문주를 제거할 생각입니다. 지금까지 그녀에 의해 저질러진 음모로 인해 수많은 희생자가 생겼기 때문이기도 하지만, 그녀를 제거하면 그들의 진정한 의도를 어느 정도 알 수 있을 것이니 말입니다."

"으… 음."

주수명이 신음을 삼켰다. 자성황태후는 장수보가 마음을 준 사람이었다. 연정을 넘어서 충성의 대상이 되었던 여자였다.

하지만 제거되어야 한다는 것에는 변함이 없었다. 자신이 직접 장수보를 죽이러 온 것을 보면 이미 그녀의 마음속에서 장수보란 사람은 걸림돌에 지나지 않을 것이기 때문이다.

"여러분은 잘 모르지만 황제나 그녀의 주변에는 꽤나 많은 고수들이 있소. 이 정도의 전력을 가지고 그녀를 제거하려고 하는 것은 계란으로 바위를 치는 격이라고 할 수 있소. 그리고 자금성은 모든 이의 출입이 금지된 상태요. 나조차도 출입을 할 수 없는 지경이오. 그렇다는 것은 이미 저들이 만반의 준비를 끝냈다는 것을 뜻하는데 성공할 수 있으리라고 보는 것이오?'

이미 알고 있는 사람들을 제거하려 한다는 것이 쉬울 리가 없었나. 아무리 고수라고는 하지만 명의 황제가 기거하는 자금성이었다. 자칫 뜻을 이뤄보지도 못하고 실패할 수 있기에 주무성이 우려를 표시했다.

"그것은 걱정하지 마십시오. 그 정도는 이미 예상하고 있는 것이니 말이오. 문제는 자성황태후를 제거하는 데 황제가 나서는 경우요. 그렇게 되면 난 황제까지 제거할 수밖에 없습니다."

백무의 말에 표가 형제가 고개를 끄덕였다. 흑혈의 겁풍에 황실과 황제가 깊숙이 개입되어 있는 이상, 백무는 물론이고 표가 형제 또한 그들을 용서하고 싶은 생각이 전혀 없었다.

"그럼 내가 할 일은 무엇이오?"

주수명은 백무가 이미 모든 것이 결정하고 있다는 것을 알 수 있었다.

그 또한 황제에 대한 결정을 이미 내려둔 상태였다. 폐위시켜 자리에서 물러나게 하고 새로운 황제를 추대할 계획이었던 것이다.

주수명은 백무가 자신에게 원하는 것이 무엇인지 알고 싶었다.

"자금성으로 통하는 모든 비밀 통로! 우리에게 필요한 것은 오직 그것이면 됩니다.”

“알았소. 자금성으로 비밀 통로가 그려진 지도를 드리겠소.”

“그리고 또 한 가지가 있습니다.”

“무엇이오?”

“명의 비밀 세력을 지휘한다고 들었습니다. 우리가 자금성으로 들어간 후 자금성을 포위하고 그 누구도 드나들 수 없도록 해주십시오. 누군가 살아 나간다면 문제가 더 커지기 때문입니다. 화산에 모여 있는 자들이 자금성의 일을 알게 되면 우리의 전력을 분산시키기 위해서라도 전쟁에 곧바로 돌입할지도 모르니 말입니다.”

“그것은 조금 곤란할 것이오.”

“곤란하다니 무슨 말입니까?”

“어림군이 북경 밖에 포진하고 있는 상태요. 우리가 자금성을 포위하면 어떻게든지 그들이 알 것이오.”

“어림군이라면 그리 걱정할 필요가 없습니다. 많은 시간은 필요없으니까 말입니다. 우리가 필요로 하는 시간은 두 시진이면 충분합니다.”

“으… 음!”

백무의 말에 주수명은 백무가 하고자 하는 것의 실체를 어느 정도 알 수 있었다. 창천비각의 인물들만을 빠르게 제거할 계획이었던 것이다.

“알겠소. 원하는 대로 해주겠소. 그 정도의 시간이면 내 힘으로 충분히 가능할 것이오. 하지만 문제는 또 있소.”

“동창이라면 말씀하지 않아도 됩니다. 자금성으로 들어가기 전 동창의 인물들부터 제거될 테니까 말입니다. 흑혈의 접풍에 제일 앞장선 놈들이기에 가장 먼저 제거할 생각입니다. 그렇게 되면 농창의 눈과 귀는 모두 막힐 것이니 행동하는 데도 편할 것입니다.”

“알겠소.”

주무성은 백무가 치밀한 계획하에 움직인다는 것을 알 수 있었다. 자금성 주변에 기생하고 있는 창천비각과 관련된 자들을 일거에 쓸어버리고 무림을 상대하려 한다는 것을 알 수 있었던 것이다.

“우리는 지금부터 동창을 상대하기 위해 움직여야 합니다. 준비가 되면 자금성에 들어가는 날짜는 별도로 알려 드리겠습니다. 통보하는 시간은 오 일이 넘지 않을 겁니다.”

“알았소. 나도 그리 알고 준비를 하도록 하겠소.”

주수명에게 자금성에 잠입할 날짜를 통보해 주겠다고 말한 후 백무 일행은 주수명의 집을 빠져나왔다. 이미 날이 어둑해져 있었다. 해가 지고 어느새 밤이 찾아오고 있는 것이다.

‘꽤나 많군. 배나 늘어난 것 같으니⋯⋯.’

요소요소에 감시의 눈길이 있었다. 주수명의 집으로 들어설 때보다 감시의 인원이 늘어나 있었다. 자신들이 들어가는 것을 보고 감시의 수를 늘린 것이 분명했다.

'상관없겠지. 홍아와 아이들이라면 아무리 많은 숫자라 해도 실수없이 해낼 것이다.'

백무는 감시의 눈길을 개의치 않았다. 이미 감시하는 자들에 대한 제거 계획이 세워져 사 노를 통해 홍아를 비롯한 녹린천아사들이 움직이고 있었던 것이다.

"무아야, 감시하는 자들이 모두 제거된다면 황제나 자성황태후가 어떻게 나올 것 같으냐?"

감시의 눈길이 하나둘 제거되는 것을 느낀 당민은 창천비각이나 동창의 눈과 귀를 막는다면 황제 측의 반응이 어떠할지 전음으로 백무의 의견을 물었다.

"일단 모든 이목은 주 대인에게로 몰릴 것입니다. 놈들도 이미 주 대인이 자금수호위를 이끌고 있다는 것을 알고 있을 테니 말입니다. 그러면 놈들의 실체에 대해 일목요연하게 밝혀낼 수 있을 겁니다."

"놈들의 이목이 몰린 틈을 타 정체를 파악하고 모조리 제거할 생각이로구나."

"그렇습니다. 그 와중에 황제나 자성황태후가 무엇을 하려는지 파악해 볼 필요도 있고요."

"으… 음."

당민은 백무가 일을 서둘러 끝내려는 것을 알 수 있었다.

마교와 정파무림 간의 대전을 막기 위해서는 자금성의 일을 서둘러 마무리 지을 필요가 있다는 것을 알고 있지만 너무 서두르는 감이 없지 않았다.

‘소령이 때문임이 분명하다. 한 대인은 분명 창천비각의 인물임이 분명하니까. 아마도 무아는 이번 일을 끝내고 한 대인에게로 향할 것이다. 한 대인이 진짜 관련이 있는 것인지 확인하고 싶을 테니까.’

자금성에 머물고 있는 자성황태후나 만력제가 제거된다면 정파 무림은 쉽게 마교와의 전쟁을 시작하지 못할 것이 분명했다. 그 시간 동안 백무는 한 대인이 정말 창천비각이나 천음문의 인물인지 확인하고자 한다는 것을 당민은 알 수 있었다.

자신도 한규민이 창천비각의 인물이라는 것을 믿을 수 없기에 당민은 어느 정도 백무의 심정을 알 수 있었다.

‘어느 정도 정리는 필요한 일이다. 무아로서도 소령이의 일을 그냥 내버려 둘 수는 없을 테니까.’

자신이 직접 한 일이기에 피를 섞어가며 서로의 목숨을 구한 두 사람의 일을 모르는 당민이 아니었다. 백무가 소령을 마음에 두고 있다는 것을 어느 정도 알고 있는 당민으로서는 백무를 말릴 수가 없음을 알았다.

‘그나저나 홍아와 아이들이 제법이로군.’

당민은 자신들을 지켜보는 이목들이 빠르게 사라지고 있음을 알 수 있었다. 곤의 의동생들이 머물고 있는 환희원으로 향하는 와중에 숨어 있는 이목들이 모조리 생을 달리하는 것을 느낄 수 있었던 것이다.

번개를 방불케 하는 빠른 속도와 검강이라도 쉽게 죽일 수 없는 홍아와 녹린천아사들의 공격이라면 아무리 초절정의 고수라 해도 막을 수 있는 성질의 것이 아니었다.

기척도 없이 다가와 코끼리도 단숨에 물어 죽이는 독아로 물어버리는 홍와와 녹린천아들의 공격에 숨어 있는 자들은 영문도 모른 채 죽어가고 있었던 것이다.

환의원이 가까워올 무렵, 숨어 있던 이목들은 모두 제거되었다. 불가 반 시진도 안 걸린 시간에 백여 명이 넘는 생명이 세상에서 사라진 것이다.

쉬이이익!

감시자들을 모두 제거한 홍아와 녹린천아사들이 백무 일행에게로 돌아왔다.

"홍아야, 수고했다. 사람들의 이목이 있으니 내 품으로 들어와라."

날이 어둡고 사람들의 이목을 피해 환희원으로 가고는 있지만, 홍아를 비롯한 뱀들이 허공을 날아다니는 모습이 일반인의 눈에 띄어서는 곤란했기에 백무는 칭찬을 해준 후 자신의 품으로 홍아를 불러들였다.

"오빠."

홍아가 품안에 날아들자 수림이 다가오며 백무를 불렀다.

"왜?"

"오빠 품 안에 들어간 그 아이 말이야?"

"홍아가 궁금한 모양이로구나."

"응! 좀 위험하지 않아? 내가 보기에 그 아이, 상당한 독기를 가지고 있는 것 같은데 말이야."

조금은 걱정스러운 표정을 하고 있는 수린을 향해 백무는 미소를 지어 보였다.

"걱정하지 마라. 홍아도 내 생명의 은인이니까. 절대로 나를 해치거나 하지는 않아."

"그렇다면 다행이네요."

"그나저나 이제는 빨리 서둘러야 할 것 같다. 이번 일은 최대한 빠르게 해치워야 하니 말이다. 우선 동창에 숨어 있는 자들부터 제거해야 한다. 흑혈의 겁풍을 실질적으로 주도한 자들은 동창 놈들이 분명하니까 말이다. 북경으로 오는 동안 놈들과 연관된 자들을 모두 제거했으니 자금성과 마찬가지로 놈들도 독이 바짝 올라 있을 것이다."

"알았어, 오빠. 난 놈들에게서 아빠의 죽음에 대한 대가를 톡톡히 받아낼 거야."

수린의 인상이 싸늘히 굳었다. 어린 나이에 목전에서 아버지의 죽음을 본 수린이니 그럴 만도 했다.

'안타깝지만 어쩔 수 없는 일이다. 유서 깊은 문파의 진전을 이은 아이이니 잘 이겨낼 것이다.'

어린 나이에 이런 일에 끼어들게 해서 안타까운 일이었지만 이미 한 문파의 맥을 이은 수린이었다. 이 정도의 일을 감내할 수 있어야 한다고 백무는 판단했다.

"자, 갑시다."

백무는 앞장서 환희원으로 향했다. 조금 빨라진 발걸음이었다. 그렇게 일행은 환희원으로 향했다.

　환희원으로 온 백무 일행은 장이룡과 노삼운을 만날 수 있었다. 곤이 돌아오면 소식만 전하면 된다고 알고 있었는데, 하루가 지나지 않아 백무가 찾아와 놀라기는 했지만 사정이 있음을 안 장이룡은 장경이 장악하고 있는 흑염방으로 일행의 거처를 옮기도록 했다.

　흑염방으로 거처를 옮긴 백무는 곤이 예상보다 가까운 곳까지 왔음을 알 수 있었다. 곤을 맞이하기 위해 사람들이 이미 떠난 상태였다.

　"그러니까 곤이 이미 산서성을 넘어 석가장(石家莊)까지 왔다는 말입니까?"

　"그렇습니다. 대형은 화산에 들러 무림맹의 동태를 파악하고는 곧장 이리로 오시는 모양입니다. 아침나절에 전서구가 왔었습니다."

　"그랬군요."

　"아마도 모레 오시 무렵이면 도착하실 것 같습니다."

　"모레 오시라……."

　공의 경공이 어떠하다는 것은 잘 알고 있는 백무였다. 어쩌면 더 빨리 북경에 도착할 수 있을지도 모른다는 생각이 들었다.

　"그런데 어찌하여 찾아오신 것입니까?"

　"몇 가지 부탁을 하려고 왔소."

"부탁이라니요?"

"북경의 암흑가를 장악하고 있다고 들었소."

"맞습니다만."

"아무도 모르게 동창에 속한 자들의 동태를 파악했으면 좋겠소."

"동창의 인물들이요?"

"그렇소. 최근 사병을 늘리거나 고수들을 초빙하는 등 자신의 주변 경계를 강화한 자들을 알고 싶소."

"어째서 그러시는지……."

"놈들이 바로 흑혈의 겁풍을 주도했던 자들이니까 그렇소."

"흑혈의 겁풍이요?"

노삼운이 벌떡 일어나며 소리쳤다. 가문의 혈겁을 생각하면 언제나 이를 가는 노삼운이었기에 백무의 말에 놀란 것이다.

"그렇소. 최근 우리는 북경으로 오면서……."

백무는 북경으로 향하며 자신들이 창천비각의 인물들을 제거한 일과 창천비각과 천음문, 그리고 동창 인물들의 연관 관계를 자세히 설명해 주었다.

"으… 음, 그래서 대형께 섣불리 움직이지 말라고 당부하신 것이로군요. 동창이 의심스러워 감시는 하고 있었지만 그들이 흉수 중 하나일 줄이야."

황제와 창천비각이 모두 관련되어 있다는 설명에도 조금 놀라기는 했지만 장이룡은 무척이나 침착했다.

‘곤이 칭찬할 만도 하구나. 모든 것을 준비해 놓고 있었던 것이 분명하다.’

자신이 말한 것을 듣고 어느 정도 상황을 짐작하는 장이룡의 모습에 백무는 감탄을 금치 못했다. 동창이 감시하고 있었던 것을 보면 겁풍의 배후에 흑혈이 있다는 것을 진즉에 알고 있었던 것이 분명해 보였다.

“그렇소. 자칫 잘못하면 놈들의 모든 힘이 곤이나 당신들에게 집중될 테니까 말이오.”

“그러면 동창의 인물들만 감시하면 되는 겁니까?”

“그렇소. 정체가 밝혀진 자들뿐만 아니라, 정체를 숨기고 암약하고 있는 자들까지 모두 해당되오. 북경의 암흑가를 장악하고 있다면 그 정도는 알 수 있을 테니 말이오.”

“그것은 걱정할 필요가 없습니다. 주 대인의 심복인 야류혼의 부탁이 있었기도 하지만, 이미 동창에 대해 의심을 가지고 있어 놈들을 감시해 왔으니 말입니다. 최근 수상한 움직임을 보이고 있는 자들이 있어 감시의 눈길을 더욱 강화해 놓은 상태였습니다. 그렇지만 숨어 있는 자들은 좀 더 찾아봐야 할 것 같습니다. 그래야 하루를 넘기지 않을 것이니 대형이 돌아올 때까지는 조사가 모두 끝날 것입니다.”

“그렇다면 일이 빨리 끝날 것 같군요.”

동창을 상대하는 데는 주수명이 장악하고 있는 자금수호위보다는 북경의 암흑가를 장악하고 있는 장이룡의 도움이 나을 것이라는 판단에서 찾아온 것이었다.

이토록 자신하는 것을 보면 백무는 자신의 예상이 맞았음을 알 수 있었다. 장이룡의 도움으로 일을 빨리 끝낼 수 있을 것이 분명했다.

"그런데……."

"왜 그러십니까?"

"아무래도 동창만을 상대하실 생각은 아닌 것 같습니다만."

"어째서 그렇게 생각하는 것이오?"

"모든 일은 배후가 있는 법. 혹시 그들의 배후가 황실이 아닙니까? 동창에서 일을 벌인 후 자금성으로 들어가실 것이 분명해 보입니다만……."

장이룡은 자신이 생각한 바를 단도직입적으로 물었다.

"맞소. 그들의 정점에는 당금 황제와 자성황태후가 있소. 마교에도 있는 것이 분명하지만 혹혈의 겁풍을 일으킨 자들은 황제와 자성황태후가 분명하오."

놀라는 노삼운과는 달리 황제와 자성황태후가 관련되어 있다는 소리에도 장이룡은 차분히 말을 이어나갔다.

"으… 음, 역시. 대형께서 무척이나 기뻐하시겠군요. 이제야 원수를 갚을 수 있게 되었으니 말입니다. 어쩐지 어림군의 움직임이 심상치 않더니… 대형이 돌아오시면 우리도 움직여야겠군요?"

"그럴 것이오. 그 이야기는 곤이 돌아오면 하기로 합시다."

어쩐 일인지 백무는 장이룡의 말을 멈추게 했다.

'뭔가 있는 것 같군.'

"그러는 것이 좋을 것 같군요."

백무가 자신의 말을 멈추게 한 것에 뭔가 있다는 것을 느낀 장이룡은 곤이 오면 일을 의논하겠다고 말하고는 대화를 마무리했다.

"모두들 이곳에서 곤이 돌아올 때까지 기다릴 것입니다. 힘겨운 싸움이 될지도 모르니 그동안 충분히 쉬며 심기를 충전하십시오."

화청지 안의 비고에서 나온 후로 쉼없이 달려온 길이었기에 일행을 쉬도록 했다.

"알았다, 무아야."

"걱정하지 마, 오빠."

당민과 수린은 동시에 백무에게 대답했다.

동창의 인물들 중 창천비각이나 천음문의 인물들을 제거하고, 자금성에 들어 그들의 수괴라 할 수 있는 황제와 자성황태후를 제거하는 것은 천지를 진동시킬 일이었기에 그들도 조금은 흥분된 상태였다.

일행은 장이룡이 마련해 준 거처를 찾아 운기조식을 하거나 자신의 무공을 되돌아보며 심기를 일전했다.

모든 이들이 자신을 가다듬기 위해 최선을 다하고 있을 무렵, 백무는 홀로 장이룡을 만나고 있었다. 밤이 늦은 시각이었음에도 두 사람은 대화에 여념이 없었다.

"아까는 하실 말씀이 있으신 것 같았습니다만, 수린 아가씨 때문에 접으신 것이 맞는지요?"

"맞소. 동생이 있어서 이야기를 하지 않았지만 여러분은 자금수호위와 주 대인을 감시해 주었으면 하는 바람이오."

"그 말씀은……."

"동창이 아무리 명의 정보를 관할하는 단체라고는 하지만, 내금위에서도 가장 핵심인 진무사의 수장이 그것을 몰랐다는 것이 이해가 되지 않아서 그렇소."

"으… 음."

장이룡은 백무가 무슨 말을 하는 것인지 알 수 있었다.

'아무래도 동생이라는 수린 아가씨가 주 대인의 양녀라 마음 놓고 감시를 못하는 것 같구나. 우리 또한 그들을 의심하고는 있지만 확실한 물증이 없어 지켜보기만 하고 있었는데…….'

장경이 야류혼에게 굴복한 것처럼 보이며 수족 노릇을 하고 있는 것도 그 때문이었다.

동창과 진무사는 거의 같은 일을 하고 있는 집단이었다. 그런데 삼십여 년 가까이 동창에서 흑혈의 겁풍을 주관하고 있었음에도 모르고 있었다는 것은 말이 되지를 않았다.

"알았습니다. 그렇게 하도록 하지요."

"위험할지도 모르니 감시만 하게 하는 것이 좋을 것 같소. 자금수호위도 위험하고, 그 뒤에 누가 있을지 모르니 말이오."

"알겠습니다. 그쪽은 저희가 알아서 조치를 하겠습니다. 그나저나 이제 말을 놓으십시오. 대형이 친우로 삼으셨다면 저

희에게도 형님이 되시니 말입니다."

곤과 친구인 것이 확실한 것을 알기에 장이룡은 그동안 백무가 자신에게 반존대하는 것이 조금은 껄끄러웠다. 말이 나온 김에 하대하기를 부탁했다.

"아니오. 같은 길을 걷기는 하지만 말을 놓을 수는 없는 일이오. 곤이 오면 내가 한 말의 뜻을 알고 알 수 있을거요."

백무는 장이룡의 제안을 거절했다. 그 또한 이유가 있어서였다. 곤이 돌아오면 어떻게 정할지 생각하기로 한 것이다. 한 수변에서 하나가 되기로 했지만 이제는 그럴 수가 없다는 것을 잘 알기 때문이다. 그것은 곤이 얻었을 인연 때문이었다.

곤이 인연을 찾아 들어간 곳이 어디인지, 그리고 누가 만든 것인지는 암천신마에게 들어 알고 있었다. 곤이 인연을 얻었을 것이 확실한 곳은 백무와도 어느 정도 인연이 있는 곳이다.

그곳 또한 동이의 신비지문이 잠들어 있는 곳이라는 사실을 들었던 것이다.

그 옛날 동이족이 중원 전역을 지배할 때, 그 열두 뿌리 중 한 갈래인 동철족(東鐵族)은 지금의 하북 지방에서 섬서성까지 이동하여 뿌리를 내렸다.

기마와 궁술, 그리고 권장에 탁월한 능력을 가지고 있는 동철족은 당시 각 부족을 통합하고 섬서성 일대의 패자로 군림하였는데, 동철족의 사람들 중 가장 강했던 북명천군(北溟天君)의 유진이 잠들어 있는 곳이 바로 곤이 들어간 곳이었다.

　이제는 거의 자취를 감춘 북명신문(北溟神門)이라는 문파의 시조가 되는 북명천군이 잠들어 있는 곳이라는 것을 암천신마에게 들어 알고 있었던 것이다.

　백무 자신 또한 동이의 한 갈래인 백족(柏族)의 한 뿌리라는 것을 증조부에게 들었다. 각 부족을 대표하는 사람에게 함부로 대할 수는 없는 일이었다.

　천 년의 약속을 집행하는 자들이었기에 이제는 북명신문의 수장이 되었을 곤을 친구처럼 대할 수는 없었던 것이다.

　"알겠습니다."

　장이룡은 아쉬웠지만 어떤 연유가 있겠거니 하고 말문을 닫았다.

　"그나저나 동창의 인물들의 동태는 어떻소?"

　"속속들이 보고가 들어오고 있는 중입니다. 제독태감인 윤충을 비롯해 첩형과 당두들에 이르기까지 모두 말입니다. 그리고 낙양 백마사의 사건과 개봉에서의 사건 직후부터 몸을 사리기 시작한 자들은 따로 분류해 놓고 있습니다."

　"숫자가 얼마나 되오?"

　"신상에 변동이 생긴 자들은 모두 열둘입니다. 화산으로 나가 있는 서문도를 제외하고 제독태감인 윤충을 비롯해서 말입니다. 그리고 놀라운 사실을 밝혀낼 수 있었습니다."

　"놀라운 사실이라니 무슨 말입니까?"

　"서문도도 그렇고, 그와 같이 동창의 두 첩형 중 하나의 정체가 밝혀졌습니다."

"비밀에 싸인 그자의 정체가 밝혀졌다는 말입니까?"

"그렇습니다. 서문도(西門導)가 일휴잠화(佚遊潛貨) 서문도(西門櫂)의 숨겨진 자식이라는 것은 짐작하고 있으실 겁니다."

"그것은 어느 정도 알고 있었소. 하지만 그자는 창천비각의 인물이 아니라고 알고 있소. 서문세가에서 동창을 장악하기 위해 잠입한 자라고 알고 있소만."

"그렇습니다. 잘 알고 계시는군요. 그자 외에 나머지 첩형 중 한 명은 천왕무적(天王無敵) 언능강(彦能罡)이었습니다."

"언씨세가의 그 언능강이 동창의 첩형이라는 말이오?"

백무 또한 의외의 인물이 동창의 첩형 중 한 명이라는 사실에 놀라지 않을 수 없었다. 권법으로는 둘째가라면 서러워할 언씨세가의 가주이자 십천의 일인인 언능강이 첩형으로 있다는 것은 시사하는 바가 컸다.

"저희도 오늘에야 밝혀낸 사실입니다. 십천의 일인인 그가 어째서 동창의 이인자라 할 수 있는 첩형이 되어 제독태감의 곁에 머물고 있는지는 모르겠으나, 화산에서의 일과 관련이 있지 않나 하는 것이 제 생각입니다."

"놀랄 일이로군요. 언능강 그자가 동창에 몸을 담고 있다니 말입니다. 이십여 년 전에 강호에서 모습을 감추었다고 알려져 있는 자인데 동창에 몸을 담고 있었군요."

당민이 목숨을 빼앗은 만검개천 남궁호도 창천비각의 일원이었다. 그런데 언능강이 동창에 몸담고 있다면 그라고 예외일 수는 없었다. 그 또한 분명 창천비각의 인물이거나 천음문의 인물일 가능성이 농후했다.

"그렇습니다. 이십여 년 전 세인의 이목에서 사라진 그가 뜻밖에도 동창에 몸담고 있다는 정황으로 볼 때 그자 또한 흑혈의 겁풍에 가담했던 것이 틀림없습니다."

"알았소. 이번에 확실히 알아보고 그자가 진정 가담했다면 목숨을 거두어들일 것이오."

백무는 써늘한 눈빛을 흘리며 장이룡을 바라보았다. 장이룡은 그런 백무의 모습을 보면서 아무리 십천의 일원이라지만 언능강 또한 백무의 손속에 무사하지 못할 것이라는 생각이 들었다.

"대형께서 돌아오시면 바로 시작하실 겁니까?"

"그렇소. 곤이 돌아오는 그날부터 하루 동안 동창은 피로 씻길 것이오."

"그럼 그렇게 알고 준비를 하겠습니다."

"알겠소. 난 곤이 올 때까지 어디를 다녀와야 하오. 미리 이야기를 해두었으니 다른 사람들이 찾지는 않을 것이오."

백무는 자금성 지하에 있는 철혈무전에 가려 하고 있었다. 철혈무전에서 한 가지 사실을 확인할 것이 있어서였다.

백무는 이미 수린과 사신으로부터 주수명이나 자금성의 인물들도 모르는 비밀 통로에 대해 들었다. 그 비밀 통로를 통해 철혈무전으로 들어가 무불성승에게서 들었던 것이 진정 사실인지 확인하고, 자금성의 방비도 한번 알아보려는 것이다.

"알겠습니다."

“그럼.”

백무는 장이룡에게 인사를 하고는 곧장 흑염방을 나섰다.

북경의 외곽!

흑염방을 나선 백무는 한 시진 정도 지나 철혈무전으로 들어가는 비밀 통로를 통해 자금성의 지하에 마련된 철혈무전으로 들어갔다. 워낙 외진 곳에 비밀 통로의 위치가 있었기에 철혈무전으로 들어가는 것을 본 이는 아무도 없었다.

철혈무전을 나서며 사신들이 모든 것을 폐쇄시켰으나 다시 복구하는 방법을 알아두었기에 지하 비밀 통로로 가는 것은 그리 어렵지 않았지만, 철혈무전에 만들어진 관문들을 돌파하는 것은 조금은 성가셨다.

첫 번째 관문인 철인지관(鐵人之關), 두 번째 관문인 암혼지관(暗混之關), 세 번째 관문인 용력지관(勇力之關)을 차례로 돌파하고 철혈무전 안으로 들어선 백무는 자신이 거쳐 온 관문들을 뒤돌아보며 약간 거칠어진 숨을 골랐다.

“후우! 꽤나 까다로운 관문이군.”

잠원을 사용하며 삼대신공을 사용했음에도 세 개의 관문을 통과하는 데 두 시진이나 걸렸다. 시간이 얼마 없었기에 약간 무리를 한 것이다.

“저곳인가 보군.”

철혈무전의 핵심이라고 할 수 있는 곳에 들어선 백무는 철혈무제의 유진이 남아 있는 석실로 향했다. 기이하게도 자신을 부르는 듯한 기운을 느낀 석실로 발걸음을 옮긴 것이다.

이미 철혈무제의 유진은 수린이 모두 얻은 상태라 석실은 텅 비어 있었다.

"으음, 미약하지만 아직도 사신의 기운이 남아 있는 것을 보면 분명 뭔가를 남겼을 것이다."

수린은 이곳에서 꿈결처럼 이상한 공간을 걷는 사이에 철혈무제의 진전을 얻었다고 했었다. 그렇다면 백무가 지금 느끼고 있는 기운은 남아 있지 않아야 정상이었다. 그럼에도 백무는 뭔가 남아 있다는 것을 확실히 느낄 수 있었다.

백무는 잠원을 일으키고 삼대신공을 극성으로 끌어올리며 석실을 살폈다.

우우웅!

백무의 기운에 반응하는 것인지 석실이 울리며 진동을 하기 시작했다.

"하하하! 위대한 환의 근원이여, 드디어 왔는가?"

얼마 지나지 않아 석실의 진동이 멈추고 난 후 백무의 뇌리로 사념이 흘러들었다. 백무는 이미 짐작하고 있었던 듯 당황하지 않았다.

"사신의 근본을 얻으신 분이십니까?"

"그렇다. 삼태극의 후인이여."

"그렇다면 주십시오. 구벽의 힘 중 네 가지를!"

"역시 거두기 위해 온 것인가?"

"그렇습니다. 너무 많은 희생이 있었습니다. 인간 세상에서는 감당하지 못할 너무도 큰 힘이기에 이제는 제자리로 돌려보낼 때가 되었습니다.”

“으음, 그래야겠지. 내 후인의 것도 거두려는가?”

“그것은 아닙니다. 그 아이가 가진 힘은 일대에 끝나는 것. 그리고 인간이 감당할 만한 힘입니다.”

“알았다. 구벽의 힘은 본디 인간 세상의 것이 아니니 거두어 가야겠지. 받아라, 진정한 사신의 힘을.”

“받겠습니다.”

사념이 끝남과 동시에 사방의 벽면에서 기이한 기운이 흘러나오기 시작했다. 유형화된 사색의 기운은 벽에서 빠져나와 백무의 몸으로 천천히 흘러들기 시작했다.

한 시진 정도 흐르자 흘러들던 기운이 모두 사라졌다. 백무가 사신의 근원이라고 할 수 있는 진정한 기운을 모두 흡수한 것이다.

“이제는 그대가 모든 것을 해결해야 한다. 구벽의 기운에 흘러든 어둠의 힘을 반드시 가려내야 할 것이다. 환의 시조께서 구벽을 이 세상에 남기신 뜻은 구벽의 힘을 정화해 다시 하늘로 돌려보내는 것이니, 이제 사신의 힘을 얻은 삼태극의 후인만이 할 수 있을 것이다.”

“그리할 것이니 너무 염려하지 마시고 영면에 드시기 바랍니다.”

수그러드는 사념을 안심시키려는 듯 백무의 말은 무척이나 굳건했다.

"부탁한다. 구벽의 후예여!"

마지막 사념을 끝으로 석실에 맴돌던 기운의 잔재는 모두 사라졌다.

"이로써 구벽 중 일곱 개의 기운을 모았다. 남아 있는 것은 천음문에서 얻은 이원(二元)의 기운… 그것도 머지않아 합쳐질 것이다. 그렇지만 사신문 또한 그들의 흔적이 남아 있지 않으니 큰일이로군."

백무는 사신의 기운을 갈무리하고 철혈무전을 나섰다. 증조부인 무불성승에게 당부받은 것 중 하나를 이룬 것이다. 인간들이 알아서는 안 될 비밀스러운 일이었기에 당민은 물론 누구에게도 말하지 않았다. 환의 유진인 아홉 가지 힘 중 이제 일곱 가지를 자신이 거둔 것이다.

천지인이라 일컬어지는 삼태극의 힘은 증조부인 무불성승과 암천신마, 그리고 상유천으로부터 이미 받아놓은 상태였다. 이제 철혈무전에 전해지는 사신의 힘을 얻은 이상 이원의 힘을 얻기만 하면 전능했던 구벽이 모든 힘을 봉인할 수 있는 것이다.

"일단은 자금성부터 살펴보도록 하자. 천음문은 분명 태음의 힘을 이은 자들이니까, 분명 그들에게 단서가 있을 것이다."

천음문과의 은원도 은원이지만 백무에게 급한 것은 그들이 가지고 있는 구벽의 힘 중 하나를 얻는 것이었다. 그리고 틀림없이 이원의 힘에 스머들었을 어둠의 힘도 찾아내야 했다.

어둠의 힘이 이원의 힘을 완전히 흡수한다면 세상이 종말을 고할지도 모르기에 철혈무전을 통해 자금성으로 나가는 백무의 얼굴은 무척이나 굳어 있었다.

세상을 파멸시킬지도 모르는 것이 구벽의 힘이다. 천지가 개벽하고 파멸의 그날이 올 때 개벽을 위한 아홉 가지 힘이 깨어난다는 것이 환의 전설이었다. 예언대로 당대에 구벽의 힘이 모두 깨어나고 있었다.

봉인을 하지 않는다면 폭주로 인해 세상은 멸망으로 치달을 것이 분명했다. 구벽의 힘을 이은 자들은 자신이 힘을 조율할 수 있다고 믿지만, 그것은 어불성설이었다. 한낱 인간이 하늘의 힘을 마음대로 다룰 수 없는 것이다.

백무 또한 예외는 아니었다. 삼대신공과 잠원을 이용해 그 힘 중 일부를 다룰 수 있을 뿐, 삼태극의 힘을 온전히 다룬다는 것은 백무로서도 불가능한 일이었던 것이다.

그러나 한 가지는 가능했다. 온전히 모든 것을 다루는 것이 아니라 봉인하는 것이라면 아홉 가지 힘을 자신의 몸 안에 가둘 수 있는 것이다.

당민은 모르지만 적혈잠원대법은 처음부터 그것을 위해서 만들어진 것이었다. 오랜 세월 연구에 연구를 거듭해 만들어진 것이 바로 적혈잠원대법이었다. 그것이 완성된 것은 이미 오래전이다. 천 년도 더 전에 이미 완성되어진 대법이었다.

하지만 적혈잠원대법이 완성되고도 사용되지 않은 것은 구벽의 힘을 하나라도 봉인하는 순간, 적혈잠원대법이 베풀어진 사람은 인간으로서의 기능이 모두 정지한다는 것 때문이었다.

적혈잠원대법을 이용해 매자천에 전해지는 삼태극의 힘을 봉인하는 것은 가능했지만 다른 힘들을 봉인할 수 없기에 지난 시간 동안 삼태극의 힘을 간직하고 활동할 수 있게 만들기 위해 적혈잠원대법은 꾸준히 개량되어진 것이다.

이런 사실은 그 어느 곳에도 기록되어 있지 않았다. 오직 삼태극의 진전을 이은 자들에게만 구전으로 전해지는 이야기였다.

매자천이 세상에 뜻을 접고 음지로 들어선 것도 이러한 이유에서였다. 중원을 호령했던 고구려의 음지에서 구벽의 힘을 찾던 매자천은 이미 천음문을 훨씬 능가하는 힘을 가지고 있었다.

하지만 그들이 천음문을 치고 이원 중 태음의 힘을 취하지 않은 것은 다른 것들 때문이었다. 이원 중 다른 하나의 힘인 태양(太陽)과 사신의 힘이 세상에 남아 있었던 것이다.

적혈잠원대법으로 네 개의 힘을 봉인한다 해도 나머지 다섯 개의 힘으로 인해 분란이 시작될 것이고, 그것은 봉인을 파괴시킬 우려마저 있었다. 이원 중 태양이 활동하면 태음이 깨어나고, 봉인을 깨뜨려 삼태극의 힘 또한 제어하지 못하고 세상에 퍼져 나갈 것이기 때문이다.

모든 것은 한꺼번에 봉인되어야 했다. 그래야 세상에 분란이 없을 것이기 때문이다. 구벽뇌운은 그 하나하나가 천지의 조화를 깨뜨릴 수 있는 것이기에 동시에 봉인하지 않으면 안 되었던 것이다.

당시에는 그것이 불가능한 것으로 여겨졌다. 그러했기에 매자천은 세상에서 모습을 감춘 것이다. 봉인을 하고도 움직일 수 있도록 적혈잠원대법을 변형시키는 것이 최대의 과제였던 것이다.

오랜 연구 끝에 적혈잠원대법을 완성한 결과가 바로 백무였다. 이제 삼태극의 힘을 봉인하고, 거기에 다시 사신의 힘마저 봉인했다.

남은 것은 태음과 태양 두 가지 힘이었다. 그것마저 봉인한다면 천지의 조화를 깨뜨릴 수 있는 아홉 가지 구벽의 힘은 세상에서 영원히 봉인될 것이다.

하지만 그것에도 문제는 있었다. 구벽의 힘에 유일하게 대항했던 어둠의 힘이 구벽의 힘 중에 스며들었고, 삼태극과 사신의 힘을 봉인시킨 백무는 어둠의 힘이 이원 중 하나에 스며들었다는 것을 알 수 있었기에 마음이 편치 않았다.

어둠의 힘은 구벽의 힘을 흡수해 하나로 합칠 수 있었기 때문이다.

철혈무전을 나선 백무는 진무사 안에 나 있는 비밀 통로를 통해 자금성으로 나왔다. 모든 것이 조용했다. 지나가는 나인은 물론 환관도 없었다. 오로지 적막만이 자금성 안을 감돌고 있었던 것이다.

백무는 자신을 이끄는 힘의 발원지로 걸음을 옮겼다. 태음의 힘이 느껴지는 곳이었다. 허무공을 시전했기에 그의 모습은 그 어디에서도 찾을 수 없었다.

백무가 향한 곳은 자금성의 정문인 오문(午門)의 오른쪽에 있는 전각인 문연각(文淵閣)이었다.

'저곳이로군.'

백무는 문연각이 바라보이는 주경전(主敬殿) 지붕으로 올라가 자신이 느낀 기운의 정체를 파악하기 시작했다. 깊고도 차가운 기운은 문연각에서 흘러나오고 있었다. 세상의 모든 것을 동토로 만들어 버릴 거대하고도 파괴적인 힘이었다.

'으… 음, 태음의 힘은 이미 깨어났구나. 갑자기 자금성의 출입을 금한 것도 그 때문이었던가?'

백무는 이원의 힘 중 태음의 힘이 그 실체를 세상에 드러냈음을 알 수 있었다. 자금성 안이 이토록 조용한 이유 또한 그 때문일 것이 분명했다. 태음의 힘이 깨어나는 순간 반경 백 장 안에 있던 생명체들은 일정 경지에 이르지 않은 이상 모두 말살되었을 것이다.

'자금성 안에 있는 자들은 모두 초절정의 고수들이다. 곤란하게 되었군.'

곳곳에서 기운이 느껴졌다. 태음의 기운은 아니지만 그와 동류의 것들이었다. 다른 사람은 모두 죽음을 맞이했지만, 태음의 기운을 수련한 자들은 살아남아 있었다. 태음이 완전히 허물을 벗고 깨어나는 순간 전보다 더 강한 힘을 가질 수 있게 된 자들이 틀림없었다.

'이미 인간이 아닌 자들이 틀림없다. 으음, 이대로는 나로서도 힘들다.'

삼태극의 힘과 사신의 힘이 자신의 몸 안에 봉인되어 있지만 온전히 사용하지 못하는 이상 깨어난 태음을 제압한다는 것은 불가능한 것이었다.

'곤이 오면 어떤 방법이 생길지 모르겠지만, 지금은 힘드니 일단 돌아가야겠구나.'

백무는 주경전 지붕에서 신형을 날렸다. 타초경사의 우를 범해 태음이 분노를 일으킨다면 마땅히 제어할 방법이 없기에 자리를 벗어나기로 한 것이다.

백무가 사라지고 난 잠시 후, 문연각 안에서 백무가 있던 자리를 바라보던 인영이 조용히 탁자에 앉았다. 그는 바로 만력제였다.

"그냥 가서 다행이지만 큰일이로군."

탁자에 앉은 만력제는 긴장했던 탓인지 조용히 차를 따라 한 모금 들이킨 후 문연각 한편에 마련된 침상을 바라보았다.

"어마마마! 어찌 이리 누워만 계시는 겁니까?"

침상에 누워 있는 사람은 그의 생모인 자성황태후였다. 파리한 안색으로 누워 있는 그녀의 주변에는 하얗게 성에가 끼어 있었다. 그녀의 몸에서 흘러나오는 태음의 기운 때문이었다.

이틀 전, 만력제는 자신의 어머니인 자성황태후와 이야기를 나누고 있었다. 실체가 드러나기 시작한 매자천의 처리에 관한 문제를 의논하고 있었던 것이다.

자성황태후의 의지대로 구성된 무림맹은 이미 마교와의 전쟁 준비를 끝낸 상태였기에 천여 년간 숙적이었던 매자천의 처리 문제에 대해 의논을 하던 중이었다.

그러다가 자성황태후가 변해 버렸다. 자금성 밖으로 나갔다 온 후 안색이 심상치 않아 보였지만 그리 염려하지 않았는데 갑자기 이상해져 버렸던 것이다.

감당하기 힘든 거대한 힘이 그녀에게서 뻗어 나오고, 강력한 힘의 파장에 만력제는 정신을 잃었었다.

정신을 차린 후의 일은 터무니없는 것이었다. 천음문의 진전을 이은 자들을 제외하고 문연각을 중심으로 백여 장 내에 있던 거의 모든 자들이 일시에 생기를 잃은 채 죽어버렸던 것이다.

그리고 지금까지 자성황태후는 이런 상태였다. 멀쩡하던 자성황태후가 갑자기 왜 그런 현상을 보이는지 만력제는 그 이유를 찾을 수가 없었다.

사람들을 불러보았지만 그마저도 지금은 할 수가 없었다. 자신과 천음문의 사람들 이외에는 자성황태후 근처에 오는 순간 모든 생기를 빨린 채 죽어나갔기 때문이다.

너무도 무서운 현상에 대신들의 입조는 물론 들어오는 자들을 모두 막도록 했다. 지금은 많이 나아져 반경 십여 장 안에서만 그런 현상이 일어나지만, 언제 다시 그런 현상이 일어날지 몰라 노심초사해 온 만력제였다.

당황스러운 것은 또 있었다. 자신과 천음문의 문도들이 익혀온 무공들이 일시에 극성에 이른 것이었다.

자성황태후의 변고 후 만력제는 고심에 빠지지 않을 수 없었다. 매자천의 인물들이 움직이기 시작한 이때에 천음문의 인물들을 진두지휘해야 할 자성황태후가 쓰러졌으니 당황스러웠던 것이다.

자성황태후가 쓰러지기 전 북경을 중심으로 하북과 하남성 인근에 있던 창천비각과 천음문의 인물들이 모두 제거되었다는 것을 동창을 통해 이미 듣고 있었던 만력제였다.

그들이 마교의 암천신마가 만들었다는 비조천람인지, 아니면 매자천의 인물들인지는 모르겠으나 자신과 자성황태후가 위험에 처해 있다는 것은 분명한 사실이었기에 자성황태후를 바라보는 만력제의 눈빛은 끊임없이 흔들리고 있었다.

지금도 누군가 자성황태후를 지켜보다가 떠난 것을 알 수 있었다. 분명 천음문과 대립하고 있는 인물임이 분명했다.

"전서를 보냈으니 누군가 당도할 것이다. 만리비응이라면 화산까지 소식을 전하는 데 하루, 그들이 이곳까지 도착하는 데는 삼 일이 채 걸리지 않은 것이니 내일이면 모두 도착할 것이다. 그전에 아무 일이 없어야 할 것인데……."

지난 시간 동안 황궁은 물론 천음문과 창천비각을 한 손에 쥐고 모든 것을 조종했던 자성황태후가 깨어난다면 비조천람이든 천음문의 숙적인 매자천이든 문제될 것이 없었다.

하지만 지금은 생사조차 장담할 수 없었다. 이미 죽어가고 있는지도 모르는 일이었다.

"담판을 지어야겠구나. 그들이 죽든 내가 죽든……."

만력제는 최후의 선택을 할 때가 다가왔음을 알 수 있었다.

명이라는 황조를 한 손에 쥐고 있는 자신이었으나, 전적으로 주가의 핏줄이라고만 할 수 없는 것이 자신이었다. 주가의 피는 그저 자신이 황제에 오르기 위한 작은 명분일 뿐이었다.

자신의 근본이라고 할 수 있는 천음문의 흔적이 너무도 크기에 만력제는 처음부터 명에 대한 미련이 없었다.

그렇지만 지금은 달랐다. 당장 자신과 자성황태후를 지켜줄 수 있는 것은 명의 군대밖에 없었다. 적을 막기 위해 동창과 내금위 중 자신의 수족을 통해 자금성을 둘러싸도록 했다.

그리고 어림군으로 하여금 북경성으로 들어오는 길목을 모두 막도록 했다.

그렇지만 그럼에도 불구하고 적으로 보이는 자가 자금성으로 들어온 것을 느낀 만력제는 불안할 수밖에 없었다. 자신들을 지켜줄 자들이 오기 전까지만 막으면 되기는 하지만 그럴 가능성은 채 일 할도 되지 않아 보였다.

다행히 원군이 오기 전에 적으로 보이는 자가 물러나서 망정이지, 그렇지 않았다면 목숨을 부지하지 못하는 것은 물론 진정한 천음문의 황조를 세우려던 꿈은 산산이 조각나 버렸을 것이 분명했다.

"내일이면 어떻게든 결판이 날 것이다. 마교의 일이 완전히 마무리 지어졌다면 더욱 안심할 수 있겠지만, 지금은 불안한 상태. 어마마마가 이런 모습이라면 어마마마와 한 몸이나 마찬가지인 그분 또한 상태를 장담할 수 없음이다."

만력제는 자성황태후를 바라보았다. 언제나 든든한 버팀목이었던 그녀가 쓰러져 있는 모습이 안타깝기 그지없었다.

"어마마마, 이렇게 누워 계실 때가 아닙니다. 어서 일어나십시오. 어서!"

오늘은 어떻게든 넘어갔지만 불안한 것은 매한가지였다. 아무런 방도가 없는 만력제는 자신의 어머니이자 천음문의 진정한 문주인 자성황태후가 어서 깨어나기만을 기다릴 뿐이었다.

*　　　　*　　　　*

자금성을 벗어난 백무는 곧장 흑병방으로 향했다. 수린에게 이야기해 줄 것이 있어서였다. 이제는 구벽의 힘과 그에 얽혀 있는 사연을 설명해 주려는 것이다.

태음의 힘이 깨어난 것은 수린과의 격돌 때문인 것으로 보였다. 장수보를 제거하려다 수린과의 싸움으로 인해 자성황태후의 몸 안에 봉인되어 있던 태음의 힘이 사신의 힘에 반응하여 깨어난 것이 틀림없었다.

힘이 깨어나기는 했지만 완전한 것은 아니었다. 그렇다고 무시할 만한 힘도 아니었다. 지금 백무의 힘만으로는 자금성에서 깨어난 천음의 힘을 막을 방도가 없었다.

완전히 각성을 했거나 각성하기 전이라면 방법을 찾을 수도 있겠지만, 지금 봉인하려 하다가는 천음의 힘이 붕괴되어 파멸로 치달을 수도 있었던 것이다.

‘어느새 날이 밝았군.’

흑염방에 도착하자 날이 밝아오고 있었다. 북경성으로 퍼지는 아침 햇살을 받으며 흑염방으로 들어선 백무는 곧장 수린이 머물고 있는 곳으로 찾아갔다.

“들어가도 되겠느냐?”

“오라버니, 들어오셔도 돼요.”

수린의 방 안에 들어서자 때마침 사신도 함께 있었다.

“잘됐군요. 네 분이 함께 계시니 이야기하기가 편해졌습니다.”

사신을 바라보며 백무는 수린을 마주하고 앉았다.

“무슨 일이시기에 이리 이른 아침부터 절 찾아오신 거예요?”

“너에게는 감추려고 했다만 어쩔 수 없이 이야기를 해주어야겠구나. 사실 나는 지금 자금성에 들렀다가 오는 길이다.”

“자금성에를요?”

“그래, 그런데 자금성에는 놀라운 일이 벌어졌더구나.”

“무슨 일이기에 그러시는 거예요?”

수린은 백무의 표정이 심상치 않은 것을 느꼈다. 그리고 그것이 자신은 물론 사신과도 밀접한 관계가 있음을 짐작할 수 있었다.

“자금성에 당도해 보니 태음이 깨어나 있었다.”

“저, 정말입니까?”

백무의 말에 놀라 물은 이는 현무였다. 다른 사신들은 물론, 수린의 얼굴이 현무에게로 돌아갔다. 네 사람은 현무의 반응을 이해할 수 없었던 것이다.

"네 분 중 한 분은 알고 계실 거라 생각했는데 현무께서 알고 계셨군요. 제가 한 말은 틀림없는 사실입니다."

"와, 완전히 각성을 한 것입니까?"

묻고 있는 현무의 음성이 떨리고 있었다.

"그렇더군요. 완전히 각성한 것은 맞지만 아직은 불안정한 상태입니다."

"으…… 음!"

놀라 자리에서 일어났던 현무는 신음을 흘리며 주저앉듯 자리에 앉았다.

"할아범, 무슨 일인 거야? 태음이 깨어난 것은 또 무엇이고?"

수린은 점점 일그러지는 현무의 표정에 궁금함을 참지 못하고 물었다.

"그래, 도대체 무슨 일인 것이냐?"

청룡 또한 현무를 다그쳤다.

"잠시만 기다리십시오, 아가씨. 그리고 너희도 기다려라."

현무는 수린과 청룡을 다독인 후 백무를 쳐다보았다.

"모두 깨어난 것입니까?"

"태양은 모르겠고, 나머지는 모두 깨어났소."

"그렇다면 사신의 힘은 어떻게 된 것입니까?"

태음이 깨어났다면 사신의 진정한 후예인 수린도 사신의 힘을 깨웠어야 정상이었다. 그렇다면 지금 자신들은 살아 있지 말아야 정상이었기에 현무는 어찌 된 일인지 묻지 않을 수 없었다.

“수린이는 사신의 진정한 힘을 얻은 것이 아니오. 가피(痂
皮)의 힘만 이어받았을 뿐, 진정한 사신의 힘은 철혈무전에 들
러 내가 봉인을 했소.”

백무의 말에 현무는 고개를 끄덕였다. 철혈무제가 자신의
힘을 수린에게 모두 준 것이 아님을 알 수 있었던 것이다.

“구벽의 힘이 깨어나다니……. 그렇다면 역시 삼태극의 힘
을 이으신 분이었군요.”

“그렇소.”

현무는 백무의 말을 듣고 모든 것을 알 수 있었다. 화청지를
벗어난 후 내내 궁금해하던 점이었다. 지난날 화청지에서 느
꼈던 힘은 분명 자신들과 그리 다르지 않은 동류의 힘이었다.
어쩌면 사신의 근원이 되는 힘인지도 모른다고 생각했던 현무
였다. 그런데 자신이 막연하게 느끼던 것이 사실이었고, 드디
어 구벽의 힘이 깨어난 것이다.

第六章 동창혈풍(東廠血風)!

九劈雷電

현무가 지금까지 이런 모습을 보인 적은 없었다. 언제나 자신을 위해서 웃어 보이던 현무였다. 그런데 자신의 오빠와 알 수 없는 대화를 나눈 후 심각해지는 현무의 모습을 보며 수린은 궁금함을 참을 수 없었다.

"오빠, 그리고 할아범. 무슨 일인지 어서 이야기해 봐요."

수린의 말에 현무는 처연한 표정으로 수린을 바라보았다. 현무의 표정에 청룡과 주작, 그리고 백호는 가슴이 철렁하는 느낌을 받았다.

"그래, 무슨 일이냐?"

주작은 더 이상 참지 못하고 현무를 노려보며 물었다.

"아가씨, 세상에는 사람들이 알지 못하는 힘들이 존재합니다. 인간 세상에는 절대로 허락되지 않은 힘들이 말입니다. 아가씨나 저와 저 자식들이 이은 힘도 그것들 중에 하나입니다.”

“사신문의 힘이 인간 세상의 힘이 아니라니요?”

“아가씨, 세상의 근원이라 할 수 있는 사신의 힘이 인간의 몸을 통해 구현될 수 있는 것이라고 생각하십니까?”

“그게 무슨 말이에요. 할아범들은 각자 사신의 힘을 가지고 있고, 저 또한 모든 사신의 힘을 가지고 있는 것 아니에요?”

수린의 말에 현무는 고개를 흔들었다.

“아닙니다. 방금 아가씨의 오라버니에게 들으셨다시피 그것은 가피의 힘입니다. 진정한 힘을 이으셨다면 아가씨나 저희나 이렇게 앉아서 이야기하고 있을 리가 없지요. 사실 철혈무제께서도 온전히 사신의 힘을 얻으신 것이 아닙니다. 그분은 우리보다 조금 많이 가피의 힘을 얻으신 것뿐입니다.”

“도대체 가피의 힘이란 것이 무엇인가요?”

수린은 궁금함을 참을 수 없었다.

“세상의 근원이 되는 힘은 모두 아홉 가지입니다. 일컬어 구벽의 힘이라 일컬어지는 그 힘들은 음과 양의 이원(二元)과 천지인의 삼태극(三太極), 그리고 사방을 관장하는 사신(四神)의 힘이 그것이지요. 세상의 모든 만물은 이 구벽의 힘으로부터 비롯되었습니다. 모든 것의 근원이기에 구벽의 힘들은 인간으로서는 도저히 가질 수 없는 것들이었습니다. 하지만 오직 한 번, 그것들이 인간에게 전해진 적이 있습니다. 환의 시조라 일컬어지는 분이 천상에서 내려와 어둠에 싸인 세상을 구제하라는 명과 함께 아홉 신인에게 그것들을 주었지요. 몇 천 년간 아홉 신인은 그 힘을 이용해 세상을 조율했습니다. 그 시기는 전쟁도 없고 평화와 기쁨만이 넘치는 시대였습니다. 그러나 아홉 신인 중 누군가가 다른 이의 힘을 탐내기 시작했습니다. 구벽의 힘을 모두 가지는 순간 환의 시조를 뛰어넘어 홀로 천상천하 유아독존할 수 있기에 그리한 것인지는 모릅니다만, 그로 인해 세상은 파멸로 치닫기 시작했습니다. 억조창생이 풍전등화의 위기에 내몰린 것이지요. 해서 환의 시조께서는 다시 천상에서 내려와 그 힘을 봉인하셨습니다. 그리하여 파멸로 치닫고 있던 세상은 구원을 받을 수 있었습니다. 하지만 묘한 일이 벌어졌지요.”

“묘한 일이요?”

“환의 시조께서 무슨 뜻에서 인지 구벽의 힘을 아홉 신인의 몸에 그대로 봉인을 해버린 것입니다.”

“신인들의 몸에요?”

“그렇습니다. 어째서 그리했는지는 모르지만, 분명 구벽의 힘은 아홉 신인의 몸에 봉인되었습니다.”

“어떻게 그럴 수 있는지 알 수가 없는 일이로군요.”

수린은 고개를 흔들었다. 자신이 가지고 있는 힘에 대해 그녀 자신도 잘 알고 있었다. 그것은 너무도 거대했다. 인간으로서는 자신이 발휘하는 힘을 막을 수 없기에 현무의 말을 곧이곧대로 받아들이기가 힘들었던 것이다. 가피의 힘이 그 정도라면 진정한 힘이 가지는 위력이 무엇인지 그녀의 머리로는 헤아리기 힘들었던 것이다.

그런 수린의 모습을 바라보며 현무가 말을 이어나갔다.

"구벽의 힘을 하나씩 가지고 있던 신인들은 봉인으로 인해 구벽의 진정한 힘을 쓰지 못했습니다. 그러나 환의 시조께서는 구벽이 흔들린 여파로 혼란해진 세상을 바로잡으라는 뜻으로 한 가지만을 허락했습니다. 바로 가피의 힘을 사용할 수 있도록 한 것입니다. 아가씨나 저희가 가진 힘이 바로 그것입니다. 하나 가피의 힘은 진정한 구벽의 껍데기나 다름없지요."

"내가 가지고 있는 힘이 껍데기라니……."

"비록 티끌도 되지 않는 일부분이지만 가피의 힘은 하늘의 것입니다. 그래서 그것만으로도 세상은 안정을 되찾을 수 있었습니다. 하지만 그 후가 더욱 문제였습니다. 안정을 되찾기는 했지만 이미 세상은 조화가 깨진 상태였으니까요. 세상은 천상의 시대에서 전쟁의 시대로 넘어가 있었기 때문입니다. 그때부터 우리가 아는 역사가 시작됐던 것입니다, 아가씨."

"으음! 그렇다니… 정말 신화 같은 이야기네요. 그런데 아까 오빠가 말하는 것을 보니 그중 하나의 힘이 깨어난 것 같은데, 앞으로는 어떻게 되는 거지요?"

"그것은 내가 이야기해 주마."

수린의 궁금함에 백무가 나섰다.

"오빠가요?"

"그래, 이건 아주 중요한 이야기다. 너와도 직접적인 관련이 있기 때문이다."

수린에게 이야기하는 백무의 안색이 그 어느 때보다 심각했다. 백무의 표정을 보며 수린도 자세를 고쳐 앉았다.

"이원이 깨어나면 사방의 힘인 사신의 힘도 깨어나는 것이 원칙이나 철혈무제께서 봉인을 잘해둔 덕에 사신의 힘은 깨어나지 않았다. 해서 내가 그것을 회수할 수 있었지."

"천만다행스러운 일이군요. 그런 무서운 힘을 오빠가 회수했다니."

"하지만 문제는 그것이 아니다. 너나 사신께서 가지신 가피의 힘이 문제가 될 수 있다. 자칫 태음의 힘에 직접적으로 휩쓸리면 너와 저기 네 분은 본성을 잃을 수도 있기 때문이다."

"본성을 잃다니 무슨 이야기예요?"

"진정한 힘을 가지고 있다면 자신을 잃지 않고 스스로 설 수 있지만, 가피의 힘뿐이라면 너나 저분들이 가진 가피의 힘은 태음에게 귀속되어 버린다는 것이다. 그러면 영영 본성을 찾을 수 없게 되지."

"그러니까, 나와 할아범들은 자금성에 갈 수 없다는 이야기군요?"

"그래. 나로서도 그 힘을 감당하기 힘든데 너와 네 분이 변해 태음에 귀속되어 버린다면 모든 것을 그르칠 수 있으니, 넌 자금성에 가지 않는 것이 좋겠구나."

"하지만 오빠."

태음이 완전히 각성했다면 백무가 위험할 수도 있기에 수린
은 오빠와 같이 있고 싶었다.

"나로서는 그것이 편하다. 그 대신 넌 동창을 상대해 줘야겠
다. 곧 있으면 오빠의 친구가 북경에 당도할 것이다. 그라면
널 도와 동창 내의 놈들을 제거하는 데 적지 않은 도움을 줄 것
이다. 그 또한 우리와 같은 피해자니까."

백무는 자신을 위해서 참아달라며 수린을 만류했다.

"곤이라는 분 말이군요. 알았어요. 오빠 말대로 그렇게 하
도록 하지요."

수린은 백무의 뜻을 따르기로 했다. 이렇듯 만류하는 것을
보면 필시 연유가 있는 것이 분명했던 것이다.

수린의 대답을 들은 백무는 사신을 향해 돌아섰다.

"네 분께도 그리 부탁드리겠습니다."

"알겠습니다. 걱정하지 마십시오."

백무가 말하는 뜻을 잘 알기에 현무를 비롯한 사신은 고개
를 끄덕이며 백무를 안심시켰다.

"수린아, 일단 이곳에 있어라. 오라비는 어디 한 군데 다녀
올 곳이 더 있다."

"어디를요?"

"걱정하지 마라. 천소궁에서 사람이 와 있을 것이니 그를 만
나려는 것이다."

"천소궁에서요?"

천소궁에 대해서는 이미 들은 바 있지만 수린으로서는 의아

했다. 세 명의 궁주 중 두 사람이 이미 배신한 상태에서 이곳으로 올 만한 이가 없었던 것이다.

"많은 이야기는 해줄 수 없지만 증조부님께서 그러시더구나. 지켜보아야 할 사람이 있다고 말이다. 그리고 몇 가지 부탁할 것도 있고."

"알았어요."

뭔가 있다는 것을 직감한 수린은 궁금증을 접었다.

"그럼 오늘 저녁 술시에 모두 모이도록 하는 것으로 하고, 난 이만 가보겠다."

"알았어요, 오빠."

백무는 말을 마친 후 사신에게 간단하게 고개를 숙여 보인 후 밖으로 나섰다.

백무가 만나려는 이는 다름 아닌 상유천이 이번에 거두어들인 그의 사손이었다.

상유천의 제자인 십안면(十眼面) 구동천(具東天)이 간청하여 받아들인 이로, 제황의 재목이라는 무불성승의 언질이 있었기에 만나보려는 것이었다.

백무가 향한 곳은 북경에서 서북쪽으로 이백여 리 떨어진 축록(逐鹿)이었다. 축록은 사기(史記)의 회음후전(淮陰侯傳)에 나오는 말로 사냥꾼이 사슴을 쫓음을 빗대어 중원을 얻기 위해 서로 다투는 형상을 일컫는 뜻이다.

백무는 축록으로 향하며 묘한 기분을 느꼈다.

"황제의 위를 쫓는 축록의 현장에서 제황지재(帝皇之才)를 만나다니… 역시 의도된 것인가?"

구동천을 만날 수 있다는 장소가 북경도 아닌 축록이라는 사실을 생각할 때 의도된 바가 커 보였다.

천하를 움켜쥐고 있는 것이 창천비각을 부리는 천음문이라고는 하지만, 그에 못지않은 힘을 지닌 곳이 바로 매자천이었다. 고구려가 패망한 이후 중원 전역에 스며들어 자리 잡은 사람들까지 치자면 천음문조차 비교될 수 없을지도 모르는 만만치 않은 힘이었다.

어쩌면 숨겨진 저력은 매자천이 더 클 수도 있었다. 그런 매자천의 힘을 한 손에 틀어쥐고 있는 것이 바로 자신이었기에 구동천이 뜻하는 바가 무엇인지 궁금하지 않을 수 없었던 것이다.

"만나보면 알 수 있겠지… 그가 원하는 것이 무엇인지."

백무는 구동천의 의도를 알 수 없지만 필히 만나야 하기에 발걸음을 서둘렀다.

처음 묘강을 나설 때와는 달리 일체의 소음도 흘리지 않고 십여 장씩 미끄러지는 그의 몸놀림은 전광석화를 방불케 했다.

그렇게 경공을 시전해 북경에서 축록에 도착한 시각은 오시가 지나 미시에 가까울 무렵이었다.

축록에서 백무를 처음 맞이한 것은 거친 산야였다. 이미 약속된 곳을 들은바 있기에 백무는 산야를 가로질러 구동천과 만나기로 한 곳으로 달려갔다.

축록 인근, 산맥을 가로질러 고개로 넘어가는 초입 부근에 자그마한 사당이 하나 있었다. 축록대전의 승리를 기리는 황제 헌원의 사당이었다.

누가 지었는지는 모르지만 낡고 허름해 보이는 것이 오랜 세월 동안 관리가 되지 않은 모양이었다.

지붕의 군데군데에 구멍이 뚫린 사당 안에는 모닥불이 피워져 있었고, 모닥불을 마주하고 소년과 중년인이 식은 만두를 먹고 있었다.

만두를 먹던 소년이 마주 앉은 중년인을 향해 주저하다 입을 열었다.

"스승님!"

"왜 그러느냐?"

소년의 스승인 듯한 중년인은 안면에 미소를 머금은 채 소년의 질문을 기다렸다.

"어째서 우리가 이곳에 온 것인가요?"

"후후후, 네가 궁주님을 걱정하는 게로구나."

구동천은 자신의 제자가 사조인 상유천을 걱정하고 있음을 알 수 있었다. 배반자들로 가득한 천소궁에 남아 홀로 고군분투하고 있을 사조를 둔 채 이곳에 한가로이 와 있을 계제가 아님을 묻고 있는 것이다.

"지금 우리가 만날 사람은 어쩌면 천소궁보다 중요한 사람일지도 모르기 때문이다."

"예?"

황태극(皇太極)은 스승의 말을 믿을 수가 없었다. 천소궁은 스승인 구동천에게 있어 생명이나 다름없는 곳이었다.

언제나 천소궁만을 생각하고, 배반자들이 득세를 하는 순간 천소궁을 회복시키기 위해 스승이 얼마나 많은 노력을 기울였는지 그 또한 잘 알고 있었다.

그럼에도 천소궁보다 중요하게 여기는 사람이 누구인지 궁금하지 않을 수 없었다.

"극아야!"

구동천은 근엄한 목소리로 황태극을 불렀다. 평소 아들같이 대해주는 스승이었기에 이렇게 부른 적이 없던 스승이었다. 황태극은 스승이 자신에게 중요한 이야기를 할 것임을 알고는 자세를 고쳐 앉았다.

"말씀하십시오, 스승님!"

"이 스승이 천하가 무엇이라고 했지?"

"손 안에 있는 작은 새와 같다고 했습니다."

"내 항상 너에게 그리 말했다. 손 안에 있는 새는 너무 세게 쥐면 날지를 못하여 죽고, 너무 느슨하게 쥐면 날아가 버리지. 천하는 이와 같다. 아무리 거대한 힘을 가지고 있다고 해도 그 힘의 강약을 조절하지 못하면 천하를 얻기란 요원한 일이다."

"제자, 명심하고 있습니다."

"패자들은 힘을 사용함에 있어 완급을 조절했기에 천하라는 새를 손에 거머쥘 수 있었다."

"……."

황태극은 스승의 말하는 뜻을 알기에 고개를 끄덕였다.

"그러나 천하의 패자라 해도 힘의 완급을 조절하는 일은 쉽지가 않은 일이다. 그러했기에 수많은 황조가 오랜 세월을 버티지 못하고 망하기가 일수였다. 이제 명의 명운도 얼마 남지 않은 것이 바로 그 까닭이다. 천음문이 아무리 명의 뒤에 있다 하더라도 그들이 힘을 씀에 이렇듯 질서가 없으니, 명은 이제 망할 수밖에 운명에 처해 있다고 할 수 있다."

"스승님의 말씀대로라면 명은 이제 망할 수밖에 없는 명운이로군요."

황태극은 눈빛을 빛냈다. 명이 망할 수밖에 없는 명운이라면 자신의 야망을 실현할 수 있는 기회가 올 것임을 그도 알고 있었던 것이다.

구동천은 그런 제자의 모습을 보면서 고개를 끄덕였다.

"극아야!"

"예, 스승님."

"나는 네 꿈이 무엇인지 알고 있으면서도 널 제자로 받아들였다. 본 궁의 취지와는 배치되는 일이지만 무리해서 널 제자로 받아들인 것이지."

"언제나 감사하게 생각하고 있습니다, 스승님."

"후후후. 그래, 네가 너를 받아들인 것은 흩어져 있는 너의 부족을 통합하고 새로운 황조를 세우려는 네 꿈에 나 또한 모든 것을 걸었기 때문이다."

"스승님께서도 말입니까?"

구동천은 황태극의 꿈을 알고서도 제자로 받아들였었다. 그 또한 여진족 사람으로서 오랜 세월 중원에 들어선 황조로부터 핍박받는 여진족이 새로운 세상을 열기를 바랐던 것이다.

"물론이다. 제자의 꿈을 몰라서야 스승이라고도 할 수가 없지. 하지만 극아야! 명이 망한다 할지라도 어쩌면 너의 꿈을 이루기 어려울지도 모른다. 지금 우리가 만나려는 사람이 허락을 하려 하지 않는다면 말이다."

"우리가 만나려는 사람이 허락하지 않으면 꿈을 이룰 수가 없다니 무슨 말씀이십니까?"

황태극으로서는 가슴이 철렁하는 말이 아닐 수 없었다. 자신의 꿈을 이룩하기 위해 구동천을 스승으로 삼은 것 또한 그의 뒤에 있는 천소궁의 힘 때문이었다.

"극아야, 중원인들은 그동안 천하를 쥐고 흔들었다. 하지만 그것은 잘못된 사실일 뿐이다. 당송 대에나 중원인들이 천하를 호령했을 뿐, 그 이외에는 모두 다른 이들이 중원 천하를 호령했다. 왜 그런지 아느냐?"

"제자로서는 잘 모르겠습니다."

황태극은 스승의 질문에 답을 찾지 못하자 죄송한 듯 말문을 흐렸다.

"그것은 천하를 거머쥐고도 남는 힘을 지닌 두 단체가 세상에 존재하기 때문이다. 바로 천음문과 매자천이지. 매자천과 천음문의 뿌리는 중원이 아니다. 그러했기에 그들로서도 화하족으로 대변되는 중원인들이 세상을 차지하는 것을 그리 달가워하지 않았다. 그래서 그들은 화하족이 세상의 패권을 잡을 때마다 암죽으로 멸망을 모색했고, 그로 인해 화하족이 아닌 자들이 세상의 패권을 쥐었지.”

“으… 음!”

황태극은 신음을 삼켰다. 새로운 사실을 알게 된 황태극은 놀라지 않을 수 없었다. 자신이 매자천에 속해 있다는 것을 알고 있었지만 그 정도의 힘을 지니고 있었을 줄은 그로서도 처음 안 것이다.

“너와 내가 이곳에서 만나려는 사람은 바로 세상을 좌지우지할 수 있는 힘을 지닌 매자천의 천주시다. 그분은 지금의 천음문에 비견되고도 남는 힘을 가지셨지. 우리는 어차피 매자천에 메인 몸, 천주의 허락이 떨어져야만 네가 원하는 천소궁의 힘을 얻을 수 있을 것이다.”

“역시 이곳에 온 것은 이유가 있었군요.”

“그래, 우리는 천주를 만나러 온 것이다. 그분에게 너의 꿈을 허락받기 위해서 말이다. 그러니 넌 천주께 네가 가진 이상과 꿈을 모두 보여주어야 할 것이다. 그리고 반드시 허락을 받아내야 한다. 너와 나의 꿈을 위해서 말이다.”

“으… 음!”

황태극은 스승의 말이 무엇을 뜻하는지 알 수 있었기에 심음을 흘렸다. 얼마 전 구동천이 무척이나 흥분한 것이 바로 매자천의 천주가 탄생했기 때문임을 이제야 알 수 있었던 것이다.

"걱정하지 마십시오. 피눈물로 살아온 사람들입니다. 그들의 뜻을 매자천의 천주께서 몰라줄 리 없습니다."

"그래, 네 뜻이 그리 확고하니 좋은 결말을 얻을 수 있을 것이다. 그냥 있는 그대로 너의 모습을 보여주면 될 것이다."

구동천은 황태극을 믿었다. 재질이 범상치 않을 뿐만 아니라 큰 이상을 가지고 있었다. 그의 이상은 다른 것이 아니었다. 다시는 핍박받지 않겠다는 것이 전부였다.

따지고 보면 여진 또한 고구려라는 큰 나라를 구성하던 부족 중 하나였다. 그런 여진을 매자천의 천주가 모른 척할 리 없다고 생각하고 있었던 것이다.

'그랬었군.'

백무는 이미 도착해 두 사람을 지켜보고 있었다. 허무공을 펼쳐 일체의 기척을 감추고 있었기에 구동천이나 황태극은 백무의 존재를 알아차리지 못하고 있었던 것이다.

사당 안에 있는 황태극을 살펴보며 백무는 상당히 놀랐었다. 자신의 증조부인 무불성승이 어째서 이곳에 가보라고 했는지 알 수 있었던 것이다.

황태극의 주변으로 은은히 흐르는 기운이 백무의 눈에 보였던 것이다. 미약하기는 하지만 하늘의 부름을 받았다는 천자의 기운이 황태극 주변에서 맴돌고 있었던 것이다.

'아직은 어린 나이지만 제대로만 키운다면 하늘을 떠받칠 기둥이 될 수 있을 만큼 강한 기운을 가진 아이이니 기대를 해볼 수도 있겠군. 이미 명황조의 명운은 다한 것 같으니 저 아이라면 새로운 황조를 열 수도 있을 것이다. 어둠의 힘을 모두 제거하면 새로운 세상을 열어야 할 터, 저 아이라면 적합하겠군.'

백무는 황태극이 마음에 들었다. 창천과 같은 깊은 눈동자에 어린 기운은 결코 헛된 열망에 물들지 않을 것으로 보였던 것이다.

백무도 여진에 대해서 잘 알고 있었다. 자신의 어머니가 여진 출신이기에 어린 시절부터 명황조로부터 핍박받는 여진 부족을 안타까워하고 있었다.

명의 이간책으로 인해 여러 부족으로 갈라져 서로 다투느라 하나로 될 수 없는 여진족은 언제나 힘없이 당하기만 해왔다는 것을 잘 알고 있었던 것이다.

황태극이라면 모든 여진족을 하나로 통합할 수 있을 것 같았다. 천소궁의 힘이 그의 뒤에 있다면 새로운 황조를 열 수 있을 만큼 대단한 배포와 기세마저 지녔기에 운명이 허락한다면 굳이 그의 길을 가로막고 싶지가 않았다.

'동창과 자금성의 일이 급하니 이제 그만 만나보아야겠군.'

백무는 허무공을 거두고 구동천과 황태극을 만나보기로 했다. 속내를 알아냈으니 더 이상 시간을 끌고 싶지 않았던 것이다.

　스스슷!
　"어!!"
　"음!"
　아무도 없는 사당 안에 갑자기 사람이 나타나자 구동천과 황태극은 놀라 소리쳤지만 섣불리 움직이지는 않았다.
　자신들의 기감을 속이고 나타날 정도라면 대항해 봐야 소용이 없을을 알기도 했지만, 이곳에 나타날 사람은 매자천의 천주밖에 없었기 때문이다.
　'나이가 무척이나 젊구나. 극아와 열 살 차이도 나지 않는 것 같으니……'
　구동천으로서는 뜻밖이었다. 매자천의 천주가 탄생했다는 것은 그의 스승인 상유천으로부터 전해진 소식을 들어 알고 있었다. 그런데 젊어도 너무 젊었던 것이다.
　'허허, 내 눈이 이제는 쓸모가 없어진 것 같구나.'
　놀라움에 백무를 바라보던 구동천은 자신이 나이가 젊다는 선입견으로 인해 잘못 판단했다는 것을 절실히 느꼈다. 백무의 몸 안에 너무도 거대하게 침잠되어 있는 기운을 느낀 것이다.
　'극아의 제황지기를 저토록 한순간에 억누르는 기운이라니, 역시 매자천의 천주는 다른 것인가?'
　백무가 나타나는 순간 황태극은 자신의 앞에 나타난 이방인을 향해 기세를 뿜어냈었다. 자신의 제자인 황태극이 백무와 눈을 마주 보며 제황지기를 뿜어냈던 것이다.

하지만 지금은 제황지기가 온데간데없었다. 그저 깊고도 담담한 백무의 기운이 두 사람을 감싸며 하늘의 기운이라는 제황지기를 흩뜨려 버렸던 것이다.

제황지기를 넘어서는 하늘의 기운을 갖지 않는 한 불가능한 것이다. 인간이 제황지기를 견디는 것은 불가능에 가까운 일이었기에 구동천은 백무를 다시 보게 된 것이다.

"천소궁의 구동천이 천주를 뵈옵니다."

구동천은 자리에서 일어나 조용히 백무를 향해 오체투지를 했다.

그렇지만 황태극은 백무의 기운에 제압당한 탓인지 움직이지 못하고 그저 앉아만 있을 뿐이었다.

"제자에게 씌워진 기운을 거두어주시길 청합니다."

"후후후."

백무는 구동천의 말에 웃음을 흘리며 황태극을 감싸던 잠원의 기운을 거두어들였다.

"천주를 뵈옵니다."

황태극도 자신을 옭아매었던 기운이 풀리자 서둘러 오체투지하며 백무를 향해 인사를 올렸다.

"오래 기다리신 것 같소?"

"아닙니다. 이곳에 온 지 이틀이 채 지나지 않았습니다. 날짜를 정확히 정한 것이 아니었으니 천주께서는 심려치 마십시오.”

“알았소. 그런데 증조부께서 이곳에서 당신들을 만나보라고 했는데, 무슨 일이기에 본 천주를 청한 것이오?”

백무는 단도직입적으로 자신을 찾은 용무를 물었다.

“천주를 만나뵙고 싶다고 청한 것은 접니다. 그것은 한 가지 청을 드릴 일이 있기 때문입니다.”

“청?”

“그렇습니다. 이 아이는 얼마 전 천소궁에 입문한 황태극이란 아이입니다. 건주여진 출신이지요. 이 아이는 자질만큼이나 꿈이 무척 큽니다. 이 아이의 꿈은 흩어진 여진족을 하나로 합쳐 명황조로부터 핍박을 받지 않는 것입니다. 해서 천주의 허락을 받고자 이렇게 뵙기를 청한 것입니다.”

“으… 음! 매자천의 율법에 위배되는 일이로군.”

“그렇습니다. 세상에 나설 수 없다는 매자천의 율법에 위배되는 일이지요.”

“세상에 나서는 이유가 여진족을 통합하고 자위하는 것뿐인가?”

이미 알고 있거늘, 진짜 목적을 숨기는 것 같아 보이자 백무는 기세를 일으켜 구동천을 압박했다.

“크윽! 천… 주!”

구동천은 신음을 흘리며 조아린 고개를 더욱 숙였다.

“천주께 아룁니다. 전 새로운 황조를 열고자 합니다. 중원을 질타했던 대고구려의 부족 중 하나였던 여진이 이제 새롭게 일어나 중원을 달리고자 합니다. 허락해 주소서!"

스승이 압박을 받자 황태극은 다급히 자신이 가진 본심을 말했다.

"그로 인해 얼마나 많은 이의 피가 강호에 흐를지 알고 있는 것이냐?"

"알고 있습니다. 하지만 쓸데없는 피는 흘리지 않을 것입니다."

"새로운 세상을 연다면 하고 싶은 일이 있을 터, 네가 천하를 얻은 후 제일 하고 싶은 것이 무엇이냐?"

백무는 황태극의 본심을 알기 위해 물었다. 그의 야망이 진정 무엇인지 듣고 싶었던 것이다.

"제 부족이 인간답게 사는 것뿐입니다. 오직 그것 하나만 이룰 수 있다면, 전 그것으로 만족할 수 있습니다."

말하는 것에 주저함이 없었다. 어린 나이지만 이미 뜻이 확고해 보였다.

'동방에서 전쟁의 기운이 넘쳐 대륙으로 흐를 기세다. 그렇다면 어차피 천하는 난세로 흐를 터, 쓸데없는 피가 흐르기보다는 이 아이에게 모든 것을 마무리하는 편이 좋을 수도 있겠지.'

나이는 어리지만 이지가 바로 선 것을 보며 백무는 황태극이라면 매자천의 율법에 얽매지 않아도 좋겠다는 생각이 들었다.

"좋다. 하나 너의 꿈을 위해 나서는 것은 천소궁만으로 한정

할 것이다. 또한 매자천의 진정한 비기 또한 너에게로 전수되
지 않을 것이다. 어찌하겠느냐?”

“좋습니다.”

황태극은 백무의 제안을 생각해 볼 것도 없이 허락했다. 그
가 바라는 것은 천소궁이 가지고 있는 권위였지 힘이 아니었
기 때문이다.

오랜 세월 동북의 하늘로 비밀리에 존재해 온 천소궁의 존
재는 그에게 정통의 후계자라는 권위를 가져다줄 것이기에 그
것으로 족한 것이다.

또한 자신이 꿈꾸고 있는 것들을 스스로 이루고 싶었다. 천
소궁의 힘을 빌려 자신의 꿈을 이루고 싶은 마음이 애초부터
없었던 것이다.

다만 후계자로서 천소궁에 내려오는 매자천의 비기를 이을
수 없다는 것만이 아쉬울 뿐이었다.

“그리 알도록 하겠다.”

황태극의 대답을 들은 백무는 자신의 기세를 거두어들였다.
거대한 힘의 올가미에서 벗어난 구동천은 그때서야 운신을 하
며 백무를 향해 고개를 들었다.

“천주, 북경에서 움직이신다 들었습니다. 그곳에는 문종문
주가 있는 것으로 알고 있사온데 어찌하실 것인지요?”

힘의 속박에서 풀린 구동천은 백무의 행보를 물었다. 이미
한차례 백무의 힘을 느낀 탓인지 그의 목소리에는 조심스러움
과 경외감이 담겨 있었다.

“태음이 깨어났다.”

“태… 태음이 말입니까?”

구동천의 목소리가 부지불식간에 떨려 나왔다. 그로서도 태음이 깨어났다는 것은 생각지도 못한 일이었기 때문이다.

“그렇다. 아직 완전한 각성을 이룬 것은 아니지만, 사신의 힘과 격돌한 때문인지 태음이 깨어난 것은 사실이다. 봉인을 하려면 꽤나 큰 희생이 있을 것이 분명하다.”

“으… 음!”

백무가 말하는 뜻을 구동천이 모를 리가 없었다. 다음 대 천소궁을 이을 사람이고, 천소궁에 간직된 진정한 매자천의 비기를 익히고 있는 사람이 바로 그였기에 태음이 깨어난 여파를 모를 리가 없었던 것이다.

“염려하지 마라. 충분히 봉인할 수 있는 것이니. 다만 그로 인한 여파가 만만치 않을 것이란 것이다. 태음이 깨어났다면 태양 또한 깨어났을 가능성이 매우 높다. 혁련추, 그 어르신께서 곤경에 처해 있을 수도 있을 것이니 천소궁은 마교로 가서 만약의 사태에 대비하는 것이 좋을 것이다.”

“알겠습니다. 그리하도록 하겠습니다. 그러면 화산의 일을 어찌하실 참이십니까?”

“아직 생각 중이다. 어디까지 본 천의 분노가 미쳐야 할지는… 하나 흑혈의 겁풍과 관계된 자들은 모두 제거할 생각이다.”

‘피바람이 불겠구나. 절대자라 칭하는 자들의 눈에 피눈물

이 흐르는 것이 눈에 선하니 천주의 자비를 기대할 수밖에…….'

　백무의 말을 들으며 구동천은 흑혈의 겁풍에 관여한 자들과 천음문의 인물들이 살아남기 힘들다는 것을 느꼈다. 자신조차 감당하기 힘든 살기가 백무의 몸에서 풍겨 나오고 있었던 것이다.

　"이만 가보겠다. 저 아이를 잘 키우도록! 만약 뜻한 바를 벗어난다면 아무리 본 천의 일원이라 할지라도 하늘의 분노를 봐야 할 것이다."

　백무는 구동천의 야망을 알기에 경고를 내렸다. 매자천의 힘을 함부로 사용하려 한다면 자신의 허락이 번복될 수 있음을 내비친 것이다.

　"천주의 뜻을 명심하겠습니다."

　구동천도 백무가 말한 뜻을 알기에 다시금 고개를 조아렸다. 황태극도 같이 고개를 조아렸다.

　스스스!

　두 사람의 그런 모습을 보며 백무는 허무공을 이용해 자리를 떠났다.

　"가셨구나."

　잠시 후 구동천이 다시 고개를 들었을 때 백무의 모습은 찾을 수 없었다. 자신조차 백무가 움직인 기척을 알아낼 수 없음을 알자 구동천의 등에 식은땀이 흘렀다.

　"극아야! 바라는 바를 전부 이룬 것은 아니지만 허락이 떨어졌으니 네 꿈을 이룰 수 있는 기반은 마련되었다. 축하한다.”

구동천은 자신과 같이 고개를 들고 자세를 바로하고 있는 황태극을 향해 축하의 말을 건넸다.

“모두가 스승님의 은공이십니다.”

“아니다. 천주께서 널 잘 보신 게지. 그나저나 천소궁의 힘을 전부 네게 쏟을 수 없게 되었으니 네 스스로 정진하고 노력해야 할 것이다.”

“제자, 명심하고 있으니 염려하지 마십시오, 스승님.”

구동천이 말하는 바를 알기에 황태극은 눈빛을 빛내며 각오를 다졌다.

‘이제 됐다. 천주의 허락이 떨어진 이상 중원은 여진의 것이다. 많은 시간이 필요할 것이나 네 꿈은 반드시 이루어질 것이다.’

황태극의 모습을 보면서 구동천은 이제 자신의 꿈이 이루어진 것임을 알 수 있었다.

“극아야, 가자구나. 만약 마교에서 혈풍이 일었다면 심상치 않을 터. 하나 네 사조께서 계시니 천소궁의 정리는 그리 걱정하지 않아도 될 터이니 이제부터는 어르신을 돕는 것이 좋겠다.”

“알겠습니다, 스승님.”

두 사람은 서둘러 자리를 정리했다. 혁련추가 있는 십만대산까지는 머나먼 여정이었기에 서두른 것이다. 잠시 후 떠날 준비가 끝나자 두 사람은 사당을 떠나 빠르게 서쪽으로 사라졌다.

백무와의 만남으로 황태극은 자신의 의지를 완전히 세울 수 있었다. 매자천의 허락이 떨어진 이상 꿈을 이룰 기반이 마련된 것이다.

장차 청이라는 새 황조를 열게 될 황태극과 백무와의 첫 만남은 그렇게 간단히 끝이 났다.

축록을 떠난 백무는 북경을 향해 경공을 시전했다. 사당을 벗어난 후 허무공을 풀고 전력을 다해 달렸기에 산야가 스치듯 순식간에 백무의 뒤로 빠져나갔다.

'그만한 역량을 지닌 것으로 보였으니, 자신의 것이 아닌 다른 힘으로 꿈을 이루는 것보다는 스스로의 힘으로 이루는 것이 나을 것이다.'

달리는 동안 백무는 황태극을 생각하고 있었다. 제황이 될 자질과 의지를 가지고 있으니 충분히 꿈을 이룰 것으로 보였다. 어느 정도 흡족한 마음이 들었기에 태음의 일로 가슴이 답답하던 기분이 조금은 나아졌다.

'그나저나 깨어난 태음을 어떻게 봉인할지 난감하구나. 저리 깨어난 것을 보면 어둠의 힘이 작용한 것이 분명한 것 같은데……. 곤이 얻은 것이 무엇인지는 모르겠지만, 만약 그것이라면 많은 도움이 될 것이니 기다려 봐야겠구나.'

백무는 지금 북경으로 오고 있을 곤에게 많은 기대를 걸고 있었다.

증조부인 무불성승에게 들은 바로는 곤이 얻었을 힘이 그 옛날 환의 시조가 구벽의 힘을 봉인할 때 사용했던 힘의 일부일지도 모르기 때문이다.

그것은 북명의 힘이었다. 태초 혼돈 속에 출발한 가공할 힘인 북명이라면, 어둠의 힘으로 인해 깨어난 태음을 봉인하는 데 많은 도움이 될 수 있었던 것이다.

'설사 북명의 힘이라 할지라도 어둠의 힘에 물든 이상 태음을 모두 봉인시켜 가둘 수는 없을 것이다. 잠깐만이라도 태음의 힘을 가둘 수만 있다면 어떻게든지 해볼 수 있을 것이다.'

천하의 모든 것을 다 담을 수 있는 것이 북명의 힘이었다. 태음이 쏟아내는 힘을 받아들여 잠시만이라도 가둘 수 있다면 자신이 봉인시킬 수 있을 것이기에 백무는 기대감을 가지며 달리는 발걸음을 더욱 재촉했다.

그렇게 경공을 시전한 백무는 축록을 떠난 지 두 시진이 지나서 북경에 당도할 수 있었다. 북경성 밖 곳곳에는 어림군이 포진하여 삼엄한 경계를 펼치고 있었다.

이미 술시가 지나 밤이 깊은 시각이라 성문은 굳게 닫혀 있었다.

"나올 때보다 경계가 더욱 삼엄해진 것 같군."

북경성 주변을 포위하듯 순찰을 돌고 있는 어림군을 보며 백무는 경계가 더욱 강화된 것을 알 수 있었다.

"그렇다고 나를 막을 수는 없지."

백무는 곧장 허무공을 시전해 모습을 감춘 후 북경성의 성벽을 넘었다. 성벽을 넘는 백무의 기척을 알아차린 병사는 아무도 없었다.

성벽을 넘은 백무는 곧장 흑염방을 향해 달렸다.

'으음, 결전의 시간이 다가오고 있다는 것을 자금성에서도 알아차린 모양이로군.'

북경성 안도 경계가 삼엄하기는 마찬가지였다. 성내에는 이례적으로 금의위를 수장으로 하는 순찰 군사들이 빈번히 거리를 오가며 순찰을 돌고 있었던 것이다.

자금성에서 조치를 취하지 않았다면 벌어질 수 없는 일이기에 백무는 안색을 굳히며 곧장 흑염방으로 향했다.

흑염방의 정문도 굳게 닫혀 있었다. 가볍게 담장을 넘은 백무는 일행이 모여 있을 전각으로 향했다. 자시가 되면 모이도록 했기에 일행 모두가 모여 있을 것이 분명했다.

전각 앞에 도착해 허무공을 푼 백무는 문을 열고 안으로 들어갔다. 전각 안에는 예상대로 사람들이 전부 모여 있었다.

그리고 중원으로 나오며 사귀었던 유일한 친구인 곤 또한 자리를 같이하고 있었다.

"오랜만이다."

백무는 곤을 미소로 바라보며 반가움을 표시했다.

"그래, 오랜만이다."

백무를 바라보는 곤 또한 무척이나 반가운 듯했다. 가볍게 인사를 나누었지만 마음이 든든해짐을 느낀 백무는 탁자로 가서 자리에 앉았다.

"북명의 힘을 얻은 모양이로구나."

"알지도 모른다고 생각했는데 이미 알고 있었군."

"다행스러운 일이다. 네가 그 힘을 가졌다니 말이다."

"본 문에 남겨진 북명신공이 바로 인연의 끈이었다. 그것 때문에 어려웠지만 오랫동안 잠들어 있던 북명의 힘을 얻을 수 있었지."

자신의 말처럼 꽤 힘들었던 듯 곤은 인상을 굳혔다.

"그래, 태음이 깨어난 마당이라 내심 걱정했는데 정말이지 다행히 아닐 수 없는 일이다."

"이곳에 와서 네 동생한테 모든 이야기를 들었다. 태음이 깨어나다니 어떻게 된 일이냐?"

태음이 깨어났다는 이야기가 궁금한 듯 곤이 눈빛을 빛내며 백무를 향해 물었다.

"네가 들은 대로다. 아무래도 그 옛날 세상을 파멸로 몰아넣었던 자들은 바로 이원을 이은 자들이었던 것 같다. 구벽의 진정한 힘을 깨우고자 하는 자들은 지금 그들밖에 없으니까."

"그렇다면 큰일이로군. 세상이 다시 암흑으로 치달릴 수도 있으니 말이다."

"어떻게든지 막아야겠지."

"그나저나 지금부터 어떻게 해야 하는 거냐? 말을 들어보면 이미 계획이 세워진 것 같은데?"

"일단 동창부터 칠 생각이다. 동창을 치는 데는 네 아우들의 도움이 필요했기에 이미 부탁을 해놓았었다."

백무는 말을 마치고 장이룡을 쳐다보았다. 자신이 부탁했던 일들을 설명해 달라는 뜻이었다.

"저분의 부탁대로 동창을 감시했습니다, 대형. 화산에서의 일이 있고 난 후 특별한 움직임으로 보이거나 칩거해 은둔을 하는 자들을 집중적으로 감시한 결과, 약 이십여 명의 수상한 자들을 확인할 수 있었습니다. 여기 있는 것이 그들의 명단입니다."

장이룡은 말을 마친 후 품에서 두루마리 하나를 꺼냈다. 자신들이 감시해 온 자들의 명단이었다.

곤은 명단을 건네받은 후 빠르게 읽어나가기 시작했다.

"일휴잠화에 이어 천왕무적까지 모두 동창과 관련이 있다니… 정말 놀라운 일이로군."

명단에 있는 이름이 의외였는지 곤은 이상을 찌푸리며 백무를 바라보았다.

"당금 무림은 썩을 만치 썩었다. 도려내지 않으면 무림이라는 자체가 없어질지도 모르는 일이다."

"맞는 이야기다. 무림의 하늘이라는 십천 중 두 사람이나 관과 연계가 되어 있다면 다른 사람이야 두말할 것도 없지."

곤은 백무의 말에 동조를 했다. 점창파의 일원으로 자라온 사람이기에 관과 무림이 얽히면 얼마나 무서운 폐해를 불러오는지 잘 아는 까닭이다.

“두 사람뿐만 아니다. 남궁호도 그들과 한 패거리였다.”

“만검개천도? 세가일문의 수장이라고 할 수 있는 남궁세가의 가주가 같은 무리라면 이건 완전히 썩었다고 봐야겠군.”

“그래, 누가 더 있을지 아무도 모르지.”

두 사람의 대화를 듣고 있는 다른 사람들도 당금 무림이 풍전등화라는 것을 알 수 있었다.

“동창부터 정리를 해야 할 테니 지금부터 바로 움직이겠습니다. 각자 맡은 자들을 최대한 빠르게 제거해야 할 겁니다. 그들의 제거가 지체하면 할수록 피해가 커질 테니 모두들 신속하게 움직여야 할 겁니다. 여러분의 안내는 신하상의 사람들이 맡아줄 겁니다. 우선 수린이는 첩형 중 하나인 서문도를 맡아주었으면 한다.”

“서문도요?”

“그래, 그자는 일휴잠화의 숨겨진 자식이다.”

“십천의 일원이라는 언능강이나 일휴잠화가 아니고, 어째서 그자를 제가 맡아야 하는 건가요?”

수린은 자신의 실력이라면 십천 중 하나를 맡는 것이 정상이라고 생각했기에 의문을 제기했다.

“전에 그자의 기운을 한 번 느껴본 적이 있다. 그때는 잘 몰랐지만 지금 와서 생각해 보면 그자의 실력은 자신의 아비인 일휴잠화 못지않을 것이다. 그자는 천음문의 적통을 이은 자 중 하나 같으니 말이다.”

“알았어요.”

백무의 설명에 수린은 수긍이 갔는지 자신의 뜻을 거두었다.

"그리고 곤과 나는 일휴잠화와 천왕무적을 맡는다. 나머지 분들은 다른 자들을 맡아주십시오."

"무, 내가 일휴잠화를 맡는다면 자네 동생과 같이 움직여야겠군. 일휴잠화가 자신의 아들과 같이 있을 것이 분명하니까 말이야."

"그래야겠지. 그 둘이 동창에서 하는 역할이 적지 않다. 나머지는 그야말로 곁다리라고 할 수 있으니 두 사람의 역할이 크다."

"걱정하지 마라. 네 동생도 나 못지않은 실력을 가진 것 같으니 말이다."

곤의 말을 들은 백무는 안심이 되었다. 곤의 장담이 결코 허튼소리가 아님을 아는 까닭이다.

'두 사람이면 어느 정도 안심할 수 있겠지.'

믿음직스럽게 곤을 바라보던 백무는 장이룡에게 시선을 던졌다.

"모두에게 각자 맡을 자들의 명단을 나눠 주십시오."

장이룡은 품에서 명단이 적힌 종이를 사람들에게 나누어 주었다. 그곳에는 각자가 가장 상대하기 쉬운 자들의 상세한 인적 사항이 적혀 있었다.

"명단의 인물들을 숙지하십시오. 자시를 기해 움직일 것이고, 모두 일제히 같은 시각에 그들을 제거해야 합니다."

백무의 말에 모두가 고개를 끄덕였다.

"그럼, 각자 지금 출발하도록 하겠습니다. 지난 시간 동안 북경의 지리는 모두 숙지했을 겁니다. 일이 끝나면 모두 이곳으로 돌아와 대기하고 있기 바랍니다. 그리고 곤은 일휴잠화를 제거하는 즉시 오문으로 와라."

"알았다."

곤은 백무가 동창을 치는 것과 동시에 태음을 봉인하려는 것임을 알았기에 두말없이 승낙했다. 지금 가장 중요한 일은 태음을 봉인하는 것이었기 때문이다.

"그럼 갑시다."

백무의 말에 모두 고개를 끄덕이며 자리에서 일어났다. 그리고 일제히 흑염방을 나섰다.

*　　　　*　　　　*

강시(僵屍)라면 누구나 혐오하며, 경원시 하는 마물이다. 하지만 이를 최고의 오의로 여기는 가문이 존재한다. 진주언가(晋州彦家)가 바로 그런 가문이다. 가문의 권법에 강시공을 접목시켜 최강의 권법으로 재탄생시킨 언가권은 무림의 일절로 이름이 높았다.

그중 언가권을 극성까지 익혀 십천의 한 사람으로 이름이 오른 이가 바로 천왕무적이라 일컬어지는 언능강이다.

언가의 가주로서 자신의 가문에 있어야 할 그가 지금 머물고 있는 곳은 동창에서 안가로 쓰고 있는 곳으로, 북경의 주작대로에 있는 거대한 장원이었다.

지난 며칠간 움직이지도 못한 채 장원에 틀어박혀 있던 그는 지금 몸살이 날 지경이었다. 원체 화통한 성격을 가지고 있는지라 이렇듯 아무것도 하지 못하고 방 안에 틀어박혀 있는 것이 성질에 맞지 않았기 때문이다.

오늘도 그는 성질을 못 이겨 장원의 후원에 마련된 연무장에서 몸을 풀고 있었다.

자신이 이름 붙인 천왕공이라는 강시공의 위력이 가공스럽기에 내공을 끌어올리지 않은 채 가문의 비전인 언가권을 시전하는 그는 인상을 잔뜩 구기고 있었다. 몇 날 며칠을 같은 것만 해온지라 이것도 시큰둥해진 것이다.

"제기랄!! 이것도 지겹군."

큰 뜻을 품고 동창과 손을 잡은 그였다. 혼자라면 모르겠으나 그의 오랜 지기이자 평생 호적수인 남궁호의 권유로 서문도와 함께 동창과 손을 잡은 그였다.

남궁세가나 서문세가와는 달리 세가의 세가 그리 크지 않은 것이 언가였다. 고수라고 해야 자신을 비롯해 겨우 십여 명이 전부였다. 자신이 명색이 십천의 일원이지만, 무림에서 가문의 자리는 미약하기 그지없었다.

가문을 일으키는 것이 꿈이었던 그는 불안하기는 했지만 서문세가와 같이 동창을 기반으로 관가에서 실력자로 우뚝 서는 것이 좋겠다는 생각으로 손을 잡은 것이다.

또한 남궁호가 내민 한 권의 무공 비급이 그에게 선택을 강

요했다. 어디서 난 것인지는 모르지반 남궁호가 내민 현기 가
득한 무공 비급은 그의 실력을 한 단계 상승시키기에 충분했
던 것이다.

자신의 실력을 상승시킬 수 있는 무공이라면 자다가도 벌떡
일어나는 것이 무림인의 생리다. 언능강이라고 예외는 아니었
다. 그가 마음속에 자리하던 불안감을 일거에 털어버리고 동
창과의 합작을 전격적으로 진행한 것도 그가 얻은 무공 비급
의 여파가 컸다.

언능강이 남궁호로부터 얻은 무공 비급은 마교에서는 암흑
투기(暗黑鬪氣)로, 매자천에서는 천오투령(天晤鬪靈)으로 불리
는 것이었다.

천오투령은 그의 천왕공과 너무도 상생이 잘 맞았다. 강력
한 투기로 펼치는 천왕공은 자신과 같이 남궁호의 제안으로
천오투령을 익힌 일휴잠화의 성취를 상회하는 것이었다.

지금은 암천신마와 붙어도 승산을 자신하기에 이렇게 장원
에 틀어박혀 무료한 나날을 보내고 있는 자신의 모습이 화가
날 뿐이었다.

“응?”

천오투령을 끌어올리며 다시금 무공을 수련하려 했던 언능
강은 자신의 기감에 잡히는 인기척을 느끼며 서서히 돌아섰
다.

“누구냐?”

모습은 보이지 않았다. 하지만 분명 사람의 기척이 느껴졌

다. 그가 느낀 것은 허무공을 펼치고 있는 백무였다. 장원에 들어선 후 기척을 숨겨왔던 백무가 천오투령을 일으키는 언능강을 보고는 자신의 존재감을 드러냈던 것이다.

자신의 존재를 알아차린 언능강을 보며 백무는 서서히 신형을 드러냈다.

"으… 음!"

자신의 눈앞에 모습을 드러낸 백무를 보며 언능강은 신음을 삼켰다. 백무가 일부러 자신의 존재를 드러냈다는 것을 느낀 것이다.

신음의 순간은 짧았다. 어느새 언능강의 피부가 검은빛으로 물들기 시작했다. 천오투령의 기운을 섞어 자신의 절기인 천왕공을 발휘했던 것이다.

"꽤나 깊이 익힌 모양이로군. 발현이 빠른 것을 보면 말이야."

"마교의 인물이냐?"

자신이 익힌 무공을 알아보는 것을 보면 분명 마교의 인물일 것이다. 언능강 또한 바보는 아니었기에 남궁호가 내민 천오투령의 출처를 이미 파악해 놓고 있었던 것이다.

"아니, 네가 익히고 있는 무공은 원래부터 마교의 것이 아니다. 그러니 오해는 하지 말도록!"

"……."

"무슨 말인지 알아듣지 못하는 모양이군. 네가 익힌 것은 원래 본 천의 것이다. 너에게 그 무공을 준 놈들이 훔쳐 간 것이지. 그래서 이렇게 회수하러 온 것이다.”

“본 천?”

언능강은 궁금했다. 아무리 견주어봐도 자신의 아래가 아니었다. 그런 자가 속해 있는 단체라면 자신이 모를 리가 없었다. 어린 나이에 자신과 비견되는 실력을 지녔다면 예사로운 자가 아님이 분명한데, 그의 기억에는 아무것도 없었기 때문이다.

“어차피 모든 것을 거두러 온 참이니 숨길 필요는 없겠지. 본 천의 이름은 매자천이라고 한다. 네놈이 익힌 천오투령은 본 천의 것이고, 그러니 이제는 내놓아야 할 것이다.”

“누구 마음대로!”

팡!

백무의 말이 무엇을 뜻하는지 정확히는 모르지만 자신을 제거하러 온 것이 분명한 이상 망설일 이유가 없었다. 언능강의 신형이 번개처럼 백무를 향해 폭사됐다.

묵빛으로 물든 언능강의 주먹이 백무를 향해 연이어 뻗어졌다. 천오투령의 기운에 천왕공의 기운이 섞인 삼로붕산(三路崩山)의 일초였다.

세 개로 갈라진 언능강의 주먹에는 태산을 무너뜨릴 만한 가공할 역도가 담겨 있었다.

콰직!!

백무 또한 신형을 앞으로 내밀며 진각을 밟았다. 수십 겹의 손 그림자가 언능강의 권을 향해 내밀어졌다. 오류신권의 호장파풍(虎掌破風)의 일식이었다.

쾅!! 콰—쾅!

권과 장이 맞부딪쳤다고는 볼 수 없는 굉음이 후원에 울렸다. 언능강은 자신의 주먹을 어렵지 않게 막아내는 것을 보자 이내 천오투령과 천왕공을 최대한 끌어올렸다.

그의 전신에 은은한 묵빛 강기가 뻗어 올랐다. 놀랍게도 체강(體剛)이 발현된 것이었다. 천오투령의 기운이 유형화된 강력한 기의 폭풍이 그의 몸에서 폭사되어 나왔다.

검은 기운으로 몸을 감싼 신형이 빠르게 움직였다. 육안으로는 구분할 수 없는 빠른 움직임으로 백무를 향해 공세를 뻗어냈다. 전신을 내던지며 시전되는 언능강의 파격철완(破格鐵腕)은 걸리는 것은 모조리 부수어 버리는 가공할 위력을 지닌 수법이었다.

손에 강기를 담아 회오리치듯 뿜어내 적을 옭아맨 후 전신으로 들이받아 걸린 것들은 무엇이든 으스러뜨려 버리는 무서운 수법이었다.

가공할 기운에 맞서 백무 또한 지지 않고 자신을 향해 다가오는 강기의 폭풍을 마중해 나갔다. 백무의 손에서 발휘된 붉은 강기가 뱀처럼 똬리를 틀며 날아오는 묵색의 강기를 휘감았다. 백무의 손에서 펼쳐진 것은 홍사반서(紅蛇反舒)의 일초였다.

콰지직!!

묵색의 강기가 허무하게 꺼져 버렸다. 자신의 힘보다 더욱 강력한 기운에 맥을 못 추고 허무하게 사라져 버린 것이다.

팟!!

강기가 꺼짐과 동시에 백무의 신형이 신속하게 언능강의 품으로 파고들었다. 그리고는 파격철완을 펼치기 위해 내밀고 있던 언능강의 양손을 자신의 손으로 휘감았다.

그와 함께 백무의 양손에서 일어난 그 힘을 바탕으로 양손을 휘감듯 꺾어 언능강 쪽으로 밀어붙였다. 권법의 대가답게 언능강 또한 경력을 실어 백무의 힘에 맞서 나갔다.

으드득!

"크… 윽!!"

사 갑자가 넘는 내력을 가진 언능강이었지만 백무의 힘을 감당할 수 없었다. 백무가 뿜어낸 힘을 이기지 못하고 팔뚝에서 뼈마디가 으스러지는 소리와 함께 그의 입에서 고통에 찬 듯한 비명이 흘러나왔다.

천력의 기운을 담은 백호추산(白虎推山)과 홍사반서(紅蛇反舒)를 합쳐 일거에 언능강의 팔을 으스러뜨려 버린 것이다.

예상치 못한 타격에 언능강은 비틀거리며 뒤로 세 걸음이나 물러섰다. 언가의 가주로 무공을 완성한 후 그가 적과 대적하여 비명을 지르며 물러선 일은 이번이 처음이었기에 믿지 못하겠다는 빛이 역력했다.

"소… 소림의 문하냐? 어… 째서……."

언능강의 눈에는 의혹이 가득했다. 방금 전 자신의 천왕공을 상대한 것은 극성의 소림오권이 분명했다.

세간에 돌고 있는 소림오권이 아무나 익힐 수 있는 것이라고는 하지만 강기를 자유자재로 다루고 자신의 팔목을 부러뜨린 것이라면 소림의 적전이 분명했던 것이다.

그것은 아무나 배울 수 있는 게 아니었다. 소림의 비밀 중의 비밀이라는 오류신권이 분명했다.

자신이 아무리 동창에 몸담고 있다고는 하지만 정파의 축을 이루는 사람이었다. 정파에 속하는 자라면 자신을 이리 대할 리가 없기에 언능강은 백무의 대답을 기다렸다.

"오해가 있을 수도 있겠군. 오래전 본 천에서 흘러나와 소림에 전해졌을 뿐, 내가 시전한 것 또한 소림의 무공이 아니다."

"그… 럴 수가!!"

백무의 말이 무엇을 뜻하는지는 모르겠지만 말하는 분위기로 보아 사실이 분명해 보였다.

중원무림의 태산북두라는 소림에서 남의 무공을 자신들의 무공으로 삼고 있다는 것이 믿어지지가 않았지만, 말을 듣고 보니 어쩐지 소림오권과는 달라 보였다.

'이대로는 패하고 만다. 그렇다면……'

어린 나이에 자신을 능가하는 실력을 지녔다는 것이 어이없기는 하지만 이대로 당할 수만은 없었다. 그의 자존심이 허락지 않았다.

우드드득!

언능강의 신형이 변하기 시작했다. 천왕공의 한계를 풀어버린 것이다. 그의 키가 반 자나 더 커지고 피부는 완전히 묵색으로 물들어 윤기가 번들거리기 시작했다.

백무의 공격에 이미 팔이 부러진 상태였지만 언능강이 무공을 시전할 수 없는 것은 아니었다. 짧은 시간 백무와 대화하며 자신의 팔을 회복시키고, 천왕공을 이용해 피부뿐만 아니라 몸의 내부도 단단한 금강철골로 만들었다.

"천왕강림이라는 초식이다. 받아보아라."

천왕강림은 천왕공 최후의 절학이었다. 본신진기까지 뽑아 올리는 것이기에 시전한 후에 몸에 미치는 영향이 무척 큰 것이 바로 천왕강림이었다.

그런 탓에 언능강은 지금까지 한 번도 펼쳐 본 적이 없는 초식이었다. 최후의 상대가 아니라면 좀체 펼치기를 꺼려하는 무서운 절학이 바로 천왕강림이었다. 뽑어내는 강기로 인해 주변이 초토화되는 것은 시간문제였다.

그는 지금 백무를 일생일대의 강적으로 인식하고 있었다. 이토록 짧은 시간에 자신의 공세를 무력화시키고 상처를 입힌 것을 보면 지니고 있는 실력을 도저히 측량할 수 없었기에 최후 초식을 펼친 것이다.

언능강이 뽑어낸 패력에 후원이 요동치며 기의 폭풍에 흔들렸다.

그런 모습을 보며 백무 또한 긴장을 풀지 않고 잠원을 끌어 올렸다. 진홍빛의 강기가 백무의 몸을 순식간에 감쌌고, 묵빛의 강기를 압도하는 힘이 그의 주변에서 회오리쳤다.

붉고 검은 기운이 그들이 맞선 중앙에서 부딪치기 시작했다.

끼—기기긱!!

두 개의 기운이 부딪친 탓인지 등골에 소름이 돋는 듯한 기괴한 음향이 후원에 메아리쳤다.

정원을 구성하고 있던 나무며 바위들이 두 사람이 뿜어내는 기운에 연신 비명을 질러대고 있었다. 뿌리째 뽑힌 나무들은 갈가리 찢어졌고, 들썩이는 바위들은 산산이 바스러져 갔다.

"후후후, 지금까지 잘 봤다."

"……."

내공을 실은 백무의 목소리가 언능강의 귓가에 또렷하게 들려왔다. 전력을 다하고 있는 탓에 언능강은 입을 열 수 없었지만 의문이 가득한 눈으로 백무를 바라보았다.

"컥!!"

의문도 잠시, 자신이 일으킨 기운이 급격하게 백무의 몸으로 빨려 들어가기 시작했다.

"흐… 흡성… 대법!!"

마교에서 비전되어진다는 흡성대법이 분명했다. 내공은 물론 정혈까지 빨아들여 끝내는 목내이로 만드는 것이 흡성대법이었다.

자신이 지금까지 쌓아온 모든 것을 갈취해 가는 백무를 경악 어린 눈빛으로 바라보던 언능강은 격렬히 반항해 보았지만 소용이 없었다.

"후후후, 흡성대법 같은 치졸한 수법이 아니다. 아류는 본류의 기운을 감당할 수 없는 법. 큰 기운에 녹아드는 것뿐이다."

백무는 지금 천오투령을 극성으로 시전하고 있었다. 적혈잠원대법과 함께 시전한 천오밀류와 천오투령의 기운이 흑백쌍마 때와 마찬가지로 언능강이 익히고 있는 기운을 모두 빨아들이고 있는 것이다.

마교에서 비전된다는 흡성대법은 천오밀류도 아닌 천오투령의 오의 중에 일부를 따와 만든 아류였기에 언능강이 오해를 한 것뿐이었다.

언능강은 본신진력이 빠져나가는 것을 느끼며 서서히 무릎을 꿇었다. 의식이 없었던 흑백쌍마 때와는 달리 백무는 생기를 제외한 언능강의 내공만을 선별해 빨아들였다.

잠시 후, 빨려 들어오던 기운이 서서히 잦아들자 백무는 적혈잠원대법과 천오투령의 기운을 갈무리했다.

"크… 으윽! 차… 차라리 죽여라!!"

모든 것을 빼앗긴 언능강은 무릎을 꿇은 채 죽여주기를 바랐다. 무인으로서의 삶을 잃어버린 그로서는 더 이상 살 의욕을 느끼지 못한 것이다.

"삶과 죽음에 대해서는 네 자신이 선택해라."

백무는 차갑게 말을 내뱉었다.

백무는 언능강이 스스로 자신의 삶을 결정하기를 바랐다. 그와의 대결 와중에 태음의 기운이나 태양의 기운이 없는 것을 보면 자신의 야욕을 위해 동창과 손잡은 것은 분명하지만,

창천비각이나 천음문과는 관련이 없다는 것을 알 수 있었기
때문이다.

"크… 크크! 내 스스로 선택하라고? 한 가지만 물어보자."

"물어보도록!"

"내 가문도 제거되는 것인가?"

"당신과 같이 천오투령을 익힌 자만 제거될 것이다."

"후후후, 그나마 다행이로군. 나 이외에는 익힌 자가 없으
니. 좋다. 어차피 난 이룰 만큼 이룬 사람. 마지막으로 가문을
위해 나섰지만, 이제는 빈껍데기만 남은 몸이니 더 이상 살 의
미가 없지. 그러니 내 가문만은 그대로 둬다오. 그 아이들은
아무것도 알지 못한다."

언능강은 간절하게 부탁했다. 자신을 이토록 비참하게 만든
백무의 실력을 볼 때 남아 있는 가문의 사람들이 평생을 두고
복수한다고 해도 백무를 꺾는 것이 불가능하다는 것을 알았기
때문이다.

백무는 언능강의 부탁에 고개를 끄덕였다.

다른 자들과는 달리 언씨세가는 하북성에 위치해 있어 조사
가 가장 많이 되어 있었다. 장이룡이 조사한 결과, 언씨세가에
서 동창과 관련되어 있는 것은 언능강 혼자뿐이었기에 그의
청을 허락한 것이다.

"고맙다. 내 부탁을 들어주었으니 내가 알고 있는 사실을
말해주마. 마교로부터 자금성으로 누군가 왔다. 그리고 서문
세가를 조심해라. 그들은 뭔가를 감추고 있는 것이 분명하

다. 윽!!"

이미 진신의 내력을 모두 빼앗긴 탓에 심맥을 끊을 힘도 없었던 언능강은 자신의 혀를 깨물었다. 자신의 죽음으로 언씨세가의 멸문을 막은 것이다.

"당신의 죽음이 나로서도 안타까운 일이나 어쩔 수가 없는 일이었소. 하나 당신의 죽음으로 언씨세가는 명맥을 유지할 것이니 그리 억울해하지는 마시오."

이번 행보에서 백무는 천음문과 관련된 자들을 용서할 생각이 없었다. 대부분 무림의 강자들이나 대문파의 수장들이 관련되었기에 그들을 따르는 자들이 자신에게 대항한다면 추호도 용서하지 않을 생각이었던 것이다.

하지만 장이룡의 조사 결과나 언능강과 대결을 하면서 느낀 바로는 언능강과 같이 혼자만 관계된 자들이 적지 않았다.

'죽음으로 일벌백계하려던 생각은 고려해 봐야겠군. 모두 죽인다고 달라질 바도 아니니… 당신이 알려준 사실로 인해 세상을 구할지도 모르겠소. 그 점 고맙게 생각하오.'

자신의 행보에 대해 다시 한 번 생각해야겠다는 결론을 얻은 백무였다. 그리고 언능강이 죽기 직전 알려준 사실은 무척이나 중요했다. 마교로부터 누군가 왔다면 북경에서의 일이 위험해질 수 있었다. 태음이 깨어났다면 이원 중 하나인 태양도 깨어났을 것이 분명했다. 태양의 기운을 기지고 있는 자는 무령문주일 가능성이 컸다. 만약 무령문주가 태양의 힘을 가진 존재라면, 마교로부터 온 자는 그일 가능성이 컸기에 백무는 언능강의 죽음을 뒤로하고 장원을 바로 빠져나왔다.

　동창의 안가인 장원 안은 아직도 언능강의 죽음이 알려지지 않은 탓에 조용하기만 했다. 두 사람의 공방이 그리 길지 않았기도 하지만, 싸움을 시작하기 전 후원 전체에 단음강막을 펼쳐 놓았기에 언능강의 죽음은 한참 뒤에야 알려졌다.

第七章 태고지암(太古之黯)!

九劈雷電

서문세가는 원래 절강성(浙江省) 소흥(紹興)에 자리 잡았던 무림세가였다. 백여 년 전, 서문세가의 전전대 가주였던 서문광(西門廣)은 어쩐 일인지 절강성의 기반을 모두 접고 북경으로 가문의 터를 옮겨 자리 잡았다.

서문세가가 절강의 패자로 군림하다가 모든 것을 뒤로한 채 북경에 자리 잡은 사건은 당시 무림에 크나큰 파장을 불러왔다. 무림의 한 축을 담당하는 서문세가가 관과 밀접한 연관을 맺고 있는 것이 얼마 있지 않아 밝혀졌기 때문이다.

무림의 인사들은 맹렬히 비난했으나 서문세가에서는 아랑곳하지 않았다. 강호에서 자신들의 지분이라고 할 수 있는 절강성의 패자 자리를 스스로 내놓았기에 거칠 것이 없다는 것이 서문세가의 생각이었다.

서문광은 강호의 세가가 관부와 얽혀들었다는 무림 인사들의 비난을 잠재우기 위해 스스로 무림을 떠난다는 말과 함께 일절 무림의 일에 관여하지 않음으로써 그들의 비난을 일단락 지었다.

하지만 얼마 있지 않아 무림 인사들은 서문세가가 절강무림을 정리해 줄 것을 요청해야만 했다. 그것은 절강무림에 피바람이 그칠 날이 없었기 때문이었다.

원래 절강무림에서 서문세가에 필적할 만한 문파는 주산군도의 보타각밖에 없었다. 보타각이야 수련을 중시하는 문파로 세간의 일에는 관심이 없었다.

그렇게 서문세가가 떠난 절강무림은 그야말로 무주공산이나 다름없는 곳이 되어버렸기에 혼란이 일어나기 시작했다. 절강무림의 패자로 우뚝 서려는 중소문파들 간의 치열한 각축전이 시작되었던 것이다.

말이야 중소문파지만 세 개 정도의 문파가 힘을 합치면 서문세가에 필적할 정도의 저력을 가진 문파들이 절강무림에 산재해 있었다. 그런 그들이 절강무림을 차지하기 위해 움직이기 시작하자 때아닌 혈풍이 절강성에 몰아닥쳤다.

절강무림의 피바람은 장장 사 년여간 지속되었다. 장시간 혈풍이 몰아닥쳐 절강성 일대가 피폐해 가자 무림의 원로들이 중재해 보려 했다.

하지만 그것은 공염불에 지나지 않았다. 사 년여간의 피의 전쟁으로 대부분의 문파들이 복속되거나 멸문당했다. 살아남은 문파는 모두 넷이었는데, 그들이 그동안 길러온 힘은 서문세가에 필적하는 것이었다.

또한, 이미 서로 간에 많은 피를 본 입장에서 절강무림을 얻고자하는 각축장에서 물러날 수가 없었다. 그러했기에 그들이 무림원로들의 말을 들을 턱이 없었던 것이다.

일각에서는 무림맹을 결성하여 무력으로 진정시켜야 한다는 의견이 나왔지만 그것도 유야무야되어 버렸다. 주축이 되어야 할 대문파에서 꺼려했기 때문이다.

절강무림은 오랫동안 해안가를 노략질해 온 왜구와 맞서느라 무인 대부분이 살기가 짙은 자들이었다. 그리고 실전을 통해 다져진 자들이라 실력 또한 무시할 수 없었다.

암천신마의 중원 진출 포기 이후 내실을 기한다고는 했지만 어지간한 대문파에서 실전을 거친 이라고는 거의 없었다.

만약 무림맹이 결성되어 절강성에 이는 혈풍을 잠재우려 한다면 대문파의 제자들이 주축이 될 것이고, 반발하는 절강무림인들로 인해 많은 희생이 뒤따를 것이 분명했었다.

구파일방이나 어지간한 대문파라 하더라도 큰 피해를 감수해야 했기에 그저 관망하는 자세로 절강무림이 스스로 혈풍을 멈추기만을 기다릴 뿐이었다.

하지만 절강성에 이는 혈풍은 쉽게 멈추지 않았다. 세가 비슷하기에 물고 물리는 혈풍이 네 문파 사이에 멈추지를 않았던 것이다.

좀처럼 패자의 위치에 설 수 없자 절강의 네 문파는 세를 불리기 위해 자신들과 인연이 있는 자들을 불러들이기 시작했다. 그로 인해 그 여파가 강소와 안휘, 복건성까지 미치게 되었다. 바야흐로 싸움이 절강성을 넘어 강호 전역으로 퍼져 나갈 조짐을 보인 것이다.

전황이 인연의 사슬을 따라 강호 전역으로 퍼져 나갈 것 같아 보이자 급기야 무림의 인사들이 나섰다. 그들은 암묵적인 동의하에 서문세가가 나서주기를 요청했다.

오랜 세월 절강의 중소문파들을 제어하며 패자로 군림한 서문세가라면 틀림없이 네 문파가 일으키는 혈풍을 멈추게 하리라 기대한 것이었다.

강호 인사들의 제안에 서문세가는 자신들이 이미 강호를 떠났다는 이유로 거절했다. 관부에 진출한 이상 더 이상 강호의 일에 관여하고 싶지 않았던 것이다.

그렇지만 무림원로들의 간청은 계속되었다. 절강성의 무림문파들은 오랜 세월 서문세가를 맹주로 섬겨왔기에 충분히 가능하다는 이유를 내세웠다.

또한 후방 지원을 아끼지 않겠다는 것과 비록 관에 투신했지만 계속 무림문파로 인정하겠다는 약속을 하며 사문세가를 종용했던 것이다. 계속되는 간청에 서문광은 다시 무림에 나서기로 결정했다.

무림의 인사들은 서문광이 나서기로 약속하자 어느 정도 안심을 했다. 관부에 진출한 후 눈부신 성장을 계속해 온 서문세가의 힘이라면 능히 절강성을 안정시킬 수 있다고 생각했던 것이다.

무림의 인사들이 서문세가를 종용한 것에는 다른 목적도 있었다. 아무리 강호의 일에 개입하지 않는다고 천명은 했지만 무림 인사들이 서문세가를 보는 눈이 그리 곱지 않았던 것이다.

강력해진 무력과 황권을 등에 업은 그들이 강호를 노린다면 다른 문파들은 서문세가의 위세에 눌려 지낼 수밖에 없기에 절강성을 안정시키는 동안 서문세가의 힘이 많이 감소되기를 기대한 것이다.

그동안 절강성을 차지하기 위해 혈투를 벌인 네 문파의 힘이라면 서문세가 또한 만만치 않은 피해를 감수할 것이라 생각한 것이다.

하지만 그런 무림 인사들의 생각은 보기 좋게 빗나가 버렸다. 서문세가에서는 절강성에 이는 혈풍을 불과 일 년도 되지 않는 시간 안에 잠재워 버렸던 것이다.

항주(杭州)에 자리 잡은 금사문(金獅門)을 시작으로 용유(龍游)의 철마방(鐵馬幫), 청전(靑田)의 세도곡(細刀谷), 그리고 삼문(三門)의 절창보(節槍堡)에 이르기까지 불과 일 년 만에 네 개의 문파를 완벽하게 복속시켜 버린 것이다.

강호인들이 서문세가가 보여준 저력에 경악하지 않을 수 없었다. 그들이 어떻게 절강성의 패자로 군림했는지 여실히 보여주었던 것이다. 지난날 절강성의 패자로서의 위세를 등에 업은 회유도 아니고, 황실의 힘을 동원한 것도 아니었다. 서문세가는 지니고 있던 강력한 무력을 이용해 네 개의 문파를 일거에 꺾어버렸던 것이다.

서문세가의 선두에 선 것은 섬전대(閃電隊)였다. 팔십일 명으로 구성된 섬전대의 위력은 가공했다. 뇌전신공(雷電神功)을 바탕으로 펼쳐지는 그들의 도법은 이미 절정에 다다라 그야말로 경천지경이었다. 이미 절정에 들어선 섬전대원들은 하나같이 도기를 가닥가닥 풀어내 도사(刀絲)로 풀어낼 수 있는 경지였던 것이다.

서문세가의 비전절기라는 섬전삼도(閃電三刀), 뇌전도법(雷電刀法), 그리고 십팔승천도(十八承天刀)를 십성 익힌 그들의 손속은 일말의 자비심도 없었다.

걸리는 것은 무엇이든지 베어버리는 섬전대의 파죽지세는 서문세가가 아직도 절강의 패자임을 확인시켜 주려는 듯 피바람을 불러일으켰다. 무수한 피가 절강 땅에 뿌려지고 네 문파는 차례로 무너져 갔다.

그들의 질주에 절강무림이 숨을 죽였다. 각축을 벌이던 네 문파가 무너지자 절강성의 무림인들은 그들의 맹주가 누구였는지 다시 한 번 인식해야 했다.

그것은 다른 강호인들도 마찬가지였다. 섬전대가 만든 절강성의 혈사 이후 무림인들은 절강의 패자가 서문세가임을 인정하지 않을 수 없었다.

그렇게 서문세가는 관과 연관을 맺고 있으면서도 절강성의

패자로 남을 수 있었다. 서문세가가 없다면 호전적이고 남이
자신의 위에 서는 것을 용납하지 않는 절강무림인들이 가만히
있지 않을 것이기 때문에 강호무림도 인정할 수밖에 없었던
것이다.

암묵적으로 인정을 받았지만 서문세가는 지부 하나만을 설
치한 채 절강성을 떠나 북경으로 돌아갔다. 강호의 시선을 우
려한 것이다.

감추고 있던 무력이 밝혀졌고, 절강무림인들이 스스로 패자
로 떠받드는 것이 훗날 그들에게 불리하게 작용할 것을 알기
에 물러선 것이다.

지금 서문세가의 전력은 모두 북경에 있었다. 그 옛날 절강
을 휩쓸었던 섬전대는 물론, 천뢰대라는 비밀에 싸여 있는 진
정한 서문세가의 전력도 북경에 모두 머물고 있었던 것이다.

장원을 빠져나온 백무는 곤과 수린이 맡은 서문도의 장원을
향해 밤하늘을 갈랐다. 통행이 금지된 시각이라 거리에는 사
람의 인기척이라고는 보이지 않았다.

"시작했나 보군."

서문도가 머물고 있는 곳에 가까이 다다르자 일휴잠화는 강
력한 기의 파장이 느껴졌다. 깊고 푸른 심해와 같은 기운과 사
방을 에워싸는 사신의 기운이었다.

곤과 수린이 본격적으로 싸움을 시작하려는 것이 분명해 보
였기에 백무는 허무공도 시전하지 않은 채 곧장 신형을 날려

서문세가로 향했다.

서문세가가 위치한 곳의 기운이 시시각각 변했다. 조금 전보다 더욱 강력한 기의 파장이 일어나는 것을 느낀 백무는 경공을 시전해 허공을 가르던 신형을 빨리했다.

"놈들이 기다리고 있었던 것이 틀림없는 것 같구나. 하지만 곤과 수린이라면 아직은 지켜볼 수 있겠군. 저들이 어느 쪽인지 확실히 알아야 할 테니까."

싸움이 벌어지기 일보 직전인 서문세가의 후원이 바라보이는 지붕에 올라선 백무는 상황을 좀 더 지켜보기로 했다. 한 가지 확인할 것이 있어서였다.

백무는 수린과 백무를 포위하고 있는 섬전대의 뒤에서 상황을 주시하고 있는 두 사람을 주목했다. 일휴잠화는 물론이고 그의 숨겨진 아들인 서문도가 지켜보고 있었던 것이다.

또한 곳곳에 기척을 숨기고 있는 존재들도 염려를 하고 있었다. 이미 알려진 섬전대와는 달리 서문세가의 숨겨져 있는 힘인 천뢰대가 숨어 있는 것이 분명했다.

하지만 곤과 수린은 천하에 짝을 찾을 수 없는 힘을 지니고 있는 사람들이었다. 아무리 서문세가의 전력이 막강하더라도 쉽게 패할 사람들이 아니기에 지켜보기로 한 것이다.

그러나 천음문의 또 다른 한 축인 서문세가가 전부 나섰다면 일휴잠화와 그의 아들인 서문도를 제거하는 일은 결코 쉬운 일이 아니었다.

자칫 두 사람이 위험해질 수도 있었기에 백무는 암암리에 매자천의 삼대신공을 최대한 끌어올렸다.

꽈—꽈꽝!!

강렬한 폭발음이 대기를 타고 울려 퍼졌다. 진형을 형성하고 있는 섬전대를 향해 수린이 수강을 뿌린 탓이었다.

수린이 뿌린 수강은 섬전대가 형성한 도진에 막혀 한쪽 전각으로 튕겨져 나갔고, 그로 인해 고풍스런 전각 한 채가 통째로 무너졌다.

수린과 곤은 많은 사람들의 포위망 속에 있었다. 육중한 도를 들고 있는 자들은 너나 할 것 없이 도강을 내뿜고 있었다.

그들이 뿜어낸 강력한 기의 파장이 수린과 곤을 감싸고 있었다. 이미 진이 완성되어 섬전대의 내력이 합일된 강력한 힘이 두 사람을 감싼 것이다.

포위하고 있는 섬전대의 뒤편에 서 있었던 일휴잠화가 비릿한 미소를 지었다.

"천승파도진(千乘波刀陣)에 갇힌 이상 너희는 끝장이다. 순순히 무릎을 꿇어라."

일휴잠화는 수린과 곤을 바라보며 투항하기를 권유했다. 이미 중원 각처에서 창천비각의 인물들과 천음문의 인물들이 비조천람의 비조들에게 제거되고 있다는 것을 알고 있었던 일휴잠화였다.

그런 사실을 알면서 가만히 있을 그가 아니었다. 섬전대를 세가 곳곳에 배치하는 것은 물론이고, 비밀 중의 비밀이라는 천뢰대 또한 감추어두고 있었다.

그리고 오늘, 마침내 자신을 제거하러 온 두 사람을 포위하기에 이르렀다. 무려 팔십일 명이 펼치는 최강의 도진이 바로 천승파도진이었다. 물결처럼 퍼지는 도강이 세상 모든 것을 베어버리는 것이기에 살아남는다는 것은 불가능한 일이었다.

"후후후, 준비를 단단히 했군. 하지만 우리가 그리 호락호락하지는 않을 것이다."

곤은 일휴잠화를 노려보았다. 말이 끝남과 동시에 혼돈의 기운이 곤을 중심으로 퍼지기 시작했다.

수린 또한 예외는 아니었다. 자신이 뿌린 수강이 실패하자 어느새 흰빛이 완연한 도를 들고 있는 그녀의 신형 주위로 적청백흑(赤青白黑)의 네 가지 기운이 은은히 뻗어 나오고 있었다. 사신의 기운을 끌어올리고 있었던 것이다.

'이들은 도대체 뭐지?

십천의 일원이자 서문세가의 가주인 일휴잠화 서문도는 등골이 오싹해졌다. 섭전대를 이룬 자들은 절정의 고수들이다. 그런 그들이 천승파도진을 형성하고 저마다 최대한 기세를 내뿜고 있었다. 거기다 도진에 의한 상승 작용으로 합일된 힘으로 인해 진 안에 갇혀 있는다는 것은 그야말로 죽음뿐이었다.

하나, 두 사람은 그런 기운쯤은 아무렇지도 않은 듯 자신과 자신의 아들만을 노려보고 있었다.

유형화된 기운을 전신으로 뿜어내며 자신들을 바라보고 있

는 곤과 수린의 기세에 일휴잠화는 오늘의 일이 결코 쉽지만
은 않을 것임을 직감했다.

지이잉!

수린이 잡고 있는 도가 울기 시작했다.

피ー피피핏!

대기의 한 층을 갈라내는 듯한 음향이 그녀의 도에서 흘러
나왔다. 아버지에게서 배운 가문의 유일한 도법이 그녀의 손
에서 펼쳐진 것이다.

그녀의 도는 움직이지 않았다. 대신 그녀가 들고 있는 도첨
을 중심으로 십여 자루의 도가 각기 색을 달리하며 허공에 생
겨났다.

“저… 저건!!”

도강도 아니었다. 도강을 응축해 한 점으로 모은 도환(刀環)
도 아니었다. 유형의 기운이 허공에 맺혀 완벽한 하나의 도를
이룬 것이다.

사색으로 물들어 허공에 만들어진 도의 숫자는 모두 열!

진의 허점을 읽은 듯 허공에 생겨난 도 하나하나가 천승파
도진의 진맥을 겨냥하고 있었다. 알고 그러는 것인지, 아니면
본능인지는 모르겠으나 그대로 공격이 개시된다면 도진의 맥
이 갈가리 찢길 것이 분명했다.

“쳐라!!”

일휴잠화는 서둘러 공격을 명령했다. 지금 섬점대를 이루는
도객들은 전대 가주 시절 어릴 때부터 거두어 심혈을 기울여

키운 고수들이었다. 창천비각을 통해 구해온 영단은 물론, 수많은 무공들을 새로 섭렵하여 절강성을 휩쓸던 전대의 섬전대와는 차원이 다른 고수들이었다.

우우웅!

거대한 힘이 진의 중심으로 모이기 시작했다. 그들이 일으킨 도세는 완벽한 천라지망을 구축했다. 촘촘하게 얽힌 강기의 그물이 덮치듯 곤과 수린을 향해 날아갔다.

"차앗!"

피─피피핏!

맑은 기합성과 함께 수린의 도가 춤을 추듯 허공을 수놓았다. 수린의 도첨 끝에 머물고 있는 형형색깔의 도들이 그와 동시에 빛살처럼 대기를 가르며 섬전대를 향해 날아갔다.

"피해라!!"

허공에 맺힌 유형의 강기가 주인의 의지에 따라 허공을 가르는 모습에 서문도는 놀라 소리를 질렀다. 이기어도를 시전한다 해도 이리 놀라지는 않았을 것이다.

천승파도진이 불세출의 절진이기는 하나 날아오는 도강을 막기에는 역부족해 보였기에 섬전대를 피하게 한 것이다.

하지만 섬전대의 도객들은 자신들의 도를 멈출 수가 없었다. 진세의 움직임에 따라 이미 모두의 진기가 얽혀 있는 까닭에 쉽사리 도세를 멈출 수가 없었던 것이다.

퍼─퍼퍽!

허공을 수놓은 도들은 섬전대가 만든 진세를 꿰뚫으며 그들의 몸을 난도실했다.

"크… 으윽!"

"윽!"

단말마의 비명들이 여기저기서 터져 나왔다.

목이 잘라진 자, 자신이 들고 있는 도와 함께 허리가 두 동
강이 나버린 자 등 진의 중심을 이루는 열두 명이 그대로 수린
의 공격을 막아내지 못하고 쓰러졌다.

"이… 이… 럴 수가!"

일휴잠화는 놀라움에 할 말을 잃어버렸다. 하나같이 도강을
시전할 수 있는 고수들이었다. 그런데 제대로 손 한 번 써보지
못하고 그중 열둘이 희생당한 것이다.

같은 도강이라면 이렇듯 쉽사리 당할 리가 없었다. 적어도
동패구상하거나 막아냈어야 정상이었다.

그런데 수린의 일도가 섬전대가 펼치는 도강의 막을 뚫고
그들을 죽음으로 인도한 것이다.

쉬이익!

허공을 맴도는 도의 형상들은 하나의 죽음으로 만족하지 않
았다. 다시금 번득이며 섬전대를 향해 몰려들었다.

번쩍!

방향을 튼 도들은 섬전을 방불케 하는 속도로 섬전대를 관
통하며 모든 것을 끊었다.

"크아아악!!"

"컥!"

거침없이 모든 것을 베어나가는 수린의 도에 섬전대는 비명만을 흘린 채 속절없이 죽어나갔다.

"컥!!"

"크악!"

비명이 이어져 갔다. 더 이상의 공격은 무의미했다. 이미 파진된 상태에서 각자의 힘만으로 검강으로 감싼 도까지 무참히 베어버리는 수린의 공격을 감당한다는 것은 불가능했던 것이다.

"삼 장 바깥으로 물러나라. 어서!!"

안타까운 마음에 일휴잠화는 내공을 담아 소리를 질렀다.

허공을 빠르게 날고 있는 도들은 수린의 삼 장 안쪽에서만 머물 뿐이었다. 그 이상의 거리를 벗어나지 않는 것을 보면 한계가 있음이 분명했기에 서둘러 뒤로 물러나게 한 것이다.

파파팟!

섬전대는 빠르게 뒤로 물러났다. 가까이 다가가면 바로 죽음이라는 것을 알기에 뒤로 물러섰다. 그들은 물러난 것과 동시에 신형을 추스르며 도강을 다시 뿜어냈다. 섣불리 공격하기보다는 기회를 보고자 함이었다.

그런 모습을 보면서 일휴잠화의 옆에 서 있던 서문도의 얼굴이 일그러졌다.

"역시, 모두 깨어난 것인가?"

자신의 곁에 서 있던 아들이 알 수 없는 말을 중얼거리자 일휴잠화가 아들을 쳐다보았다. 그의 눈에는 의혹이 가득했다.

자신의 숨겨진 아들이자 동창의 첩형 중 하나인 그의 아들
이 내뱉은 말이 그로서도 전혀 알 수 없는 것이었기 때문이다.

'혹시 이 아이가 저들이 뿌리는 기운이 무엇인지 알고 있는
것이 아닌가?

숨겨진 자식이기에 언제나 안타까웠던 아들이었다. 그래서
자신의 이름만이라도 닮고 싶어하는 아들을 위해 뜻을 달리하
지만 같은 발음의 이름을 주었다.

아들은 그것만으로 만족하고 싶지 않았던 것인지 힘을 갈구
했다. 언제나 자신을 낮추며 감추고 있었지만 자신이 원했던
힘을 기필코 얻은 아들이었다. 동창을 장악하고, 이제는 세가
의 힘보다 더욱 강한 힘을 가진 아들이었다.

천하에 두려울 것이 없다던 아들이다. 그런데 그런 아들이
지금 떨고 있었다. 무엇이 아들을 이토록 떨게 하는지 궁금하
지 않을 수 없었다.

"아는 자들이냐?"

"아버님도 들으셨을 겁니다, 구벽의 전설을."

가라앉은 아들의 목소리에 일휴잠화의 눈이 더할 나위 없이
커졌다. 일휴잠화는 수린을 바라보았다.

"으… 음!"

잊고 있었다. 너무도 오래된 전설이자 묻힌 이야기라 잊고
있었다. 아들의 이야기를 듣고 보니 사실인 것 같았다. 허공에
떠 있는 도의 기운들은 분명 사방을 관장하는 신령한 기운을
내포하고 있었다. 아들의 말이 사실인 것이다.

“네 말이 맞는 것 같구나.”

“그렇습니다. 저 여자는 아마도 사방신의 후예인 것 같습니다. 그것도 사방신 모두의 진전을 이은 자가 분명합니다.”

“그럴 수가!”

사신의 등장은 이해할 수 있으나 그 모든 것이 합쳐졌다는 서문도의 말을 일휴잠화는 믿을 수가 없었다.

구벽의 주인들에 대해서는 그도 어느 정도 알고 있었다. 자신 또한 이제는 천음문에 속한 자였기에 전설로 전해지는 존재에 대해 일부나마 알고 있었던 것이다.

일휴잠화가 알기로 사방의 힘은 결코 합쳐질 수가 없는 것이었다. 각자의 힘은 본디 상생하는 것이지만, 그것은 온전할 때의 이야기였다.

구벽의 반란 이후 상극의 조화만이 발휘되도록 봉인되었기에 결코 합쳐질 수가 없는 힘이었던 것이다.

그 힘을 하나로 모은 자가 나타났다는 아들의 말이 의외이지 않을 수 없었다. 그렇지만 아들이 자신에게 하는 말이 거짓일 리가 없었다.

‘이 아이의 한 말이 사실이라면 구벽의 기운들이 완전히 깨어난 것이 분명하다. 그렇다면 반드시 죽여야 한다, 반드시!’

태음이나 태양이 아닌 또 다른 구벽의 기운이라면 모든 꿈이 사라질 수 있었다. 일휴잠화는 자신의 아들도 모르고 있는 비밀의 힘을 깨우는 한이 있더라도 수린을 죽여야겠다는 생각을 굳혔다.

사방의 기운이 합쳐진 것에 대해 생각하는 일휴잠화와는 달리 서문도는 다른 생각을 하고 있었다.

그는 잔뜩 인상을 찌푸린 채 곤을 살피고 있었다. 그가 살피고 있는 것은 곤이 뿌리고 있는 기운의 정체에 대해서였다.

'사방신의 기운을 합친 것이라면 저 여자는 오래전에 사라졌던 그자의 후예가 분명하다. 그리고 저자가 뿜어내는 기운도 심상치 않고… 아무래도 안 되겠군.'

아무리 심혈을 기울여 키운 섬전대라지만 사방신이 뿌리는 기운의 하나도 감당하기 힘들어 보였다. 이미 조금 전의 접전이 그것을 여실히 증명했다.

온전한 기운이 아님에도 사방신의 기운은 합쳐져 있었다. 그것은 오직 하나의 경우밖에는 없었다.

'사실인지 아닌지 알 수가 없지만 일단 확인은 해봐야 한다. 모두 깨어난 것인지, 아니면 또 다른 무엇이 있는 것인지……'

반드시 확인을 해야 했다. 서문도는 자신이 생각한 것이 확실하다면 다른 방법을 찾아야 하기에 확인을 하고자 한 것이다.

서문도는 손을 치켜들었다. 서문세가의 모든 전력과 천음문의 비기를 이용해 키운 비장의 천뢰대를 부른 것이다.

"어찌할 셈이냐?"

일휴잠화는 천뢰대를 부르는 것을 보며 서문도의 의도를 물었다.

"보시면 압니다. 하지만 아버님은 이 자리를 피할 준비를 하십시오. 제 생각이 맞는다면 어서 이곳을 피해야 합니다.”

“이곳을 피한다는 말이냐?”

“그렇습니다.”

아들이 무엇을 말하는 것인지 알 수 없는 일휴잠화였다. 잔뜩 굳어진 안색의 일휴잠화는 시선을 돌려 전권을 바라보았다. 가문의 숨겨진 힘인 천뢰대가 나선 이상 아들의 말이 무엇을 뜻하는지 살필 필요가 있었다.

섬전대 또한 서문도의 손짓을 보고는 진을 풀고 빠르게 뒤로 물러났다. 자신들의 힘으로는 아무것도 할 수 없다는 것을 느낀 탓인지 그들의 얼굴은 침중하게 굳어 있었다.

물러나는 섬전대 사이로 온통 검은색 일색의 의복을 입은 자들이 나타났다. 서문세가의 주요 전력이자 세상에 한 번도 나타난 적이 없는 천뢰대였다.

“음양이기를 동시에 다룰 줄 아는 자들이로군.”

곤은 새롭게 나타난 자들의 기운을 읽었다. 음양이기를 동시에 시전할 수 있다면 무시하지 못할 존재들이었다.

중원에 존재하는 무공이 아무리 많다고는 하지만 음양이기를 이토록 완벽하게 통제할 수 있는 무공은 거의 존재하지 않았다. 있다면 오직 하나, 구벽을 이루는 힘 중 이원을 사용할 수 있는 자들뿐이었다.

“태음이 깨어났다고 하더니 태양마저도 깨어났나 보군.”

음양의 기운이 무척이나 정순했다. 그렇다면 나타난 이들은 태양과 태음의 기운을 고스란히 물려받은 존재가 분명했다. 세상에 나타나서는 안 될 기운이 드디어 나타난 것이다.

"저까짓 놈들! 한 번에 쓸어버리면 돼요."

섬전대를 대신해 나타난 천뢰대를 보며 수린이 나서려 했다. 그녀에게 있어 섬전대든 천뢰대든 천음문의 자들이 흘리는 기운을 가지고 있는 이상, 모두 제거해야 할 대상이었던 것이다.

앞으로 나서려는 수린을 향해 곤이 손을 들어 제지했다.

"잠시만 뒤로 물러나시오. 당신이 아무리 사방신의 힘을 이었다고 해도 이들은 힘들 것이오."

"무슨 이야기지요?"

"잘 보시오."

수린의 질문에 곤은 손을 들어 섬전대가 있는 쪽을 가리켰다.

"저럴 수가!!"

자신이 날렸던 도의 형상들이 모두 허공에서 움직이지 않고 있었다. 방금 전까지 적들을 위협하던 존재가 이제는 무기력하게 허공에 묶여 있었던 것이다.

결과가 있으면 원인이 있는 법. 사방신의 기운을 담고 있던 무형의 도들이 허공에 묶인 것은 천뢰대가 뿜어낸 음양이기 때문이었다.

마치 말 잘 듣는 강아지처럼 천뢰대의 몸에서 뿜어져 나오는 음양의 기운들이 어느새 허공을 유영하는 수린의 도들을 묶고 있었던 것이다.

"당신과 저들은 상극이오. 아무리 공격을 해보았자 소용이 없는 일이란 말이오. 사방의 기운은 원래 음양에서 나온 것이기에 진정한 태음과 태양의 기운을 얻은 저들이 가피의 힘을 이은 당신의 기운을 누르고 있는 것이오."

"으… 음!"

수린도 곤이 말하는 뜻을 알 수 있었다. 서문세가에 쳐들어오면서도 조금 찜찜한 기분이었다. 알 수 없는 기운이 서문세가 전체에 퍼져 있었기 때문이다.

그리고 막상 자신의 기분을 찜찜하게 한 기운의 정체를 보자 곤의 말이 사실임을 알 수 있었다. 자신이 이은 철혈무제의 힘이 아무런 소용이 없다는 것이 확실했던 것이다.

자신이 뿌려놓은 도의 형상들은 각자 사방신의 기운을 담고 있었다. 도강과는 차원이 다른 것이다. 스스로 의지를 가진 존재들이며, 무한한 힘을 내포하고 있는 존재들이었다.

수린은 의지를 발휘해 암중으로 자신이 뿌린 사방신의 기운을 거두어들이고자 했다. 그러나 마치 수렁에 빠진 것처럼 꼼짝을 하지 않았다.

"맞는 것 같군요."

자신을 막아선 존재들에게는 사방신의 기운이 아무런 소용이 없다는 것을 다시 한 번 알 수 있었다.

"이제 어떻게 하면 좋지요?"

사방신의 기운을 막을 수 있는 존재라면 자신이 손을 쓸 수

없기에 곤의 의견을 물었다. 자신을 막아선 것을 보면 곤에게
방법이 있을 것이라 생각한 것이다.

"후후후, 아무리 태음과 태양의 기운을 이어받았다고 하더
라도 본체가 아닌 이상 방법이 있으니 걱정 말아요."

자신의 힘에도 아무런 소용이 없자 불안해하는 수린을 안심
시키며 곤이 앞으로 나섰다.

"으… 음!"

곤이 나서자 서문도가 신음을 흘렸다. 곤에게서 흘러나오는
기운이 자신을 압박하기 시작한 것이다.

"역시 구벽의 힘을 제어할 것이 남겨져 있었던 것인가?"

서문도는 자신의 예상이 맞음을 알 수 있었다. 구벽의 힘을
봉인하면서도 아무런 반항도 하지 못했던 신인들의 전설을 들
으며 무엇인가 그들의 봉인을 제어하는 것이 있으리라 생각한
그였다.

예기치 않게 태음과 태양이 동시에 깨어난 후 스스로 각성
하지 못하고 의식 불명인 상태를 보면서 서문도는 전설처럼
내려오는 기록들을 모두 찾아보았다.

기록들을 읽어보며 의문이 일었던 그였다. 제어할 방법이
없다면 신인들의 몸에 구벽의 기운을 봉인하지 않았을 것이라
는 것이 그의 판단이었다.

그런데 지금 자신의 예상대로 구벽의 기운을 제어하는 기운
이 나타난 것이다. 자신은 물론 천뢰대의 기운도 조금씩 수그
러들고 있었던 것이다.

천뢰대가 흘리는 뇌전의 기운은 태음과 태양이 만나 발생한 것이다. 모든 것을 산산이 부숴 버리는 파천황의 기운이다. 완벽히 깨어난 구벽의 기운에 필적하는 기운이 두 남녀 앞에서 수그러들고 있었다.

천뢰대는 지금 최선을 다하고 있었다. 자신들이 지니고 있는 뇌전의 기운을 곤과 수린을 향해 집중하고 있었던 것이다.

그럼에도 아무런 효과가 없었다. 곤과 수린의 일 장 앞에 이르러서는 아예 천뢰의 힘이 발현조차 못하고 있었다.

“저것이 무슨 힘이냐?”

일휴잠화 또한 모든 것을 바라보고 있었다. 천뢰대는 인간이 아닌 자들이었다. 완전한 태음과 태양의 힘도 마주할 수 있는 것이 천뢰의 힘이었다.

“아무래도 환의 시조께서 남긴 힘 같습니다. 구벽의 힘이 신인들의 몸에 봉인되었다는 것을 알았을 때부터 의심은 했지만, 그게 사실이라니…….”

“이미 알고 있었던 것이냐?”

“자성황태후나 그자가 깨어나지 못한다는 것을 알았을 때부터입니다. 스스로 각성하지 못하는 것은 짐작했지만, 그들이 뿜어내는 힘은 세상을 파멸시킬 수 있음에도 일정 범위를 벗어나지 못했습니다. 그런 힘을 거두어 다시금 봉인시킬 수 있는 존재가 있음이 분명하다고 생각했는데, 저자가 흘리고 있는 힘이 바로 그것임이 분명합니다.”

"그럼 네 말대로 서둘러 이 사리를 피해야 하는 것이 아니냐?"

"그렇기는 하지만 아직 확실한 것은 아닙니다. 좀 더 지켜본 후 떠나야 할 것 같습니다. 사실이든 아니든 확실히 봐야만 앞으로의 일을 결정지을 수 있을 것 같으니 말입니다."

"알았다. 아직은 천뢰대도 모든 전력을 발휘한 것은 아니니 조금 더 지켜보도록 하지."

일휴잠화는 아들의 말대로 지켜보기로 했다. 적의 힘을 확실히 알아야만 앞으로의 일도 유리할 것이기 때문이었다.

콰ㅡ지직!

하늘의 노여움이라는 낙뢰가 뻗어 나오고 있었다. 하늘도 아닌 인간의 몸에서 뿜어져 나오고 있었다. 수린과 곤을 포위하고 있는 천뢰대의 몸에서 섬광처럼 강력한 뇌전이 흘러나오기 시작했던 것이다.

파지지직!

뇌전은 곤을 향해 짓쳐들었다.

그러나 강력한 뇌전의 힘에도 곤의 방어막을 뚫지 못하고 있었다. 혼돈과 같은 기운이 곤의 주변에서 일어나며 뻗어 나오는 뇌전의 기운을 막고 있었던 것이다.

"잘하고 있군."

장내가 잘 바라다보이는 지붕 위에서 백무는 천뢰대와 곤의 대결을 지켜보고 있었다.

이미 수린이 섬전대를 상대할 때부터 지켜보고 있던 중이었다. 천뢰대가 나서고 수린이 제대로 힘을 쓰지 못하는 것을 보면서도 나서지 않은 것은 곤을 믿기 때문이었다.

또한 일휴잠화와 서문도 부자를 암중 지켜보아야 했기 때문이기도 했다.

백무는 그들의 몸에서 뻗어 나오고 있는 힘의 근원이 궁금했다. 두 사람의 몸에서 흘러나오는 기운은 구벽의 힘은 아니었다. 너무도 깊고 음습한 기운이었다. 구벽의 힘은 저렇듯 음습하고 어두운 기운을 품고 있지 않았다.

"증조부님께서 말씀하신 그자들이 분명하다. 드디어 세상에 나타났군."

백무는 무불성승이 자신에게 해주었던 마지막 말을 기억해냈다. 비고를 떠나기 전 자신에게만 해주었던 이야기였다.

"천지의 기운을 모두 간직한 것이 바로 구벽의 기운이다. 하나 밝음이 있으면 어둠이 있는 법. 환의 시조께서 구벽의 힘을 거두지 않으시고 봉인만 시키신 것은 바로 그 때문이다. 구벽의 힘이 이상을 일으킨 것이 바로 어둠의 힘 때문이라고 판단하신 것이지. 환의 시조께서 구벽의 힘이 이상을 일으킨 것을 알아내 그 원인을 파악하려 하셨지만 이미 깊이 숨은 어둠의 힘을 찾아내지는 못하셨다. 해서 구벽의 힘을 봉인만 시킨 것이지. 훗날을 기약하신 것이다. 아무래도 이번의 일은 어둠의 힘 때문인 것이 분명하다. 그렇지 않다면 서로 조화를 이루어야 할 구벽의 주인들이 오랫동안 반목하지 않았을 테니까. 하니 너는 그 점을 주의 깊게 살펴야 할 것이다. 이번 기회가 마지막일지도 모르니 말이다.”

　증조부의 말대로임이 분명했다. 구벽의 힘을 거부하는 강력한 힘은 어둠의 힘밖에는 없기에 백무는 신형을 감춘 채 이렇듯 지켜보고 있었던 것이다.

　번쩍!
　콰—콰쾅!!
　뇌전의 힘이 더욱 거세졌다. 곤이 뿜어내고 있는 혼돈의 기운이 자신들의 힘을 막아내자 더욱 기승을 부리며 자신의 세를 불려 나갔다.
　이미 장원 주변은 초토화되어 있었다. 곤이 뿌리는 혼돈의 기운에 막힌 뇌전들이 갈 곳을 잃고 사방으로 튕겨 나간 탓이었다.
　누각을 받치던 대들보들이 갈라져 터져 나갔고, 바닥을 이루던 석판들은 뇌전의 힘을 못 이겨 가늘게 부서지며 모래로 변해가고 있었다.
　서문도는 이제 떠날 때가 되었음을 알 수 있었다.
　“아버님, 이제는 떠날 때가 됐습니다. 제가 생각한 것이 틀림없는 것 같으니 말입니다.”
　서문도가 자신의 아버지를 재촉했다. 비록 일방적인 공격이었지만 천뢰대가 버티는 것도 한계가 있어 보였던 것이다.

곤이 가진 힘을 확인한 이상 이곳에 있어서는 안 되었다. 자칫 자신들의 정체가 밝혀진다면 낭패를 당할 수도 있었기 때문이다.

"알았다. 그런데 그분께서는 자금성에 가신 것이냐?"

"그럴 것입니다. 태양의 힘을 가진 자가 오늘 자금성에 당도했으니, 그 힘을 당신의 것으로 만드시고 계시겠지요."

"그렇다면 나머지 힘을 가진 자들도 자금성으로 오겠구나."

"자세한 것은 모르지만 이미 준비가 끝난 것으로 알고 있습니다. 그러니 어서 가시죠. 환의 마지막 힘이 나타난 이상 그분께 알려 드려야 할 것 같습니다."

서문도는 자신의 아버지를 이끌었다.

"알았다. 어서 가자구나."

일휴잠화 또한 아들의 뜻을 짐작한 듯 신형을 움직였다.

일휴잠화와 서문도가 아무도 모르게 장내를 이탈해 자금성으로 향했다. 하지만 백무는 두 사람의 움직임을 놓치지 않았다.

"곤, 그놈들은 이제 그만 상대하고 자금성으로 와라. 수린이도 데리고 오도록 해라. 아무래도 숨어 있던 자들이 모습을 드러낸 것 같다."

두 사람이 자원을 떠나자 백무는 곤에게 전음을 보낸 후 황급히 장원을 빠져나와 두 사람의 흔적을 쫓았다. 예상대로 두 사람은 자금성으로 향하고 있었다.

“후후후, 이제 연극을 끝낼 때가 되었군.”

백무의 전음을 듣자 곤은 기세를 바꾸었다. 방어에만 치중하던 그가 공격을 하기로 마음먹은 것이다.

천뢰대가 아무리 강력한 힘을 가지고 있다고 해도 처음부터 곤의 상대는 아니었다. 곤은 천뢰대와 맞서기 전, 백무가 전음으로 시간을 끌어달라 부탁했기에 그저 방어만 하고 있었던 것뿐이다.

곤이 뿜어내고 있던 기세가 변했다. 모든 것을 심연 속으로 집어삼키는 혼돈의 기운이 곤의 몸에 팽배했다. 검은 기운이 곤을 중심으로 퍼져 나갔다. 그와 함께 그동안 곤의 기운에 튕겨 나가던 뇌전들이 곤의 기운 속으로 일제히 빨려들기 시작했다.

천뢰대는 빠져나가는 뇌전의 기운을 차단하려 했다. 그러나 이미 그들이 조종할 수 있는 한계를 넘고 있었다.

아무리 태음과 태양의 기운을 물려받았다고는 하지만 진정한 구벽의 힘이 아닌 이상 그들은 곤의 힘 앞에 한계를 가지고 있었던 것이다.

털썩!

반 각이 채 되기도 전에 천뢰대를 이루던 사람들이 하나둘 쓰러지기 시작했다. 자신들이 가지고 있던 음양이기를 모두 곤에게 빼앗긴 탓이다.

자신들을 지탱하던 생명줄을 빼앗겼기에 바닥에 누운 자들은 더 이상 숨을 쉬고 있지 않았다.

“어서 갑시다.”

“어디를 가는 거죠?”

“자금성이오.”

“자금성이라니 무슨 말인가요? 오빠는 나에게 자금성에 가면 안 된다고 했는데…….”

“가보면 알게 될 것이오.”

“저자들은 어쩌고요?”

수린은 곤의 재촉에 남아 있는 섬전대를 가리켰다.

“저자들은 지금 아무것도 아니오. 머지않아 내 형제들이 당도할 것이니 처리는 그들에게 맡기면 되오.”

수린은 곤의 말에서 이미 다른 준비가 되어 있다는 것을 알 수 있었다.

“조금 전의 자들과 자금성으로 가는 것이 관계가 있는 건가요? 도대체 뭐가 뭔지 알 수가 없군요.”

돌아가는 사태를 알 수 없다는 듯 수린이 아미를 찡그렸다.

“으음! 할 수 없군요.”

곤은 백무가 가진 힘이라면 조금 여유가 있다고 생각했기에 자신과 백무만 알고 있는 이야기를 수린에게 해주기로 했다.

“방금 내가 처리한 자들이 뿌린 힘을 보면 이미 태음은 어둠의 힘에 넘어간 것이 틀림없소. 무도 그것을 알아차린 모양이고. 어서 가는 것이 좋을 것 같소. 그렇지 않으면 무가 위험할지도 모르니 말이오.”

“오빠가 위험할지도 모른다니 무슨 말인가요? 그리고 어둠의 힘이라니 그것은 또 무엇이고요?"

오빠가 위험할지도 모른다는 소리에 수린은 이유를 물었다.

"무가 당신이나 다른 사람에게는 말하지 않았지만, 아까 이 곳으로 오기 전 우리들 사이에는 절대로 인간들과 하나가 될 수 없는 자들이 섞여 있었소. 그들은 어둠의 힘을 쫓는 자들이오. 태고 이래로부터 환과 대적해 온 존재들이 우리들 사이에 있었다는 말이오."

"도대체 누가……."

일행 안에 적들이 섞여 있었다는 이야기에 수린은 놀란 듯 말끝을 흐렸다.

"바로 봉황도문의 인물들이오."

"봉황도문이라면 오빠를 도와 창천비각을 상대하는 데 도움을 주었던 사람들이 아닌가요? 어찌 그들이……."

곤의 말을 믿을 수 없었던 수린이 반문했다. 그동안 보아온 봉황도문의 사람들이 얼마나 성실히 오빠에게 협조했는지 잘 아는 까닭이다.

"놈들이 남긴 흔적이 아니었다면 하마터면 나나 무도 놈들의 음모에 당할 뻔했소."

"무슨 말인가요? 흔적이라니."

"내가 환의 시조께서 남기신 유진을 얻은 것을 알고 있을 것이오."

"……."

수린도 곤이 이야기하는 것을 백무에게 들은 바가 있었기에 고개를 끄덕였다.

"그곳은 이미 누군가가 한 번 들른 곳이었소. 바로 봉황도문의 총사인 유창원이었소. 하지만 그는 유진을 얻는 데는 실패했소. 그리고 나에게 그곳을 알려주었지."

"그 사람이요?"

"그렇소. 그러나 그곳에는 그자 혼자만이 온 것이 아니었소. 또 다른 자가 그곳에 있었소. 난 그자가 북명천군님을 통해 환의 시조께서 남긴 유진을 얻으려 하다 남긴 흔적에서 이상한 힘이 서리어 있다는 것을 느꼈소. 그리고 무를 만나 그 흔적이 태고의 어둠이라는 반고의 힘이 남긴 흔적임을 확인할 수 있었소."

"반고의 힘이라니… 그것은 황제의 전설에 나오는 것이 아닌가요?"

"그들이 오래전부터 무엇을 찾고 있는 줄 아시오?"

"옛 고대 문헌을 찾아 복원하는 것이 그들이 원하는 바가 아닌가요?"

"후후후, 그들이 고대 문헌을 찾고 있는 것은 틀림없소. 하지만 그것은 보통 사람들이 생각하는 그런 기록들이 아니오. 그들이 찾고자 하는 힘은 그 옛날 화하족(華夏族)의 진정한 근원인 반고(盤古)의 힘을 찾을 수 있는 열쇠요."

"반고의 힘을 찾는 열쇠를 찾고 있었다니……."

"그렇소. 화하족의 시조라는 황제도 반고의 힘 중 일부만을 었을 뿐이었소. 그럼에도 천하를 다스리던 배달일족을 중원에서 내쫓았소. 그만큼 반고의 힘은 강력한 것이오. 봉황도문은 황제의 적통을 이은 자들이오. 그들이 찾고 있는 것은 바로 환의 시조께서 남긴 반고의 힘을 봉인한 기록들이오. 그것을 통해 놈들은 환의 시조께서 봉인해 놓은 진정한 반고의 힘을 찾기를 원하는 것이오. 모든 것을 어둠으로 물들어 버리는 가공할 힘을 찾고 있었던 것이란 말이오."

"그렇다면 아까 몰래 사라진 그자들도……."

"그렇소. 무는 그자들에게서 그 힘을 보았던 것이오. 환께서 반고의 힘을 막기 위해 세상에 뿌려놓으신 구벽의 힘을 어둠으로 물들인 그 기운이 놈들에게 있었던 것이오. 바로 황제에게 전해졌던 반고의 힘 중 일부가 그자들에게 있었소. 아마도 태음과 태양은 그놈들에게 흡수되었을 것이오. 그렇지 않으면 아까 내가 상대했던 존재들은 나타나지 않았을 테니까."

"서문세가도 봉황도문과 연결이 되어 있다는 말인가요?"

"그렇소. 봉황도문과 서문세가는 불가분의 관계로 연결되어 있는 것이 틀림없소. 그들은 아마도 구벽의 힘을 모으려고 하는 것이 틀림없소."

"이런!!"

"왜 그러시오?"

곤은 자신의 말에 놀라는 수린은 바라보았다.

"큰일 났어요. 오빠는 나머지 구벽의 힘을 모두 가지고 있어요. 어쩌면 이번 일들이 모두 음모일지도 몰라요. 어서!!"

팟!

다급한 기색으로 수린이 신형을 날렸다.

팟!

"기다리시오."

곤 또한 수린을 따라 신형을 날렸다.

"급하게 가지 않아도 되니 그리 서둘지 않아도 되오."

곤은 빠르게 경공을 시전해 수린의 곁으로 다가간 후 전음을 날렸다.

"무슨 말인가요?"

"후후후, 이미 모두 예상하고 있던 일이오. 무도 모든 것을 알고 있으니 우리는 시간을 잘 맞추어 가기만 하면 되오. 놈들이 모든 마각을 드러낼 때까지 말이오."

"오빠도 알고 있다고요?"

"그렇소."

"……."

수린은 곤의 말에 어느 정도 안심을 할 수가 있었다. 백무가 알고 있다면 그에 대한 대비도 되어 있을 것이 틀림없었기 때문이다.

하지만 약간은 불안한 마음이 있는 듯 두 사람은 자금성을 향해 빠르게 경공을 시전했다.

第八章 구벽뇌운(九劈雷雲)!

九劈雷雲

이미 자시를 지나 어둠이 짙게 깔린 자금
성 내부는 어쩐 일인지 불빛 하나 보이지 않고 있었다.

구중천이라 일컬어지는 황제의 대지 위에 불빛이 하나도 켜
지지 않았던 것은 자금성이 만들어진 이후 처음 있는 일이었
다.

태음이 깨어남으로 인해 의식 불명이 되어버린 자성황태후
가 머물고 있는 문연각 또한 어찌 된 일인지 어둠에 싸여 있었
다. 굵은 황촉이 타오르고 있어야 할 문연각의 내부에는 어둠
만이 짙게 깔려 있었다.

"역시 사부님께서 모든 것을 꾸미신 겁니까?"

"후후후, 그렇다. 이제 모든 것을 가질 때가 된 것이지."

불 꺼진 문연각 안에는 사람들이 있었다. 어둠에 가려 잘 보이지는 않았으나 그들은 서로가 잘 아는 듯 대화를 나누고 있었다.

"어째서 그리하신 것입니까?"

"이제는 내 정체가 무엇인지 알 것이라 생각하는데 아니더냐?"

제자의 반문에 스승은 알면서도 묻는 것이 아니냐고 다시 반문했다.

"역시 제 생각이 맞았군요."

"이미 알고 있었다니 너나 문연이가 가진 힘을 그만 나에게 주거라. 난 너와 더 이상 실랑이를 하고 싶지 않으니 말이다."

"으… 음!"

팟!

제자의 신음이 터짐과 동시에 한쪽 구석에 있던 황촉에서 불빛이 솟아올랐다.

불빛이 비치자 문연각 안의 전경이 고스란히 드러났다. 문연각 안에는 모두 여섯 사람이 있었다. 침상에 아직까지 의식을 잃은 채 누워 있는 자성황태후와 그 옆에 실신한 채 쓰러져 있는 만력제, 그리고 그 앞을 지키고 있는 중년의 사나이가 보였다.

입가로 가는 핏줄기를 흘리고 있는 사나이는 놀랍게도 한규민이었다. 그는 자성황태후와 만력제를 지키려는 듯 자신의 앞에 있는 자들을 막고 있었다.

한규민 앞에 있는 자들의 면모도 놀라운 것이었다. 중심에
는 봉황도문의 전대 문주인 곽무한이 서 있었고, 그의 뒤를 시
립하듯 곽정운과 유창원이 서 있었다.

"어차피 명이 무너지나 말거나 내가 상관할 바가 아니었다.
그것이 네 실수였지. 이런 나라 하나쯤 다시 세우는 것은 아무
것도 아닌 일이니까. 네가 아들을 이용해 명을 무너뜨리고 새
로운 나라를 세우려 했지만, 그 모든 것은 이미 나의 안배를 벗
어나지 못한 것이었다. 그러니 이만 포기해라."

스승의 기반이 명황실이라고 생각했었다. 오랜 세월을 이어
암중으로 황실을 지배해 온 존재이기에 명을 무너뜨리기만 한
다면 자신들의 세상이 올 것이라 믿어 의심치 않았다.

그런데 그것이 모두 스승의 안배였다는 사실이 한규민으로
서는 기가 막히지 않을 수 없었다.

"후후후, 네가 천음문의 진전을 이었다는 것도 처음부터 알
고 있었던 일이다. 천음문의 존재는 언제나 우리에게 알려져
있었지. 당조에도 그렇고, 송조에도 그것은 마찬가지였다."

"나와 문연에게 접근한 것은 모두가 계획된 일이었군요. 도
대체 어째서 이러시는 겁니까?"

"물론이다. 난 네가 가진 이원의 힘 중 태양의 힘을 원했으
니까. 그리고 문연이 가지고 있는 태음의 힘도 말이다. 당조에
천음문이 스며들고 수많은 세월 동안 잘 감추어왔다만, 너와
문연이를 통해 이원의 힘을 발견할 수 있었지."

"……."

자신의 스승은 이미 모든 것을 가진 자였다. 황실은 물론 무림을 지배하는 창천비각까지 모두 스승의 손에 들어 있는 것이었다. 세상의 모든 것을 한 손에 틀어쥔 스승이 어째서 이원의 힘을 얻으려 하는지 한규민으로서는 궁금하지 않을 수 없었다.

"후후후, 아직도 모르는 것이냐? 그토록 영민한 네가 말이다."

"모르겠습니다."

"후후후, 난 황제의 적통 후계자다. 원래 내 성은 헌원이지."

"허… 헌원!"

"그렇다. 헌원무한이 본래 내 이름이다."

"그… 그렇다면!!"

한규민은 곽무한, 아니, 헌원무한이라 이름하고 있는 자신의 스승이 어째서 이원의 힘을 원하는지 알 수 있었다.

"반고!!"

"이제야 알아차린 모양이구나."

"……."

한규민은 모든 사정을 짐작할 수 있었다. 그동안 자신의 뜻과는 다르게 돌아가던 상황이 모두 자신의 스승이 세운 계획에 의한 것임을 알 수 있었던 것이다.

자신이 장악하고 있다고 생각한 동창이나 창천비각, 그리고 마교의 인물들이 어째서 흑혈의 겁풍에 뛰어든 것인지 알 수 있었던 것이다. 그들은 원래부터 스승의 그림자였을 뿐이다.

"후후후, 그랬군요. 나나 저 사람은 당신의 손바닥에서는 노는 손행자에 지나지 않았군요."

허탈한 웃음이 한규민의 입에서 흘러나왔다. 헌원무한과의 인연이 이미 계획되어 있었던 것임을 알았던 것이다.

창천비각을 움직이는 전대 주인으로서 자신에게 모든 것을 물려주었던 헌원무한이다. 자신과 같이 천음문의 사람이라고 생각했던 그였지만 실상은 아니었던 것이다.

"그럼 문연이와 내가 억지로 맺어졌던 그날, 이원의 힘을 가져갔던 것입니까?"

"이원이 깨어날 기미를 보이지 않기에 약간 손을 쓴 것이다. 너와 문연에게 매자천의 무공인 천오투령을 익히게 한 것도 그 때문이지. 내 예상대로 천오투령을 익히고 난 후 너희 둘이 관계를 가질 때 이원이 깨어나더구나. 하지만 어찌 된 일인지 전부를 가질 수가 없었다. 그로 인해 약간의 내상을 입었기에 그때는 꽤나 놀랐었다. 내가 내상을 회복하고 나섰을 때는 이미 넌 딸을 데리고 모습을 감춘 후더구나. 덕분에 여러 가지 일들을 꾸며야 했지. 구벽의 힘 중 삼태극의 힘을 감추고 있던 매자천 놈들은 쉽게 꼬리를 드러내지 않았으니까."

"……."

헌원무한의 말에 한규민은 입을 닫았다. 행여나 했던 자신의 우려가 현실로 드러났기 때문이다.

‘문연에게 봉인술을 가르쳐 준 것이 다행이로구나. 그렇지 않았다면 저자는 이미 그때 이원의 힘을 모두 빼앗고 문연과 나를 죽였을 것이다. 저자가 반고의 힘을 얻은 이상 살려둘 리 없었을 테니까. 그런데 어떻게 그때도 깨지지 않았던 봉인술이 이제 와서 깨지고, 태음의 힘이 깨어난 것인지 모르겠구나. 말을 들어보면 저자도 알지 못하는 것 같은데…….’

자신이나 연인이었던 자성황태후가 가지고 있는 이원의 힘은 아직 다 헌원무한에게 넘어간 것이 아니었다. 그것은 한규민의 고심의 결과였다.

스승으로 모시기는 했지만 처음 인연을 맺을 때부터 헌원무한을 믿지 않았던 한규민이었다. 그는 헌원무한과 인연을 맺기 전 봉인술을 이용해 자신과 문연이 가지고 있던 이원의 힘의 절반을 봉인했던 것이다.

“문연은 어떻게 한 것입니까?”

“저 아이가 저리된 것은 내가 한 것이 아니다.”

“그럼 스스로 깨어난 것입니까?”

“모르지.”

‘역시 이자가 한 일이 아니구나. 그래서 아직까지 나를 살려두고 있는 것이군.’

헌원무한도 자성황태후가 가지고 있던 태음이 깨어난 이유를 모르고 있는 것으로 보였다.

“줄 것이냐, 말 것이냐? 빨리 결정을 해라.”

헌원무한이 한규민을 재촉했다. 태음의 힘이 불안정하기에 지금은 흡수하려고 해도 흡수할 수 없는 상태가 분명했다.

자신에게 스스로 태양의 힘을 달라고 하는 이유도 거기에 있어 보였다. 태음의 힘을 안정시킬 수 있는 사람은 태양의 힘을 가진 자신뿐이었기 때문이다.

헌원무한의 말에 고민하던 한규민이 입을 열었다.

"한 가지 여쭤볼 말이 있습니다."

"무엇이더냐?"

"모든 것을 포기하면 두 사람을 살려주실 겁니까?"

이미 문연각에서 자신의 스승인 헌원무한과 한바탕 손속을 나눈 한규민이었다. 그로 인해 이미 재기 불능의 상처를 입은 자신이었기에 한규민은 자성황태후와 만력제를 어떻게 할 것인지 물었다. 두 사람을 살려준다면 모든 것을 포기할 수도 있었기 때문이다.

"너와 문연이가 가지고 있는 나머지 힘을 모두 넘겨준다면 고려는 해보겠다."

헌원무한은 안심을 시키려는 듯 미소를 지어 보였다. 한규민의 협조가 있어야만 이원의 힘을 고스란히 얻을 수 있기 때문이다.

"으… 음!"

한규민은 신음을 삼켰다. 미소를 지어 보이고 있지만 헌원무한이 어찌할지 잘 알고 있기 때문이다.

한규민은 헌원무한의 말을 믿지 않았다. 반고의 후예와 구벽의 힘을 이은 환의 후예들은 태고 이래로 세불양립이었기 때문이다.

'이제는 어떻게 해야 한다는 말인가?'

헌원무한의 속셈을 알았지만 방도가 없었다. 자신은 이제 움직이기조차 힘들었다. 태양의 힘을 끌어내도 되지만, 그것은 오히려 헌원무한의 힘을 키워주는 것이나 마찬가지였다. 반고의 힘을 가지고 이미 태음과 태양의 힘을 절반이나 빼앗아간 존재였기에 태양의 힘을 깨우는 순간 그대로 빼앗길 것이 분명했던 것이다.

'어쩔 수가 없구나.'

생각을 거듭하던 한규민은 승낙하기로 결정을 내렸다. 방법이 없는 이상, 한때 스승으로 모셨던 헌원무한의 자비심에 기대는 수밖에 없었다.

"좋습니다. 드리지요."

"잘 생각했다. 방해가 되니 저 아이부터 치워야겠구나. 네 피를 이어받은 아이는 아니지만 아끼는 아이 같으니 말이다."

헌원무한의 말에 유창원이 나서 침상 옆에 쓰러져 있는 만력제를 집어 들었다.

"상하는 일이 없어야 할 것이오."

한규민은 유창원을 향해 다짐하듯 물었다.

"걱정하지 마시오. 쉽사리 어찌할 사람이 아니니까."

명을 이끄는 황제였다. 아무리 자신의 손 안에 있는 명황실이었지만 황제를 없애는 일이 그리 쉬운 일은 아니기에 헌원무한이 죽이지는 않을 것으로 보였다.

유창원은 만력제를 데리고 나갔다. 헌원정운 또한 그 뒤를 따라나섰다. 문연각에서 지금부터 벌어질 일을 알기에 밖으로 나가 문연각을 지키려 하는 것이다.

"그자들은 어떻게 할 생각이십니까?"

문연각 밖으로 나오자 유창원은 백무 등을 어찌 처리할지 헌원정운에게 물었다.

"이곳에 죽음의 함정이 펼쳐져 있다는 것을 모를 테니 아마도 이곳으로 몰려들 것이다."

"밀천께서는 어찌하여 그자에게서 나머지 구벽의 힘을 거두지 않으시는 것입니까?"

"후후후. 이제 와서 하는 이야기네만, 아버님께서는 그때 아무것도 얻지 못하신 것이 아니었네."

"그럼!!"

환의 시조가 남긴 것으로 보이는 것을 찾으러 갈 때 유창원도 같이 있었다. 억지로 관문을 뚫으려다 내상을 입었던 헌원무한을 데리고 나왔던 것도 자신이었기에 그때의 상황을 누구보다 잘 알고 있었다. 아무것도 얻지 못했다는 것을 알기에 헌원정운의 말이 의문이 아닐 수 없었다.

"후후후, 태고적 힘은 이원과 무관치 않네. 반고님께서는 환과 대결할 시에 당신의 힘 중 절반을 이원 속에 감추었지. 아버님께서는 그 사실을 알아내신 것이네. 당초 구벽의 힘을 얻으려 했던 계획을 바꾼 것도 그 때문이네. 반고님의 힘을 얻은 후 이원의 힘마저 손에 넣으신 아버님을 당할 자는 천하 그 어디에도 없으니까."

"그럼 그자들을 이곳으로 이끈 연유가……."

"그렇네. 태고의 일을 이제야 마무리하는 것이지. 지금까지 중원을 암암리에 지배해 왔던 환의 무리들을 일거에 쓸어버리는 것이지. 후후후."

헌원정운은 의미심장한 미소를 지었다.

"그러셨군요."

유창원도 처음 알게 된 듯 안색이 굳어졌다.

"꽤나 오랜 여정이었지만 이제 끝낼 때가 된 것이지. 어서 데려다 놓게. 꼭두각시이기는 하지만 앞으로의 일을 위해 살려야 할 아이니. 아버님이 무사히 이원의 힘을 얻을 동안 난 이곳을 지키고 있겠네."

"알겠습니다."

유창원은 대답을 한 후 만력제를 들쳐 업은 후 침전으로 향했다.

유창원이 자리를 뜨자 헌원정운은 손을 치켜들었다. 그러자 몇 명의 사람들이 허공중에 나타났다. 나타난 자들은 모두 복면을 쓰고 있었다.

"이제 시작된 것 같으니 문연각을 호위해라."

문연각에서 세상을 파괴시킬 것 같은 기운이 흘러나오고 있었다. 헌원무한이 본격적으로 이원은 물론 그 안에 감추어져 있던 반고의 힘을 흡수하는 것이 분명했다.

헌원정운의 지시에 그들은 고개를 숙여 보인 후 다시 허공중으로 사라졌다.

“이제는 나머지 구벽의 힘을 가진 그 아이만 오면 되는 것인가?”

헌원정운의 시선이 서문세가가 있는 쪽으로 향했다.

스스스!

독백을 흘린 헌원정운의 신형이 허공중으로 사라져 갔다. 극성에 이른 허무공이었다.

침전으로 와 만력제를 침상에 누인 후 유창원은 황촉에 불을 당겼다.

화르르!

굵은 황촉은 눈물을 흘리며 방 안을 밝혔다. 침전 한쪽의 그늘진 곳에 사람의 모습이 보였다. 자금성으로 온 백무였다. 유창원은 백무를 발견했지만 놀라는 기색이 없었다. 조용히 백무를 향해 고개를 숙여 보일 뿐이었다.

“오셨습니까?”

유창원의 말은 무척이나 정중했다. 전에 백무를 대할 때와는 완전히 다른 행동이었다.

“람주, 움직이기 시작한 것이오?”

“그렇습니다. 성승께서 예측하신 대로 봉황도문이 진실한 창천비각이었습니다. 놈들은 지금까지 나머지 반고의 힘을 이어온 밀천이 분명합니다.”

유창원의 진실한 신분은 암천신마가 비밀리에 조직한 제이의 비조천람의 주인이었다. 그는 봉황도문에 잠입하여 총사의 위치까지 오른 자로, 그동안 봉황도문의 움직임을 감시해 왔던 것이다.

"역시 그렇군요."

"이미 이원의 힘은 그자에게 옮겨갔을 것입니다. 숨겨져 있던 태고의 어둠도 말입니다."

"람주, 그자가 태고의 어둠을 다 거둬가기를 기다려야 할 겁니다. 그래야만 온전한 이원이 다시 부활할 테니 말입니다."

"으… 음! 아직 기다려야 한다는 것이군요."

"구벽의 힘이 온전하지 않은 이상 태고의 어둠을 이 세상에서 없애는 것은 어려운 일이니까 말입니다. 그건 그렇고, 비조천람의 비조들은 모두 움직인 것입니까?"

"수하들은 모두 화산으로 갔습니다. 암천신마님께서 나섰으니 밀천의 잔당들은 모두 소탕될 것입니다."

"계획대로 됐군요. 이제 기다리는 일만 남은 것 같군요. 이제 막바지에 이른 것 같으니 말입니다."

"저는 준비를 해야겠으니 그만 나가보겠습니다. 서문세가와 자금수호위가 나섰을 테니 말입니다."

백무는 문연각에서 일고 있는 거대한 기운을 느꼈다. 유창원 또한 백무와 같이 이원이 불러오는 기운을 느끼고는 밖으로 나섰다. 최후의 결전을 준비하기 위해서였다.

우르르릉!

‘크크크, 이것이다. 태고적부터 전해져 내려오는 힘을 드디어 내가 얻었다.’

헌원무한은 자신의 내부로 흘러들고 있는 이원과 반고가 남긴 어둠의 힘을 느끼며 기꺼워하고 있었다. 드디어 모든 것을 얻은 때문이었다.

수천 년을 찾아온 힘이었다. 자신의 손바닥에 붙여진 한규민과 자성황태후의 등으로부터 쏟아져 오는 힘의 기세가 점점 잦아드는 것을 느끼며 헌원무한의 입가에는 미소가 짙어지고 있었다.

털썩!

모든 힘을 빨아들이자 한규민과 자성황태후가 무너지듯 침상에 쓰러졌다. 이원이 가지는 모든 힘을 빼앗긴 것이다. 쓰러진 두 사람을 바라보며 헌원무한이 침상에서 일어났다.

“약속대로 목숨만은 살려주마. 어차피 폐인으로 전락한 터, 살아도 살아 있는 목숨이라고 할 수 없으니…….”

헌원무한은 서둘러 문연각을 나섰다. 문밖에는 자신의 아들을 비롯한 여러 사람들이 부복해 있었다. 밀천의 핵심이자 세상을 이끌어 나가는 일들이다.

“감축드립니다.”

일제히 헌원무한을 향해 축하의 인사를 올렸다.

“도아야, 너도 와 있었구나.”

한쪽에 복면을 하고 있는 이를 향해 헌원무한이 입을 열었다. 복면을 쓰고 있었지만 서문도임을 알아보았던 것이다.

“예, 사부님.”

“네 안색이 그리 좋지 못한 것을 보니 무슨 일이 있나 보구나.”

“그렇습니다. 조금 전 세가가 습격을 받았습니다.”

“매자천의 아이들이 움직인 모양이로군.”

“아닙니다.”

“아니라고?”

“예, 사신의 힘과 환의 시조가 남긴 힘을 얻은 자가 나타났습니다.”

“사신과 북명의 힘 말이냐?”

“그렇습니다. 그들은…….”

서문도는 세가에서 곤과 수린이 보여주었던 힘들을 이야기했다. 이야기가 거듭될수록 헌원무한의 얼굴이 일그러졌다.

“그 말이 모두 사실이냐?”

“틀림없는 사실입니다.”

“삼태극에 이어 사신과 북명의 힘까지… 환이 남긴 모든 힘이 깨어난 것이로군.”

헌원무한은 자신의 예상을 벗어나는 상황에 검미를 꿈틀거렸다. 북명의 힘까지는 예상했지만 그로서도 사신의 힘이 깨어난 것은 예상 밖의 일이었기 때문이나.

“어찌하실 요량이십니까?”

헌원정운도 사태가 심각하게 돌아가는 것을 인지한 듯 불안한 얼굴로 자신의 아버지를 바라보았다.

"어차피 모든 것을 결판 지으려 이곳으로 모이도록 했다. 어느 정도 눈치 챈 것이 틀림없지만, 이원의 힘이 내 손에 있는 이상 다른 것들은 아무 소용이 없음을 모두 알 것이다. 그러니 동요하지 말고 그들을 기다려라."

헌원무한은 동요하는 수하들을 다독였다.

"알겠습니다."

"명심하겠습니다, 천주."

장내에 모인 이들은 헌원무한의 말을 듣고 어느 정도 안심할 수 있었다. 어느 정도 자신들의 계획을 알아차린 것이 분명하지만, 이미 쏘아진 화살이었다. 결코 되돌릴 수 없음을 인지한 그들은 가슴을 펼 수 있었다.

"응?"

자신의 아들과 수하들을 바라보던 헌원무한의 눈에 이채가 어렸다. 그와 함께 그의 신형이 소리없이 사라졌다.

쾅!

문연각으로 들어서는 문이 산산이 부서져 나갔다. 방 안에 일던 기척을 확인하기 위해 헌원무한이 문을 부수며 들어간 탓이었다.

"이런!!"

방금 전까지 의식을 잃고 쓰러졌던 한규민과 자성황태후는 문연각 안에 없었다. 텅 빈 침상만이 헌원무한의 시야에 들어왔다. 누군가 두 사람을 빼돌린 것이다.

"어느 놈이……."

자신의 이목을 잠시나마 속이고 두 사람을 빼돌린 것을 보면 그리 허술한 자가 아니었다.

"이미 와 있었던 것인가?"

반고의 힘과 이원의 힘을 얻은 자신을 속일 정도라면 두 사람을 데려간 자는 단 한 사람밖에 없음을 알 수 있었다.

헌원무한은 신형을 돌려 밖으로 나섰다.

"무슨 일이십니까?"

갑자기 문연각 안으로 짓쳐 들어갔다. 다시 나오는 헌원무한을 보며 헌원정운이 연유를 물었다.

"매자천의 아이들이 이미 들어온 모양이다."

"그렇군요. 삼엄히 방비했는데 어느새……."

"후후후, 너무 걱정하지 말거라. 조금 있으면 놈들을 볼 수 있을 것 같으니 말이다."

헌원무한은 시선을 들어 태화전 쪽을 바라보았다. 자신의 감각을 자극하는 기운이 그곳에서 흘러나오고 있었던 것이다.

헌원무한은 태화전 쪽으로 발걸음을 옮겼다. 사람들은 그의 뒤를 따라 조심스럽게 발걸음을 옮겼다.

만조백관의 조례를 받는 태화전 앞에는 여러 명의 사람들이 서 있었다. 당민은 물론 곤과 수린을 비롯해 사신과 삼노가 문연각 쪽을 바라보며 서 있었다.

월동문을 지나 자신들에게로 다가오는 헌원무한 등을 보며 기다리고 있던 사람들은 긴장하는 빛이 역력했다.

당민 일행의 모습을 보며 헌원무한의 눈에 이채가 서렸다.

"이미 모두 알고 있었던 모양이로군. 그리 놀라지 않는 것을 보니 말이야."

"놀라지 않을 리가 있나. 조금 전에 봉황도문이 진정한 창천비각이며, 중원을 암중으로 지배해 온 밀천이라는 사실을 알게 되었을 때 무척이나 놀랐다."

당민은 헌원무한 등을 노려보았다.

곤을 제외한 다른 사람들은 봉황도문이 음모의 주역이라는 사실을 방금 전에 전해 들었다. 그들이 오랜 세월 중원을 지배해 온 암중 세력임을 알고는 무척이나 놀라지 않을 수 없었던 것이다.

"그 아이가 안 보이는군."

헌원무한이 삼태극의 주인이자 매자천의 천주인 백무가 보이지 않자 의심이 들었다.

"너희를 상대하는 데 무아의 도움까지는 필요없다."

"그런가? 후후후, 무엇인가를 꾸미는 모양이로군. 하지만 그것이 헛된 일임을 조금 있으면 알게 될 것이다. 모두 제거해라."

백무가 뭔가 꾸미고 있다는 것을 알아차린 헌원무한은 당민 일행을 제거하도록 명을 내렸다.

그의 말에 서문도를 비롯한 밀천의 인물들이 앞으로 나섰다. 그들은 앞으로 나서며 쓰고 있던 복면을 모두 벗었다. 이제는 굳이 얼굴을 감출 필요가 없었던 것이다.

“으… 음!”

그들의 면면을 바라보는 당민의 얼굴이 굳어졌다. 복면인들은 하나같이 천하에 이름을 널리 알린 자들이었기 때문이다.

제독태감 윤충을 비롯해 관부 최고 무인이라는 창천검(蒼天劍) 악승호(岳乘號), 무당이 낳은 기린아이자 당금 무림맹의 맹주인 천무검황(天武劍皇), 그리고 사기(四奇) 중 하나인 천기무후(千奇武后) 제갈선란(諸葛羨瀾)과 일휴잠화(佚遊潛貨) 서문도(西門櫂)의 모습이 보였다. 더욱 놀라운 것은 그들 틈에 주수명이 끼어 있다는 사실이었다.

“당신도 밀천 소속이었던 것인가요?”

“자금수호위의 또 다른 이름은 밀천수호위라고 하오. 천음문이 황실을 장악하는 것을 오랫동안 견제해 왔지.”

주수명은 너무도 담담히 당민의 말을 받았다.

“우리의 계획을 모두 알고 있었던 것이군요.”

“전부는 아니었다. 하지만 내 목적은 너희를 이곳으로 인도하는 것이다. 밀천의 하늘께서는 이곳에서 모든 것을 끝내고자 하셨으니까.”

“믿을 사람이 하나도 없는 세상이군요. 당신까지 저들의 수족이었을 줄이야.”

놀라기는 했지만 당민은 침착하기 그지없었다. 여기서 판단력이 흐려지면 백무의 계획이 모두 틀어지기 때문이었다. 그녀는 조용히 수린을 쳐다보았다. 주수명의 등장으로 제일 충격을 받았을 사람이 바로 수린이었기 때문이다.

‘마음을 모질게 먹은 모양이로구나.’

아무런 말도 없는 담담한 모습의 수린이었지만 양부의 배신에 무척이나 분노한 듯했다. 쥐고 있는 주먹이 파르르 떨리고 있었던 것이다.

“이젠 말이 필요없겠군요.”

“그렇소. 이제는 생사를 결하는 일만 남은 것이오. 누가 살아남을지는 하늘이 정할 것이오.”

주수명의 눈에는 씁쓸함이 역력했다. 수린을 바라보며 마음의 갈등이 있음이 분명했다.

“잡다한 이야기는 더 이상 할 필요는 없다. 모두 제거해야 할 것이다.”

대화가 길어지는 것 같아 보이자 천무검황이 나섰다. 고아한 기품은 온데간데없고, 살임에 물든 살귀마냥 그의 눈이 번들거렸다.

“이제 시작이니 모두 준비하세요.”

천무검황의 모습을 보며 당민이 일행을 향해 소리쳤다. 사신은 수림을 중심으로 사방진을 형성하며 사신의 기운을 끌어올리기 시작했고, 삼노 또한 당민을 중심으로 뭉쳤다.

모두가 마지막 결전이 될 것임을 알기에 전신의 기운을 모두 끌어올렸다.

그것은 일행을 포위하며 다가오고 있는 자들도 마찬가지였다. 음습하고 차가운 기운이 그들의 신형을 따라 흘러나오고 있었다.

콰—콰쾅!

제일 먼저 부딪친 것은 수린 일행과 천무검황이었다. 비록 담담한 모습이었지만 주무성의 마음이 흔들리고 있다는 것을 알아차린 천무검황이 먼저·공격을 한 것이다.

그의 뒤를 따라 서문도와 일휴잠화가 삼재진을 형성하며 짓쳐들었다. 그들의 몸에서는 하나같이 암흑의 기운이 뻗어 나오고 있었다.

사신의 기운이 사방으로 뻗치며 자신을 감싸며 위협적으로 휘몰아쳤지만 천무검황과 두 사람은 아랑곳하지 않았다. 세 사람에게서 흘러나온 어둠의 기운이 사신의 기운을 압박하고 있었던 것이다.

청홍흑백의 기운과 세 가닥의 음습하고 어두운 암흑의 기운이 서로를 놓치지 않으려는 듯 팽팽히 맞섰다.

"도아의 말대로 사방신의 기운이로군. 하지만 온전한 기운이 아닌 것 같으니 문제가 될 것은 없을 것 같군."

헌원무한의 입에서 차가운 음성이 흘러나왔다. 내심 사방신의 기운이 나타난 것으로 인해 긴장했다. 혹시나 하는 염려로 그는 천무검황이 공격하는 것과 동시에 일휴잠화와 서문도로 하여금 같이 공격하도록 했다.

서로 간의 기운이 부딪친 이후 자신이 전한 암흑의 기운이 사신을 압도해 나가는 것을 보자 어느 정도 안심이 되었다.

헌원무한은 고개를 끄덕였다. 그러자 그의 옆에 대기 중이던 자가 나섰다. 군부의 실력자이자 관부 제일고수인 악승호와 제갈선란이 나선 것이다. 두 사람은 헌원무한이 시시에 의해 당민 등을 상대하기 위해 자신들의 무기들을 꺼내 들었다.

커다란 장군검을 움켜쥔 악승호의 몸에서 모든 것을 태워 버릴 것 같은 열기가 흘러나왔다. 또한 옆에 서 있는 제갈선란의 몸에서는 동토에서 부는 차가운 한풍보다 더욱 시린 기운이 흘러나왔다. 놀랍게도 이원의 힘이 그들에게 깃들어 있었다.

악승호의 장군검에 화염이 이는 검강이 맺혔다. 제갈선란이 들고 있는 가느다랗기 그지없는 협봉검에도 심해보다 푸른 검강이 맺혔다.

콰―지직!!

두 검에서 이는 기운으로 인해 함배옥으로 만들어진 바닥이 서서히 갈라지기 시작했다. 어둠의 힘에 물든 이원의 힘이었다.

"모두 준비해요."

두 사람의 기세가 심상치 않음을 짐작한 당민은 삼노를 향해 소리쳤다. 당민의 말에 밀광과 암연이 서로 교차하며 기운을 두텁게 했다. 밀광의 몸에서는 투명한 기운이 넘실거렸고, 암연의 신형은 검은 연기 속에 파묻혀 사라져 갔다.

익히는 정도에 따라 그 성질을 달리하는 밀독천 최고의 무공인 만독무형공(萬毒無形功)을 펼친 것이다. 독강을 이룬 두 사람의 기운이 당민과 사 노를 감싼 것이다.

당민도 가만히 있지 않았다. 그녀의 손에는 어느새 붉은 기운이 감도는 채찍이 쥐어져 있었고, 붉은 강기의 기운이 흐르는 채찍은 독아를 세운 뱀마냥 몸을 바짝 치켜들은 채 제갈선란과 악승호를 노리고 있었다.

사 노도 어느새 당민의 뒤로 돌아가 있었다. 그리고 품에서 그가 가장 자랑하는 무형사를 모두 꺼낸 뒤 은밀히 허공중에 풀어놓았다.

헌원무한은 네 사람의 행동을 모두 지켜보고 있었다. 나름대로 상당한 경지에 이른 것 같았으나 자신이 직접 키운 두 사람을 상대하기에는 요원해 보였다.

악승호와 제갈선란은 반고의 힘과 이원의 힘 중 일부를 물려받은 상태였기에 인간의 힘으로는 막을 수 없는 상대였기 때문이었다.

"저들을 죽여라. 하나도 남김없이."

파팟!

헌원무한의 음성에 두 사람이 동시에 신형을 날렸다. 그와 동시에 그들의 검에서 떠난 푸르고 붉은 기운이 교차하며 당민 일행을 향해 덮쳐들었다. 두 사람이 검을 휘둘러 검강을 뿌린 것이다.

극양과 극음이 어우러져 상승 작용을 일으키는 두 사람의 섬격은 모든 것을 파괴시키려는 듯 살벌하게 당민 일행을 향해 날아갔다.

검강이 가까이 이르자 검은빛이 흐르는 연녹색의 기운이 허공중에 생겨나며 검강을 맞았다. 암연과 밀광이 시전한 만독

무형공의 독강이 맞서 나간 것이다.

콰―쾅!

폭발음과 함께 당민을 중심으로 십여 장의 바닥이 반 자나 꺼져 들었다. 밀광과 암연이 시전한 도강이 두 사람의 공격을 막아내며 지면으로 강기의 기운을 흘린 탓이었다.

밀광과 암연은 충격을 받은 듯 신형이 제 모습을 찾은 상태였다. 두 사람은 아직도 충격을 이기지 못하는 듯 비틀거리며 연신 뒤로 물러났다.

쐐애액!

일차 공격을 한 후 다시금 공격을 하려는 악승호와 제갈선란을 향해 붉은 빛줄기가 뻗어 나갔다. 잠깐 틈이 벌어진 것을 놓치지 않고 당민이 편강이 실린 채찍을 날렸다. 이대로 다시금 공격을 당한다면 밀광과 암연이 위험했다. 단 한 번의 기회밖에 없었지만 당민으로서도 어쩔 수 없는 선택이었다.

자신들을 향해 붉은 기운의 편강이 날아들고 있었지만 악승호와 제갈선란의 신형은 그대로 앞으로 쏘아지며 당민을 향해 날아들었다. 비록 강기가 실린 공격이었지만 단번에 끝내기 위해 무시하기로 한 것이다. 자신들을 상하게 할 수 있는 것은 온전한 구벽의 힘이나 태고의 어둠을 간직한 기운밖에 없다는 것을 확신한 때문이다.

파지지직!

호신강기와 부딪친 탓인지 세 개의 기운이 얽혀들며 기괴한 음향이 연이어졌다.

두 사람을 향해 쏘아가던 편강이 실린 당민의 채찍이 방향을 잃고 옆으로 비껴 나갔다. 두 사람의 예상대로 당민이 날린 편강들은 어둠의 힘과 이원의 힘이 시린 호신강기를 뚫지 못한 것이다.

자신의 공격이 실패하자 당민의 얼굴에 당혹감이 일었다. 사 갑자에 내력이 실린 공격이었다. 어느 정도 피해를 줄 수 있을 것이라 생각했는데 일말의 충격도 주지 못했던 것이다.

악승호와 제갈선란의 검이 곧장 당민을 향했다. 길게 뻗어진 두 가닥의 기운이 당민의 심장과 단전을 노렸다. 채찍을 회수하지 못한 당민이 위험에 노출되었다.

첫 번째 공격을 막아내느라 충격을 입었던 밀광과 암연은 당민을 보호하기 위해 앞으로 나서며 손을 휘둘렀다. 두 사람의 손에 네 가닥의 수강이 뻗어 나오며 빠르게 악승호와 제갈선란을 압박해 갔다.

콰—콰콰쾅!

대기가 폭발하며 사방으로 경기가 퍼져 나갔다.

"크윽!"

"윽!"

내상을 입은 상태에서 당민을 보호하기 위해 다급하게 수강을 뻗어낸 탓인지 검상을 다 막아내지 못한 밀광과 암연은 비명을 흘리며 미친 듯이 뒤로 물러났다.

물러나는 두 사람의 모습은 처참하기 그지없었다. 밀광의 오른손은 형체도 없이 짓뭉개져 너덜거렸고, 암연의 왼팔은 어깨에서부터 완전히 떨어져 나갔다. 두 사람 다 상당한 내상을 당한 듯 입가에는 핏줄기가 연신 흐르고 있었다.

"밀 노! 암 노!"

당민은 다급히 두 사람을 쳐다보았다.

"괘… 괜찮습니다. 컥!"

"거… 걱정하… 지 마십시오. 더… 싸울 수 있습니다."

당민을 안심시키려 말을 하고 있었지만 그들의 신형은 한없이 비틀거리고 있었다. 목숨이 경각에 달린 것 같았기에 당민의 마음은 무척이나 쓰라렸다.

"네놈들을 가만두지 않을 것이다."

"후후후, 죽음을 앞두고 마지막 반항을 해보겠다는 것이냐? 싱겁던 참이었는데 한번 해보거라."

악승호는 비웃음을 흘리며 분노에 떨고 있는 당민을 바라보았다. 제갈선란의 입가에도 차가운 냉소만이 감돌았다.

쉬수쉭!

그때였다. 눈에 보이지는 않지만 무엇인가 기음을 흘리며 두 사람을 향해 덮쳐들었다. 사 노가 날린 무형사들이 두 사람을 공격해 든 것이다.

파파팟!

화염의 검이 원을 그리듯 사방으로 휘둘러졌다.

투투툭!

형체는 보이지 않지만 악승호가 휘두른 검에 의해 두 조각난 무형사들이 바닥에 떨어져 내렸다.

"날파리들이 언제 공격하나 했었다. 후후후, 이런 것들로는 우리 두 사람의 옷깃 하나 건드릴 수 없으니 다른 것으로 공격해 보거라."

무형사들의 암습을 아무렇지 않게 막아낸 악승호는 놀리듯 이죽거렸다.

그런 모습을 보며 당민이 앞으로 나섰다. 그녀는 상대방을 향해 손등이 보이도록 두 손을 활짝 펴고 있었는데, 손가락 사이로 무엇인가 반짝이는 것이 가득 끼어져 있었다. 당가가 비전해 온 금용의 암기들이었다.

"호오! 당가의 마지막 비전이라는 만천화우인가? 크크크, 그거라면 상대해 볼 만하지. 암왕 이후 만천화우를 대성한 자는 없다고 하던데 이거 영광이로군."

당민이 하고자 하는 공격을 이미 예상한 듯 악승호는 흥미로워하는 빛이 역력했다. 그것은 제갈서라도 마찬가지였다. 하지만 두 사람의 모습에는 경계심이라고는 눈을 씻고 찾아봐도 없었다.

'이대로는 모두가 당한다. 어서 빨리 무아가 와야 하는데……'

백무가 이원을 다시 부활시키는 동안 시간을 끌어보려 했지만 불가능할 것 같았다. 적들은 이미 인간의 한계를 초월한 자들이었기 때문이다.

곤이 있기는 하지만 그는 지금 헌원무한의 움직임에 대비해야 했기에 움직일 수가 없었다. 수린과 사신 또한 암흑의 기운을 뿌리는 세 사람에게 발목을 잡혀 있었다. 지금은 팽팽히 맞서고 있지만 세력의 균형이 점점 기우는 것을 보면 얼마 버티지 못할 것 같았다.

'죽는 한이 있더라도 무아가 모든 것을 끝낼 때까지 시간을 끌어야 한다.'

당민은 결심을 굳혔다. 죽음을 각오한 것이다. 그런 당민의 기색을 읽은 듯 삼노는 안타까운 눈빛으로 당민을 쳐다보았다.

밀광은 당민의 각오를 읽은 후 암연과 사 노에게 전음을 보냈다. 그들에게 있어 당민은 목숨이나 마찬가지였기에 최후의 시도를 하고자 하는 것이다.

"이대로 천주를 보낼 수는 없는 일이다, 아우들!"

암연과 사 노는 밀광의 전음을 들은 후 그가 어떤 생각을 하고 있는지 알 수 있었다. 두 사람은 고개를 끄덕였다. 그들도 당민을 이대로 허무하게 보낼 수 없었던 것이다.

"천주께서 만천화우를 펼치는 것과 동시에 파황심독(破荒心毒)을 펼친다. 그거라면 저 두 연놈에게 한 방 먹일 수 있을 것이다."

"알았소, 대형. 내세에서 만납시다."

"걱정하지 마시오, 대형."

"그동안 즐거운 나날들이 많았다, 아우들!"

밀광의 전음에 대답을 한 두 사람은 맑은 눈빛을 흘리며 서서히 파황심독을 끌어올렸다. 밀광 또한 파황심독을 끌어올리기 시작했다.

아직 못 이룬 경지이기에 그들은 자신의 생명을 불태워 영혼에 독을 싣는 심독(心毒)을 시전하려고 하는 것이었다.

세 사람이 죽음을 각오하고 최후의 독공을 펼치려 한다는 것을 알지 못하는 당민은 서서히 내력을 끌어올리며 만천화우를 준비했다.

당민이 들고 있는 암기들은 당가에서도 절대금지암기로 지정된 것으로 혈천독지의 독들을 흡수한 것들이었다. 자신이 던진 암기 중 하나라도 성공한다면, 아무리 이원의 기운을 지닌 자들이라도 녹아내릴 것이기에 당민은 마지막 공격을 시도하기로 한 것이었다.

휘리리릭!

당민은 극한으로 내력을 끌어올린 채 만천화우를 시전했다. 그녀의 두 손이 떨치듯 뿌려지자 손가락 사이에 끼어 있던 암기들이 허공을 수놓기 시작했다.

암기의 움직임은 어느 하나 같은 것이 없었다. 제각기 갈 길이 있는 듯 스스로 살아 움직였다. 낮게 떠서 날아가는 것이 있는가 하면 허공으로 치솟아 모습이 보이지 않는 것 등 종잡을 수 없는 것이 언뜻 보면 무척이나 무질서해 보였다.

제각각인 암기들의 움직임에 지금까지와는 달리 악승호와 제갈선란은 신중한 자세를 보였다. 검을 들어 올려 방어하는 자세를 취했다.

그도 그럴 것이 이기어물의 경지는 현경에 이른 고수들이라면 쉽게 펼칠 수 있는 것이지만, 이토록 수백의 암기를 동시에 다룬다는 것은 어려운 일이었기에 주의를 기울인 것이다.

수많은 암기들이 온 방위를 차단한 채 빠르게 두 사람에게 파고들었다.

따─따다다땅!

허공을 수놓던 암기들이 호신강기에 부딪치며 요란한 소리를 내기 시작했다. 순차적으로 쏘아진 암기들은 모두 강기를 띠고 있었지만 두 사람의 호신강기를 뚫지 못하고 있었다.

하나하나 심력을 기울인 상태에서 내력으로 조종하는 것이었다. 무리를 한 공격 때문인지 당민의 입에서 가느다랗게 핏줄기가 비쳤다.

'이대로 끝이구나.'

자신의 염려대로 끝내 만천화우는 성공하지 못했다. 마지막 암기도 두 사람의 호신강기를 뚫지 못한 것이다.

휘익!

당민이 포기하려는 순간 뭔가가 그녀의 곁을 스치고 지나갔다. 형체가 보이지 않는 희끄무레한 모습이었다.

"안 돼!!"

당민의 입에서 다급한 음성이 터져 나왔다. 자신이 방금 본 것이 무엇인지 아는 까닭이다. 자신의 목숨을 담보로 펼치는 밀독천 최후의 독공이 만들어낸 형상임을 알아본 것이다. 그것은 영혼을 이용한 심독이었다.

"아… 안 돼요."

당민은 그대로 주저앉았다. 희미한 형체지만 지난날 부모와 같았던 세 사람의 모습을 그 속에서 보았던 것이다.

당민의 모습을 보며 악승호와 제갈선란은 의아했다. 공격을 끝내고 소리를 지르며 주저앉는 당민의 모습이 무척이나 이상했던 것이다.

"피해라!"

다급한 음성의 두 사람의 귓전에 울렸다. 헌원무한의 음성이었다. 하지만 무엇을 피하라는 것인지 두 사람은 알 수 없었다. 자신들을 위협할 만한 기운은 아무리 찾아봐도 없었던 것이다.

"컥!"

"윽!"

두 사람이 주저하는 순간 뭔가 알 수 없는 기운이 덮쳤다. 자신들이 펼친 호신강기를 뚫고 들어온 기운으로 인해 두 사람은 불에 지지는 듯한 고통을 느끼며 비명을 흘려야 했다.

두 사람은 고통이 시작되는 자신의 몸을 바라보았다. 그 어느 것으로도 침탈할 수 없는 자신들의 육체가 빠르게 녹아내리고 있었다.

그들의 시선이 헌원무한을 향했다. 그들의 눈은 자신들을 이렇게 만든 손재가 무엇이냐고 묻고 있었다.

"바보 같은 것들!"

헌원무한의 신형이 공간을 접듯 거리를 단축하며 두 사람에게 다가들었다.

푸—푹!

두 사람의 단전에 헌원무한의 손이 틀어박혔다. 헌원무한은 심독에 당한 두 사람이 살아날 가망성이 없어 보이자 그들의 몸에 심어둔 이원과 암흑의 기운을 회수하기 위해 두 손을 그들의 단전에 틀어박은 것이다.

"자만한 너희가 잘못이다."

원망의 눈으로 쳐다보는 두 사람을 향해 헌원무한의 입에서 싸늘한 음성이 흘러나왔다.

주르르륵!

자신들을 지탱하고 있던 기운이 헌원무한에게 흘러들어 가자 악승호와 제갈선란의 신형은 순식간에 한 줌 독수로 변해 바닥으로 흘러내렸다.

"무엇 하느냐? 빨리 끝내도록 해라."

예상외의 피해에 헌원무한은 아직도 수린과 대치 중인 천무검황 등을 향해 소리를 질렀다. 무척이나 분노한 것인지 헌원무한의 목소리에는 노기가 서려 있었다.

천무검황 등을 다그친 헌원무한은 신형을 돌려 당민을 바라보았다.

"네년 때문에 제자 둘을 잃었다. 이제는 네 목숨을 거두어야겠구나."

말이 끝남과 동시에 그의 손에서 어둠의 기운이 흘러나와 당민을 향했다. 이미 숨이 끊어져 차가운 시신으로 대지 위에 누운 삼노를 바라보는 당민은 자신에게 다가오는 공격을 막을

생각조차 안 하고 있었다. 아비와 같았던 세 사람의 죽음에 큰
충격을 받았던 탓이다.

꽈—과쾅!!

태고의 어둠을 간직한 기운이 당민을 덮치는 찰나, 자금성
전체가 흔들리는 폭발음이 사방으로 울려 퍼졌다. 무엇인가
당민을 향해 날아들던 헌원무한의 기운을 막아낸 것이다.

장내의 싸움이 모두 멈추었다. 천무검황과 서문도 부자는
자신들의 내부를 뒤흔드는 기파에 어느새 자리를 이탈해 헌원
정운 옆에 자리했고, 수린과 사신은 힘겨운 듯 그 자리에 주저
앉아 있었다.

막대한 두 기운이 부딪친 기파의 영향으로 먼지가 가득했던
장내가 서서히 가라앉았다.

멍하니 삼노를 바라보고 있는 당민의 앞에는 백무가 오연히
버티고 서 있었다. 당민을 향해 헌원무한이 뿌린 태고의 어둠
을 백무가 막아냈던 것이다.

"후후후, 드디어 왔구나."

"오랜만입니다."

백무가 나타났음에도 헌원무한의 표정은 담담했다. 자신의
공격이 막히는 순간 그것이 누구인지 이미 알았던 것이다.

"두 아이는 네가 데리고 갔었던 것이냐?"

백무의 몸에서 번져 나오는 이원의 기운을 느낀 헌원무한은
한규민과 자성황태후를 문연각에서 빼내간 이가 백무인지를
물었다.

“이원을 회수해야 해서 말입니다.”

백무는 거짓없이 대답했다.

“그랬던 것인가? 내가 얻은 이원은 무엇이냐?”

헌원무한은 궁금하지 않을 수 없었다. 이원의 힘은 분명 자신이 흡수한 상태였다. 힘의 크기로 보아 그것이 가짜일 리는 없었기에 의문이 일지 않을 수 없었다.

“어르신이 얻으신 것도 구벽의 힘 중 이원의 힘입니다.”

“…….”

알 수 없는 말이었다. 이원의 힘이 둘이 있지 않는 한 이런 일은 벌어질 수 없는 일이었다. 그리고 이원의 힘은 결코 둘일 리가 없었다.

“어르신께서 얻으신 힘은 구벽이 모여 만들어낸 이원의 힘입니다. 같은 힘이지만 엄밀히 따지면 다른 힘이기도 하지요.”

“그랬었군. 진짜 이원은 다른 자가 가지고 있었나?”

놀라운 일이었지만 헌원무한은 담담히 백무의 말을 들었다.

“어르신이 한 대인과 자성황태후를 강제로 결합시키는 순간 이원의 힘은 다른 생명에게로 넘어갔습니다. 두 분의 딸에게로 말입니다. 그리고 조금 전 이원의 힘은 다시 두 분에게로 돌아왔고, 그것을 제가 회수했지요.”

“후후후, 그랬던 것이로군. 규민이가 갓 나은 딸아이를 데리고 잠적한 이유가…….”

헌원무한은 백무의 설명을 듣고서야 지난날 일어났던 사건의 진상을 모두 알 수 있었다.

환의 시조는 처음 구벽의 반란이 있은 후 이원에 어둠의 힘인 반고의 사념이 깃든 것을 이미 알았던 것이다.

환의 시조는 구벽의 힘을 봉인하면서 이원의 힘을 봉인시킨 두 신인의 몸에 다른 구벽의 힘을 모아 또 다른 이원을 만들어냈고, 반고의 사념이 그곳으로 흘러들게 만들었다는 것을 알 수 있었다.

자신이 만들어낸 이원의 힘이 강제로 깨어나면 진정한 이원은 두 사람의 결합으로 잉태되게 될 아이에게로 흘러들도록 안배를 했다는 것을 짐작할 수 있었던 것이다.

"그 모든 것이 반고님의 나머지 힘을 가지고 있는 우리를 찾아내기 위한 안배였던 것이로군."

이원을 깨어나게 할 방법은 오직 태양과 태음을 간직한 남녀 간의 결합밖에 없었다. 그것은 북명천군의 유진이 잠들어 있는 곳을 찾았을 때 환의 시조가 남긴 단서에서 자신이 알아낸 것이었다.

자신이 어렵게 찾아낸 것이 오랜전부터 환이 남긴 안배였다는 것을 알게 된 헌원무한은 허탈감마저 들었다.

"하하하하!"

허탈감에 잠겨 있던 헌원무한의 입에서 광소성이 터져 나왔다. 그것은 분노의 외침이었다. 태고의 어둠이 울부짖는 소리에 자금성의 모든 것이 숨을 죽였다.

쩌저적!

함배옥으로 만들어진 바닥이 갈라지기 시작했다. 어둠의 기

운이 모습을 드러내며 헌원무한의 몸에서 빠져나왔다. 그의
분노로 인해 태초로부터 내려온 반고의 힘이 모두 깨어난 것
이다.

"곤!!"

사방으로 퍼지는 가공할 기운에 백무는 곤을 불렀다. 구벽
의 힘은 모두 회수했지만 이 상태로는 헌원무한이 뿌리는 힘
을 상대할 수 없기에 곤의 도움을 요청한 것이다.

"알았다."

곤이 백무의 옆으로 다가섰다. 곤은 북명의 힘을 끌어올려
헌원무한이 뿌리기 시작한 태고의 어둠을 옭아맸다. 곤이 반
고의 힘을 잠시 억누르자 백무는 눈을 감고는 자신이 회수한
구벽의 힘을 일깨우기 시작했다.

심상치 않은 기운을 가진 곤이 구벽의 힘을 모아온 백무와
함께 자신의 주군인 헌원무한을 상대하려 하자 천무검황과 서
문도 부자가 나서려 했다.

"컥!"

"큭!"

"으윽!"

신형을 움직이려 함과 동시에 세 사람의 입에서 비명이 흘
러나왔다. 그들의 가슴에는 피 묻은 손들이 튀어나와 있었다.

서문도 뒤에 서 있던 헌원정운과 일휴잠화 뒤에 서 있던 제
독태감 윤충, 그리고 어느새 장내에 나타난 것인지 천무검황
의 뒤에 서 있던 유창원이 방심한 세 사람의 등을 자신들의 손

으로 꿰뚫은 것이었다.

"으… 으… 왜?"

천무검황의 눈에는 의혹이 서렸다. 반고의 힘을 이어받은 헌원무한의 적통 후계자가 헌원정운이었다. 그런 그가 어째서 자신들을 공격했는지 그로서도 짐작할 수가 없었다.

헌원무한으로부터 전수된 어둠의 기운이 등을 뚫고 나온 손을 따라 흩어지는 것을 느끼며 의문을 풀지 못한 채 천무검황의 고개가 한쪽으로 꺾였다.

"당신들은 알 수 없을 것이오. 영원히!"

헌원정운의 입에서 자조의 음성이 흘러나왔다. 자신과 두 사람의 행동을 알아차린 것인지 헌원무한이 분노하고 있다는 것을 느낄 수 있었지만, 그는 무심한 눈으로 곤이 뿌린 북명의 기운에 얽매인 아버지를 바라볼 뿐이었다.

자신의 아들이 어째서 이적 행위를 했는지 알 수가 없었기에 헌원무한은 극도로 분노하고 있었다. 연유를 알기 위해 신형을 빼내려 했다.

하지만 그는 자신을 옭아맨 북명의 기운을 풀어낼 수가 없었다. 곤이 뿜어낸 북명의 기운은 태고로부터 내려오는 어둠의 기운으로도 쉽게 풀어낼 수 없는 것이었다.

움직이지 못하고 자신을 향해 분노의 기운을 뿌리는 아버지를 바라보고 있던 헌원정운의 입에서 조용한 음성이 흘러나왔다. 헌원무한은 무심한 아들의 음성을 똑똑히 들을 수 있었다.

"아버님, 반고의 힘과 구벽의 힘은 모두 세상에 나와서는 안 되는 것들입니다. 이제는 사람들의 세상. 더 이상 하늘의 힘이 세상을 지배해서는 안 되겠기에 이리 하는 것이니 용서하시기 바랍니다."

"네… 네가!!"

"아버님도 아실 겁니다. 반고의 힘이 깨어나면 세상 모든 것을 집어삼킨다는 것을 말입니다. 그것을 알면서도 아버님은 반고의 힘을 깨우려 했습니다. 세상을 멸망시킬 줄 알면서도 말입니다. 그리해서는 절대로 안 되는 일을 말입니다. 오늘로서 태고의 힘들은 영원히 사라질 것입니다. 신들로 인해 비롯된 모든 힘들이 사라지고 인간들만의 세상이 열릴 것입니다."

"크크크, 네가 바라는 것이 바로 이것이었더냐?"

"그렇습니다."

아버지의 물음에 헌원정운은 무심히 대답했다.

"크하하하하! 어리석은 것 같으니… 모든 것이 파괴된 후에는 새로운 세상이 열릴 것일진데… 구벽의 힘이 태고의 어둠을 이길 수 있을 것 같으냐?"

"그 무슨……."

헌원정운의 대답이 끝나기도 전에 어둠의 기운이 깊어졌다. 태고의 어둠을 묶어놓았던 북명의 힘이 끊어지려 하고 있었다.

"무! 더 이상은 안 된다."

자신이 감당할 수 없을 만큼 어둠의 힘이 커지기 시작하자 곤이 백무를 향해 소리를 질렀다. 그렇지만 눈을 감은 백무는 묵묵부답이었다.

투투툭!

우우우웅!

북명의 힘이 가닥가닥 끊어지고 태고의 어둠이 장내의 모든 것을 빨아들이기 시작했다. 헌원무한이 이성을 잃고 폭주하기 시작한 것이다.

우르르!

근처에 있던 태화전의 일부가 무너져 내렸다. 무너진 전각의 잔해들이 태고의 어둠 속으로 빨려 들어가기 시작했다. 사방에 쓰러져 있는 시신들도 허공으로 솟아올라 어둠 속으로 빨려 들어갔다.

사력을 다해 막고는 있지만 더 이상은 버티기 힘든 탓인지 이를 악문 곤의 입에서 핏줄기가 내비쳤다.

"모두들 내 뒤로 오시오. 어서!"

곤은 사람들을 불렀다. 내력을 끌어올려 대항하고 있지만 장내에 있는 사람들이 더 이상 버티기 힘들 것이라 판단한 것이다. 사람들은 곤이 펼친 북명의 기운 뒤에 숨었다.

그러나 곤이 버티는 것도 한계가 있었다. 어둠의 기운을 몰아낼 수 있는 백무를 보호해야 한다는 사명만 없다면 진즉에 포기했을 터였다.

휘이익!

곤이 한계를 느끼고 있을 때 누군가 곤과 태고의 어둠 사이로 뛰어들었다. 중간에 뛰어든 이가 일부나마 어둠의 기운을 막아내자 곤은 다시금 힘을 낼 수 있었다.

헌원무한이 태고의 어둠을 불러내고, 곤이 어둠의 기운을 붙들어두는 순간부터 백무는 심연 속으로 침잠해 들고 있었다.
백무는 삼태극의 기운을 얻으며 알게 된 구벽의 오의를 찾기 위해 의식의 심연 속으로 자신을 던졌던 것이다.

칠성의 변화는 세상을 움직이는 조화다.
그 안에 너를 담아라.
천지조화의 힘이 숨어 있음이니 삼태극과 사방의 기운이 너를 도우리라.
심연 속에 감추어진 이원의 힘이 칠성의 변화를 쫓으리라.
구성(九星)이 합쳐지는 순간, 진정한 개벽의 힘이 깨어나리니 그로써 어둠이 일으키는 파멸의 힘을 잠재우고 세상만물은 하나로 귀일될 것이다.
풍운을 일으켜라!
쪼개고 쪼개라!
네 안의 모든 껍질을……
그러면 보이리라. 숨겨진 구벽의 진정한 뜻이……

천오밀류와 천오혈기, 그리고 천오투령이 휘돌며 하나로 동화되어 갔다. 청룡과 주작, 백호와 현무가 삼태극의 기운 속으로 녹아들어 갔다.

그리고 일곱 가지 기운이 하나로 합쳐지는 사이 어디선가 나타난 태양과 태음이 그 주변을 휘돌기 시작하며 서서히 스며들기 시작했다. 그리고 어느 순간 구벽의 기운은 하나로 합쳐졌다.

구벽의 기운을 하나로 합친 백무의 눈이 떠졌다. 의식의 심연 속에 던졌던 자신을 다시 세상으로 끄집어낸 것이다.

상황은 급박하게 돌아가고 있었다. 완전히 깨어난 태고의 어둠이 모든 것을 집어삼키고 있었다.

곤이 어둠을 옭아맨 북명의 기운도 어느새 사라지고 없었다. 사람들은 수린과 사신을 중심으로 간신히 어둠의 기운에 대항하고 있었지만 그마저도 위태로워 보였다.

"조금만 참아라!"

백무는 사람들을 향해 소리를 질렀다.

"어서 폭주를 멈춰라! 어서!!"

"오빠! 어서요. 더… 이상 버티기 힘들어요."

곤과 수린이 다급히 소리를 질렀다.

"어… 어서!"

죽어가는 목소리가 태고의 어둠에서부터 들려왔다. 수린 일행과 태고의 어둠 사이에 주수명이 있었다. 그가 죽음으로 버티고 있었기에 수린 일행이 지금까지 버티고 있었던 것이다.

곤은 다급히 자신이 합친 구벽의 힘을 뻗어냈다. 오색의 영롱한 기운이 백무의 몸에서 흘러나와 태고의 어둠을 향해 몰려갔다.

“이… 이제는 돼… 됐… 네!”

태고의 힘을 일부 이어받은 주수명의 몸이 구벽의 힘에 의해 서서히 산화되기 시작했다. 그의 얼굴에는 만족한 표정이 서려 있었다.

주수명의 만족스러운 표정과는 달리 오색영롱한 구벽의 힘은 모든 것을 빨아들이는 태고의 어둠 속으로 흘러들어 갔다.

“크크크, 구벽의 힘도 별거 아니구나.”

어둠으로부터 괴기스러운 목소리가 흘러나왔다. 어둠의 힘에 완전히 동화된 헌원무한이었다.

“아직 끝나지 않았다. 쪼개고 쪼개진 구벽의 힘이 세상의 모든 것을 태초로 귀일시킬 것이다. 구벽뇌운!!”

백무의 외침이 끝나는 순간 그의 몸에서 찬란한 백광이 솟아올랐다. 하늘 끝까지 솟아오른 섬광은 북경성 어디에서나 볼 수 있을 만큼 세상을 환히 밝혔다.

그와 동시에 태고의 어둠으로부터 흰 뇌전이 방전되기 시작했다. 모든 것을 삼키기만 하는 태고의 어둠을 뚫고 빛이 새어나오기 시작한 것이다.

그와 동시에 어둠이 점차 일그러지기 시작했다.

“무… 무슨 짓을 한 것이냐?”

답답한 듯한 목소리가 어둠으로부터 흘러나왔다.

“당신은 태고의 어둠으로 신이 되려 한 것 같지만, 이로써 모든 것이 끝났소.”

“…….”

"태고의 어둠과 구벽의 힘은 원래부터 하나의 힘에서부터 출발했소. 태고의 혼돈으로부터 말이오. 수많은 세월을 떨어져 있었던 두 힘은 오늘로서 하나로 합쳐져 다시 태고의 혼돈 속으로 사라질 것이오."

"모… 든 것이 하나였다니……."

믿을 수 없다는 듯 태고의 어둠 속에서 발악하는 듯한 처절한 음성이 들려왔다. 그렇지만 어둠을 뚫고 솟아오르는 빛은 더욱 많아졌다.

번쩍!!

"아… 안 돼!! 크아아악!"

어느 순간 강렬한 섬광이 자금성을 환하게 밝히고, 태고의 어둠은 처절한 비명과 함께 허공 속으로 자취를 감추었다.

털썩!

모든 힘을 쏟아낸 백무가 바닥에 주저앉았다.

"휴우! 이제 끝난 것인가?"

존재하지 않아야 할 힘들이 세상에서 사라졌다는 것을 느낀 백무는 모든 것이 끝났음을 알 수 있었다. 태고의 어둠도 구벽의 힘도 이제는 세상에 존재하지 않았다.

*   *   *

북경에서 벌어졌던 기이한 괴사가 소문으로 퍼진 지도 몇 달이 지났다. 세인들은 무척이나 궁금했지만 구중천이라는 자금성 안에서 벌어진 일이었기에 함부로 관심을 드러낼 수 없었다. 자칫 목숨을 잃을 수 있는 일이었기 때문이다.

태화전이 무너졌다느니, 태화전 앞마당이 모두 폐허로 변해 버렸다느니 하는 소문이 나돌았지만 한 달이 지날 즈음부터는 모든 것이 잠잠해졌다. 황명으로 모든 것이 함구된 것이다.

모든 소문의 근원지였던 자금성 안에는 지금 모두가 조심하고 있었다. 내시와 궁녀는 물론 드나들기 시작한 대신들까지 언행에 신중을 기했다. 무너져 이제는 서둘러 복구되고 있는 태화전에 대해서도 짐짓 모르는 척할 뿐이었다.

보통의 인부들과는 달리 하늘을 훨훨 날아다니는 자들이 태화전을 복구하고 있었기에 공포스럽기도 했지만, 황명이 떨어진 이상 그 누구도 사실을 말해서는 안 되는 것이었다.

태화전이 무너진 이후로 이제는 황제의 집무 장소가 된 중화전에는 지금 두 사람이 마주 앉아 차를 마시고 있었다. 어쩐지 문약해진 만력제와 한규민이 마주 앉아 차를 마시고 있었다.

"이제는 떠나시는 겁니까?"

만력제의 입에서 안타까운 음성이 흘러나왔다. 자신을 낳아 준 아버지는 아니지만 친혈육이나 마찬가지인 한규민이 자금성을 떠나려 하기 때문이다.

"이제는 구중천에서 더 이상 머물 일이 없다. 매자천의 천주가 모든 것을 결정지은 이상 말이다. 앞으로는 네 힘으로 모든 것을 처리해야 할 것이다.”

“저도 떠나면 안 되는 것입니까?”

“준비를 해야 한다. 이대로 명황실이 무너진다면 세상은 혼
란에 빠질 것이고, 무수한 생명이 쓰러질 것이기에 말이다.”

“으… 음!”

“너도 알고 있지 않느냐? 동방에서 일어나는 패력의 힘은
네가 감당해야 되는 것임을…….”

“하지만 그것은 매자천의 힘만으로도 충분하지 않습니까?
그런데 어찌 제가…….”

“이제 매자천은 더 이상 세상에 나오지 않는다. 천음문도 마
찬가지다. 그러니 이번 일은 네가 수고를 해주어야 할 것이다.
세상을 혼란으로 몰아넣으려 했던 죄과는 치러야 하니까. 그
리고 시간이 흐른 후 매자천의 천주가 선택한 자가 세상의 주
인이 될 것이다. 넌 그동안 잠시 맡고 있는 것뿐임을 잊지 말
거라.”

“알고 있습니다. 어차피 중원은 그들의 세상이었습니다. 명
이 멸망하거나 말거나 저로서는 이제 관심도 없습니다.”

“그럼 다행이로구나. 난 네 어미나 네가 살아 있는 것만으로
만족하는 사람이다. 그러니 너도 이대로 만족하고 살 거라. 새
로 선택된 자에게 천하가 쥐어지려면 아직도 시간이 많이 필
요하니, 너에게는 그다지 위험이 없을 것이니 말이다.”

“…….”

“이제는 그만 가보겠다.”

"어디로 가시는 것입니까?"

"사천으로 가려고 한다. 소령이가 그곳에 있으니 나도 그곳에 있어야겠지."

"알겠습니다. 평안히 가십시오."

더 이상 말릴 수 없음을 안 만력제는 조용히 일어나 떠나가는 한규민을 배웅했다.

*　　　*　　　*

사천의 성도 인근, 당가가 무너졌던 자리에는 지금 공사가 한창이었다. 세인들은 궁금했지만 누구도 당가가 있던 자리에 다시금 건물을 세우고 있는 이들이 누구인지 알지 못했다.

자재들이 연신 당가타로 들어가고 있지만 진법에 가린 것인지 안을 들여다볼 수 없었기 때문이다.

강호인들은 긴장하기 시작했다. 정파무림의 중추적인 인물들이 암살을 당했고, 몇 달 전에는 마교와의 대전을 앞두고 무림맹의 맹주인 천무검황이 소리없이 사라졌다.

그리고 이제 멸문했던 당가의 터전에 누군가 건물을 짓고 있었기에 불안하지 않을 수 없었다.

"아무리 뚫고 들어가려 해도 할 수가 없군."

언덕 위에서 한 사나이가 침중한 안색으로 안개에 싸인 당가타를 바라보고 있었다. 그의 입에서 침중한 음성이 흘러나왔다.

그는 개방의 용두방주였다. 후개를 죽인 자들을 쫓다가 범인들의 행방이 사천 쪽으로 향한 것도 있었지만, 무림의 사안이 되어버린 당가의 터전을 조사하기 위해 서둘러 사천성으로 달려온 상태였다.

"어찌 된 일인지 모든 정보가 차단된 상태다. 분명 저 안에서 벌어지는 일과 무관하지는 않을 텐데……."

전력을 기울여 당가타에서 벌어지는 일들을 조사했지만 실오라기 하나 단서를 발견할 수 없었다. 개방의 힘을 누구보다 잘 알고 있는 그로서는 누군가 정보를 차단하고 있다는 것을 알 수 있었다.

그런 힘을 가진 곳은 두 곳뿐이었다. 마교의 비조천람과 무림맹의 창천비각뿐이었다.

하지만 비조천람은 아니었다. 다시 등장한 암천신마가 마교에서 일어난 내분을 잠재우기 위해 비조천람을 전부 가동하고 있음을 알기 때문이었다.

그렇다면 결론은 하나였다. 천무검황이 사라지고 난 후 무림맹의 맹주가 된 무불성승의 허락 하에 창천비각에서 조직적으로 정보를 차단하고 있는 것이 분명했다.

"분명 윤동이를 죽인 계집이 저 안에 있을 것이다. 그렇다면 무불성승은 알면서도 저자들을 비호하고 있는 것인가?"

자신의 뒤를 이어 개방을 이끌어갈 후개를 죽인 자들이 분명함에도 어째서 무불성승이 당가타에서 전각을 짓고 있는 자들을 비호하고 있는 것인지는 모를 일이었다.

뒤숭숭한 강호의 분위기와 무불성승의 의도를 짐작할 수 없는 탓에 개방의 용두방주인 구지개(九指丐) 장충(張充)은 심각한 고민에 빠지지 않을 수 없었다.

진세로 감싸인 당가타 안에서 수린과 당민은 장충을 바라보고 있었다. 요즘 들어서 두 사람의 일과였다.

"언니, 아직도 지켜보고 있군요."

"그러게요, 아가씨. 지치지도 않는 것 같네요. 벌써 한 달이 넘어가는데 말이에요."

"개방을 이끌어 나갈 후개가 어떤 자인지도 모르고 이토록 엄한 일에 매달려 있는 것을 보니 한번 손을 봐야겠군요."

무림을 안정시키기 위해 소림을 떠나 무림맹의 맹주가 된 자신의 증조부가 노심초사함을 알기에 수린은 밖으로 나서 윤충을 혼내주려고 마음먹었다.

"그러지 마세요. 오빠가 싫어하니까요. 세가가 다시 서는 날까지 다들 강호와는 담을 쌓으라고 했으니 그냥 놔두는 것이 좋겠어요. 저자도 피해자 중 하나니까요."

"알았어요. 언니 부탁이니까 그만두도록 하지요. 괜히 분란을 일으키면 안 좋으니까요."

당민의 만류에 수린은 솟았던 화를 누그러트렸다.

"호호호. 잘했어요, 아가씨."

"그나저나 언니, 오빠에겐 언제 말할 거예요? 전해오는 소식 편에 알려도 되잖아요."

웃음을 짓는 당민을 향해 수린이 질문을 했다. 난처한 질문
인 듯 당민이 얼굴을 붉혔다. 그리고는 소담스럽게 솟아오른
자신의 아랫배를 양손으로 만졌다.

"곧 돌아오신다고 했으니 그때 말씀드릴 거예요. 중요한 일
을 하시고 있으니 그이에게 방해가 되고 싶지는 않아요, 아가
씨."

"애고, 언니도 참! 그나저나 조금 있으면 애 아빠가 될 사람
이 그 먼 서역으로 떠나다니 오빠도 못 말리겠고……."

당민의 반응에 수린이 혀를 찼다.

"반란을 일으켰던 광천십마들이 서역으로 도주했지만 곤이
함께 떠났으니 금방 처리하실 거예요. 그러니 아가씨도 너무
투정 부리지 마세요."

"언니도 참!"

당민의 말에 수린의 얼굴이 붉어졌다. 서역으로 떠난 오빠
보다는 함께 나선 곤을 기다리는 마음이 더하다는 것을 그녀
의 새언니가 된 당민에게 들켰기 때문이다.

"어서 들어가요. 홀몸도 아닌데 이렇게 오래 밖에 나와 있는
것은 좋지 않아요."

무안했던 수린은 당민을 재촉했다.

"알았어요, 아가씨."

"그나저나 그 소저는 어떻게 하지요?"

안으로 들어서려던 수린은 얼마 전 오빠를 찾아온 여인의
처분에 대해 물었다. 당민이 오빠의 정부인인 이상 결정권은

모두 당민에게 달려 있었기 때문이다.

"오빠가 결정하시겠지요."

"또!"

"호호호, 그 아인 그이와 인연이 깊은 아이랍니다. 저로서도 어떻게 할 수 없을 만큼이요. 그러니 그이의 결정에 따라야겠지요."

"알았어요, 알았어! 만날 언니는 오빠에게 잡혀 산다니까."

수린은 투덜거리며 앞장서기 시작했다. 언제나 오빠만을 위하는 새언니의 모습이 그리 싫지만은 않지만, 다른 여자를 들여야 하는데도 웃고 있는 당민의 모습이 결코 좋지만도 않은 까닭이었다.

'나한테 그래만 봐라! 그날로 다리 몽둥이 부러질 테니까. 하지만 그래도 점창파의 장문인인데 두 다리는 좀 힘들고 한쪽 다리만 부러뜨릴까?

곤을 마음에 두고 있는 수린은 자신은 절대 새언니같이 하지는 않을 것이라 다짐하고 있었다.

자신으로 인해 저 멀리 서역 땅을 누비는 누군가가 귀가 간지러운 듯 연신 귀를 긁고 있다는 사실을 모른 채…….

『구벽뇌운』終